UNVERSCHWUNDEN

Dieses Buch ist ein Roman. Handlungen und Personen sind frei erfunden. Ähnlichkeiten mit lebenden oder toten Personen sind nicht gewollt und rein zufällig.

PHILIPP GURT

UNVERSCHWUNDEN

ROMAN

emons:

Bibliografische Information der Deutschen Nationalbibliothek
Die Deutsche Nationalbibliothek verzeichnet diese Publikation in der Deutschen Nationalbibliografie; detaillierte bibliografische Daten sind im Internet über http://dnb.d-nb.de abrufbar.

FSC
www.fsc.org
MIX
Papier aus verantwortungsvollen Quellen
FSC® C083411

Umschlaggestaltung: Nina Schäfer, unter Verwendung eines Bildes von Clayton Bastiani/Arcangel.com
Gestaltung Innenteil: DÜDE Satz und Grafik, Odenthal
Druck und Bindung: CPI – Clausen & Bosse, Leck
Printed in Germany 2021
ISBN 978-3-7408-1122-8
Roman
Originalausgabe

Für Dich

Die Zeit ist schlecht?
Wohlan. Du bist da, sie besser zu machen.
Thomas Carlyle

TEIL EINS

1

Tag 0

Lukas konnte sich nicht erinnern, wann er jemals in seinem Leben, das immerhin schon neununddreißig Jahre währte, verschlafen hätte. Seine Armbanduhr zeigte aber, dass es bereits neun war, und das irritierte ihn derart, dass er der Anzeige nicht trauen wollte. Ein Blick auf das Display seines Mobiltelefons, das er auf dem Küchentisch unter einer aufgeschlagenen Zeitschrift fand, beseitigte zwar dieses Misstrauen, schürte jedoch gleichzeitig die Frage nach dem Warum des Verschlafens.

Die Zeit spielte keine dominierende Rolle in seinem Alltag, in seinem Leben insgesamt aber schon, denn auch er hing wie alle und alles unwiderruflich am Pendel der Lebensuhr – doch nicht in der Dringlichkeit, wie er es von Freunden oder Bekannten kannte.

Und weil das bei ihm nicht so war, saß er nun in der Wohnküche seiner Altbaudachwohnung am grobhölzernen Küchentisch, den sein Vater ihm zum dreißigsten Geburtstag aus Arvenholz geschreinert hatte, und trank Kaffee, als hätte er alle Zeit der Welt. Dabei blickte er hinunter auf die kleine Hauptstadt Graubündens, die gekrönt von einem Gipfelkranz ländlich geprägte Geschäftigkeit ausstrahlte. Die Berge hinter ihm warfen ihre schrumpfenden gezackten Schattensilhouetten in die eine Handvoll Kilometer breite Rheintalebene und auf die zunehmend in der Sonne liegenden Quartiere.

Seit fünf Jahren lebte er allein in dieser Wohnung und würde dies auch weiterhin tun. An die damit verbundene Geschichte mochte er in diesem Moment aber nicht denken. Lieber dachte er an den Frühling, der dieses Jahr bereits Anfang Februar kraftvoll ins Churer Rheintal einmarschiert war und Mitte März Blütenzauber und Wärme ins Land getragen hatte. Der lila Flieder, der schwarze Holunder und der Lorbeer vor dem Eingang des alten Wohnhauses blühten besonders prächtig, wie so vieles in dem großen Garten, der das Gebäude wie eine Oase umschloss. Lukas mochte vor allem die vier alten, mächtigen Bäume, die vielen Sträucher und den verträumt daliegenden Teich, in dem im Sommer mattgelbe Seerosen Zeitlosigkeit verströmten.

Ende März war es der Sommerzeit wegen sprunghaft länger hell geblieben, und Lukas hatte es in den frühen Abendstunden auf den Balkon gezogen. Das Zwitschern der Vögel und der Blütenduft hatten ihn eingehüllt, während die letzten Sonnenstrahlen nur noch die steinernen Gipfel hinter ihm gelborange aufleuchten ließen. Auch wenn sein Herz sich dabei kalt und schwer angefühlt hatte, als müsse eine wärmende Hand es in seiner Brust halten, damit es nicht zu Boden fiel, so war es doch schön gewesen, der Dämmerung zuzusehen, wie sie allmählich ins Tal sickerte und sich das letzte Licht noch lange über den westlichen Bergkämmen gegen die samtene schwarze Nacht stemmte. Die Grillen zirpten in der zunehmenden Stille. Die Frösche im Teich begannen zu quaken, die kleine Petroleumlampe auf dem Tisch spendete ihm sanftes Licht und verströmte einen Geruch, der ihn seine Einsamkeit noch stärker fühlen ließ.

Diese Erinnerungen lösten sich allmählich auf, während er einen weiteren Schluck Kaffee nahm. Sein Blick ruhte auf der großen Birke vor dem Küchenfenster, die im Schatten lag, als in diesem Moment die ersten Sonnenstrahlen ein Lichtschattenspiel im hellgrünen, noch jungen Blätterlaub erstrahlen ließen, das im warmen Morgenwind so quirlig durcheinanderwirbelte, als wäre es eine Schar aufgeregter Kinder auf einer Geburtstagsparty.

Seit über zwei Wochen regten sich die ersten Sommergefühle, dabei war es erst der 4. Mai. Die Temperaturen stiegen mittags über fünfundzwanzig Grad, der Himmel spannte sich täglich aufs Neue makellos blau übers Tal. Der letzte Schnee hatte sich früh auf die hohen Gipfel zurückgezogen und hockte nur noch in den Schattenhängen. Bereits Anfang April waren die Wiesen in den mittleren Höhenlagen von einem Meer aus Krokussen übergossen gewesen, und der schwindende Schnee trug nur noch sein zerfleddertes weißbraunes Kleid, das ihm die außergewöhnliche Frühjahrswärme aufgezwungen hatte.

Vor zwei Wochen hatte Lukas seine Eltern zuletzt in Guarda im Unterengadin besucht – ungern nur, und das aus verschiedenen Gründen. Mit ihnen und seiner jüngeren Schwester Aita war er nach dem Sonntagsbraten oberhalb ihres Bauernhofs durch die grünenden Bergweiden spaziert, mit Blick übers Inntal. Sein Vater hatte seinen Siebzigsten gefeiert und beim Gehen davon geredet, dass das Wetter in den letzten Jahren verrücktspiele – wie die Menschheit es seit jeher mit der Hartnäckigkeit eines Selbstzerstörungstriebes tue. Doch mit beidem müsse man in Gottes Namen lernen zu leben, denn eines habe die Geschichte die Menschheit gelehrt: dass diese nichts aus ihr lerne, denn die Masse bleibe im Kern über die Jahrhunderte hinweg doch immer dieselbe.

Bei diesen Worten war er stehen geblieben. Sekundenlang hatte er darüber nachgedacht, von wem dieses Zitat stammte, bevor er sich sicher gewesen war, es irgendwann in einer Zeitschrift gelesen zu haben. Lukas hatte ihm erst auf die Sprünge helfen und ihm sagen wollen, dass es von Gandhi stammte, doch er ließ es wie schon so oft sein, denn sein Vater würde dasselbe später nochmals erzählen und es auch dann nicht mehr wissen.

Wer seinen Vater in den letzten Monaten so reden gehört hatte, hätte glauben können, er sei ein Pessimist. Doch darauf angesprochen hätte er geantwortet, ein realistischer Optimist zu sein, der lieber Kartoffeln ausgrabe, als in der Erde nach Diamanten zu suchen.

Aita, die bereits ihr zweites Kind erwartete, hatte ihrem Vater, was die Wetterkapriolen betraf, an dem Sonntag beigepflichtet, während Lukas mit seinem vierjährigen Neffen Nevio auf den Schultern daneben dahinschlenderte und sich fragte, wie es seiner

Mutter ging – sie war ja tagtäglich um seinen Vater. Er war aber erleichtert gewesen, dass mit dem Wetter zwar ein ähnlich häufig diskutiertes, aber ein anderes Thema als sein Liebesleben gewählt worden war. Bestimmt hatten sie ihn nur in Anbetracht des Umstandes verschont, dass das erste Aufeinandertreffen der Familie mit Lisa genau ein Jahr zuvor und auch in Guarda stattgefunden hatte – am neunundsechzigsten Geburtstag des Vaters und inklusive des obligaten Spaziergangs.

Lisa hatte mit ihrer gewinnenden Art den Frühling vom Churer Rheintal ins Engadin hinaufgetragen, wo damals noch viel Schnee lag. Es war kalt gewesen, und dicke, träge Wolken hatten die Gipfel verhüllt. Der sonst grüne Inn floss einem schwarzen Band gleich durchs Weiß.

Schon nach der Begrüßung hatte Lukas erkannt, dass alle sofort von Lisa verzaubert waren, als sie sich gemeinsam in der wohlig warmen Küche auf die hölzerne Eckbank setzten, die dort stand, seit er denken konnte. Und er wollte und konnte seine Gefühle für Lisa nicht verbergen. Aber nicht nur deshalb hatte er es gewagt, sie nach nur vier Wochen seiner Familie vorzustellen, in dem Wissen, welche Erwartungen damit verknüpft würden. Er hatte sie vor allem wegen Vater schon so bald mitgebracht und sich an dessen Lachfältchen erfreut, während er am Tisch hockend mit allen diskutiert hatte, so wie er es seit jeher liebte.

Am Siebzigsten seines Vaters dann war bis auf den Geburtstagsbraten und den Spaziergang alles anders gewesen. Lisa fehlte nicht nur, weil der Stuhl neben ihm so klagend, ja schreiend leer geblieben war oder weil exakt vor einem Jahr am selben Tisch alle Gesichter diese kollektive Aufbruchsstimmung gespiegelt hatten und er nun quasi wieder mit leeren Händen dasaß. Lisa fehlte ihm vor allem am Nachmittag, als er den kleinen Nevio auf den Schultern trug und dieser ihn an den Ohren zog, um ihn dadurch zu »steuern«, und dabei herzhaft auflachte. Aus dem pampigen Schnee, der nur noch stellenweise auf der Alpweide lag, formte er danach mit dem Kleinen Schneebälle, mit denen sie sich bewarfen. Als er bei jedem Treffer theatralisch zu Boden sank, lachte der Vierjährige wieder, wie es nur kleine Kinder vermögen, und Lukas traf die Gewissheit ins Herz, dass er solche Momente wahrscheinlich nie mit einer Frau erleben dürfte, weil irgendetwas an ihm, seiner Persönlichkeit nicht richtig war. Keine seiner Beziehungen würde je solche Früchte tragen.

Einige Monate zuvor war ein Paukenschlag wie der berühmte Blitz aus heiterem Himmel über die Beziehung mit Lisa gekommen, der mit so viel Schmerz und Unverständnis verbunden gewesen war. Lisa hatte von einer Sekunde auf die andere alles beendet. Sie verschwendete nicht ein Wort über das Wieso. Eine Erklärung rang er ihr erst später ab, doch sie erschien ihm so fadenscheinig, dass sie ihm noch immer wie eine Fischgräte im Hals steckte.

Es hatte keine Vorboten gegeben, sodass er wenigstens etwas hätte ahnen können, irgendwie darauf vorbereitet gewesen wäre. Es gab keine aufziehenden Wolken, kein Gewitter, und kein Sturm war mahnend im strahlenden Blau ihrer Beziehung aufgezogen, so wie er es von seinen Bergtouren her kannte, bevor er meist noch rechtzeitig eine Schutzhütte aufsuchen konnte. Doch auch vor diesem Beziehungsaus gab es keine Zuflucht, und er musste es ein weiteres Mal über sich ergehen lassen.

Dazu kam, dass sein Vater sich in den Monaten davor schneller als befürchtet verändert hatte. Vierzehntäglich war Lukas daher seit bald einem Jahr die zwei Stunden von Chur nach Hause gefahren und verbrachte so ungezwungen wie nur möglich Zeit mit ihm und seiner Mutter. Auch Aita war öfter als früher daheim, wenn auch nur alle zwei Monate; ihr Leben war vollgezwängt mit allerlei anderem, was laut ihr so unverrückbar war wie die Berge im schmalen Tal. Darauf beharrte sie auch, als Lukas mahnend bemerkte, dass die gemeinsame Zeit mit dem Vater bereits in den nächsten beiden Jahren vorbei sein könne. Mit einem nicht überhörbaren Unterton hatte sie geantwortet, dass sie bei ihrem Vater nichts geradezurücken habe so wie er. Sie sei mit den Eltern im Reinen, schon immer gewesen.

Natürlich wusste er nur zu gut, worauf sie ihn ansprach, wie jeder in der Verwandtschaft, und deshalb sagte er nichts dazu, sie hatte ein Stück weit ja recht.

Lukas schmerzte es, den Vater bei seinen Besuchen so zu erleben, mit anzusehen, wie er versuchte, alle Anzeichen zu vertuschen, und wie er für alles eine Erklärung parat hatte, egal wie durchschaubar sie mit der Zeit wurde. Und als jene Erklärungen zunehmend ausblieben, nahm stattdessen dieser seltsame lächelnde

Ausdruck in seinem Gesicht Platz. Dabei stand seit dem Diagnosegespräch fest: Vater hatte Alzheimer, und die Krankheit schritt bei ihm sehr zügig voran. In den Beratungsgesprächen für Angehörige erfuhren sie, wie sie sich, dem Tempo des Krankheitsverlaufs angepasst, zu verhalten hatten. Sie löcherten deshalb den Vater nicht mehr wie zu Beginn mit Fragen, sondern suchten Lösungen, in dem Wissen, dass dies alles erst der Anfang war – ein Anfang, der ihnen irgendwann alles außer ihren Erinnerungen an ihn nehmen würde, und das noch bevor er starb.

Nun hatten auch diese schweren Gedanken Lukas doch noch ein weiteres Mal eingeholt. Sie waren wie Wasser, suchten mit der Kraft der Beständigkeit den geringsten Widerstand, um hindurchdringen zu können.

Sein Blick, der mittlerweile von der Birke hoch zur Gipfelregion des Calanda gewandert war, senkte sich nun hinunter zum Rhein, der an dessen Fuß in einer großen Schlaufe vom Oberland kommend durchs Rheintal floss und in der Morgensonne wie ein goldenes Band glitzerte.

Seit er um neun Uhr die Augen so mechanisch aufgeschlagen hatte, als wäre er eine lebensechte Schaufensterpuppe, fühlte er sich seltsam, irgendwie so anders, dass er diesem Gefühl nicht annähernd einen Namen geben konnte, der ihm gerecht würde.

Meist stand er vor sechs Uhr auf, selten erst gegen halb sieben, später nie, auch wenn das für Dritte nur schwer zu verstehen war. Das Gefühl, an diesem Morgen aus einem traumlosen Schlaf zu erwachen, empfand er, als wäre er in einer Theatervorstellung eingeschlafen und zu Hause auf dem Sofa erwacht – als sei ein Stück seines Lebens herausgeschnitten und die verbleibenden unpassenden Enden zusammengefügt worden.

Auch wenn sich dieses Gefühl weder mit Kaffee noch mit dem Blick ins frühsommerliche Draußen auflösen ließ, verwarf er seine Gedanken darüber wie ein schlechtes Kartenblatt, das einen irgendwann wieder einholt, wenn man das Spiel nicht beendet.

Nur halb interessiert las er die beiden abonnierten Online-Tageszeitungen und trank dabei Orangensaft aus der Tüte. Nach zehn Minuten legte er das iPad lustlos zur Seite und schob die leere Kaffeetasse in die Tischmitte. Er widmete sich nun dem Bündel Papier, das wie ein Stapel Werbebroschüren achtlos neben ihm auf dem Tisch lag, und blätterte durch die Seiten, als säße er gelangweilt in einem Wartezimmer. Freude kam auch dann nicht auf, als er darüber nachdachte, dass dies sein Manuskript war, das er heute zum ersten Mal in Buchform in den Händen halten würde, falls die Post das Paket auch wirklich rechtzeitig zustellte.

Die dazu geplante Buchvorstellung in zwei Wochen war längst ausverkauft, wenn auch in einem für ihn bescheidenen Rahmen mit nur hundertachtzig Plätzen. Wichtiger war für ihn: Es sollte ein besonderer Abend werden, auch eine Art Neuanfang für ihn als Schriftsteller, und seine Eltern würden zudem kommen – mit Sicherheit das erste und letzte Mal gemeinsam. Er war am heutigen Morgen um neun Uhr in der Buchhandlung an der Bahnhofstraße erwartet worden, um den genauen Ablauf mit Marie zu besprechen, die dort als Buchhändlerin arbeitete und die Veranstaltung organisierte.

Obwohl es bereits auf halb zehn zuging, kam kein Stress in ihm auf. Ein Vorteil, ein Schriftsteller zu sein, war es doch auch, dass Verhaltensweisen wie Zuspätkommen mit der Dringlichkeit der Schaffenskraft entschuldigt werden konnten, denn Schreiben musste zumindest er dann, wenn die Zeit ihn dazu aufforderte, und nicht umgekehrt.

Er beeilte sich also nicht und las auch die Nachrichten auf seinem Handy nicht, das schon wieder kurz vibrierte. Bestimmt war es Marie. Er würde sich nun sowieso anziehen und losfahren.

Lukas schlüpfte in eine kurze hellblaue Jeans. Das Hemd, dessen Ärmel er bis zu den Ellbogen hochkrempelte, trug er leger offen über einem T-Shirt, das einen verblassten Surfer zeigte. Nachdem er sein volles schwarzes Haar, das nur an den Schläfen grau meliert war, mit den Händen und Gel in die Richtung befehligt hatte, die er für besser befand als die Frisur, die ihm die Couch letzte Nacht aufgezwungen hatte, ging er Flip-Flops tragend die zwei Stockwerke durchs knarzende hölzerne Stiegenhaus hinunter.

Als er an der Tür im ersten Stock vorbeiging, dachte er an Carmen, die Kunstmalerin, die dahinter mit ihrem Kind wohnte, und glaubte, dezent ihr Parfüm zu riechen.

Vielleicht hat sie soeben den Briefkasten geleert oder ist ins Parterre gegangen, in ihr Atelier, dachte er, während er die alte, schwere Holzeingangstür öffnete, die wie das gesamte Haus aus dem Jahr 1913 stammte.

Wo immer Lukas in der kleinen Stadt und im Umland auch hinging, er tat es am liebsten und vorwiegend auf seinem goldenen Rennrad, außer es hagelte Katzen oder es lag Schnee auf der Fahrbahn. Das Fahrrad, das er aus dem alten Holzschuppen in den lauwarmen Wind schob, stammte aus den späten Sechzigern. Es war ein original Tour-de-Suisse-Rennrad, das ihm Tante Luzia zu seinem Achtzehnten geschenkt hatte. Sich darauf durch den dichten Verkehr zu schlängeln oder zügig auf leeren Landstraßen dahinzuziehen, gab ihm ein Gefühl von Freiheit und Nostalgie in einem. Sogar das Rotlicht von Ampeln schien dabei interpretierungswürdig zu werden und sich in ein Dunkelgrün zu verwandeln. Und immer wieder fand er über das Fahrrad in ein Gespräch.

Die Buchhandlung lag ebenso wie die vor Jahren neu gestaltete Bahnhofstraße in der frühsommerlichen Morgensonne, als er sie mit einem entschuldigenden Lächeln gegen Viertel vor zehn betrat.

Schon beim Eintreten sah er Marie, die hinter der Kasse stand und zu ihm herüberblickte. Lukas begrüßte sie, während er die letzten Schritte auf sie zuging, wie seit ihrer Jugend, als hätte die Zeit nicht all die Jahre verschluckt: »Allegra, Marie.«

Ihr Blick ging glatt durch ihn durch.

Auch sein Nachhaken, als er ihr gegenüber vor dem Verkaufstresen stand, ignorierte sie gekonnt. »Ich weiß, ich weiß. Ich bin zu spät.« Er hob entschuldigend die Hände wie ein Fußballspieler nach einem offensichtlichen Foul. »Erstens habe ich bis in die Nacht geschrieben, und zweitens, stell dir vor, habe ich doch tatsächlich verschlafen!« Spätestens jetzt hätte sie verwundert reagieren müssen, doch sie zeigte weiter keinerlei Reaktion.

»Verzeihst du mir, oder muss ich erst vor dir auf die Knie fallen und mir eine Rose zwischen die Zähne klemmen und mich zuvor noch geißeln?« Sein Lächeln verlor sich in der Leere ihres Blicks, denn sie blieb weiter stumm und schaute mit ihren himmelblauen Augen direkt durch ihn hindurch, dass es fast unheimlich wirkte.

Er drehte sich irritiert um. Da stand weder ein Kunde noch eine andere Buchhändlerin hinter ihm, denen ihre Aufmerksamkeit hätte gelten können.

»Hey!« Er winkte mit beiden Händen unanständig nahe vor ihrem Gesicht, als müsse er ihre Sehkraft oder ihren Geisteszustand prüfen. Eigentlich hätte sie sich jetzt mit einer abweisenden Kopfbewegung wegdrehen müssen. Doch wie auch immer Marie das anstellte, sie blendete ihn absolut perfekt aus, sodass jeder Schauspieler sie um ihr Können beneiden müsste.

Lukas verschränkte die Arme und musterte ihr Gesicht, als suche er einen Riss in einer Fassade. Sie aber starrte weiter nachdenklich durch ihn hindurch zum Eingang, schüttelte kaum merklich den Kopf mit den rotblonden Locken, die bis zu ihren Schultern fielen, nahm einen tiefen Atemzug und senkte dabei den Blick auf die Liste, die vor ihr auf dem Verkaufstresen lag.

Lukas war verunsichert. So etwas sah ihr gar nicht ähnlich, es sei denn, sie hätte sich in den letzten Jahren unmerklich verändert. Doch daran glaubte er nicht ernsthaft, denn dafür hatten sie sich zu regelmäßig gesehen, wenn auch nicht sehr oft.

In diesem Moment öffneten sich die Glasschiebetüren. Frische Morgenluft wehte in den Laden und mischte sich mit dem typischen Geruch einer Buchhandlung, den er für gewöhnlich als anheimelnd empfand. Er drehte sich zum Eingang. Eine elegant gekleidete ältere Dame steuerte direkt auf die Kasse zu. Lukas trat höflichkeitshalber einen Schritt zur Seite. Der schwere Duft eines nach Rosen riechenden Parfüms hüllte ihn ein.

»Guten Morgen, Frau von Salis. Heute sind Sie aber früh dran.«

Maries klare Stimme klang wie immer angenehm frisch, obwohl auch sie, wie so viele Menschen, mit Senioren lauter und langsamer sprach, als gäbe es keine Hörgeräte oder als wären alle altersbedingt aufnahmegehemmt.

Maries Gesichtsausdruck hellte sich auf, während sie der Dame die Hand reichte, die ihrerseits die Begrüßung sehr förmlich erwiderte, als gäbe es ein königliches Protokoll einzuhalten.

»Sie kommen bestimmt Ihren Bildband abholen?« Marie nahm ein großformatiges Buch aus dem Regal hinter ihr. »Schauen Sie. Hier ist er – ein wunderbares Werk, nicht wahr?« Sie legte es lächelnd auf den Verkaufstresen.

Der kleine Ohrring der alten Dame wackelte wie

ein hektisches Uhrenpendel, während sie das Buch betrachtete.

»Ja, da haben Sie wahrlich recht, meine Gute. Ein prächtiger Bildband«, stimmte sie zu und strich mit der von Altersflecken übersäten Rechten sanft über den Buchdeckel, bevor sie ihre Stofftasche danebenlegte, damit Marie das Buch und den Kassenbon einpacken konnte.

Nach der Bezahlung drehte sich die alte Dame um und verließ den Laden, ihre Schritte dabei so behutsam setzend, als ginge sie einen vereisten Gehsteig entlang.

Auch sie hatte Lukas keines Blickes gewürdigt, während er mehrmals den Augenkontakt mit ihr gesucht hatte.

»Marietta« – so hieß Marie wirklich – »jetzt ist's aber gut, okay?« Lukas hatte einen gespielt beleidigten Ton angeschlagen, außerdem wusste er, dass sie privat nur die Kurzform ihres Namens mochte. Sie sollte damit wissen, dass es für ihn jetzt kein Spaß mehr war. Doch sie wandte sich achtlos ab, zerknüllte den Notizzettel, der zuvor am Bildband gehaftet hatte, und warf ihn in den Papierkorb zu ihren Füßen.

Salome, die Auszubildende, kam von der unteren Etage die Treppe hoch und ging grußlos an Lukas vorbei, wechselte einige Worte mit Marie und machte sich an der großen Kaffeemaschine zu schaffen. Die Mühle mahlte krachend die Bohnen, das Aroma zog durch den Laden, während sie die noch zu verkaufenden Kuchenstücke in der Glasvitrine neu anordnete.

Salome ließ ihn weiter unbeachtet, und auch eine junge Mutter, die mit ihren Kindern die Treppe heraufkam, erwiderte seine Grüße nicht. Selbst die Kleinen warfen ihm keinen Blick zu, als er hinter dem Rücken ihrer Mutter Grimassen schnitt. Lukas spürte so etwas wie Schrecken, einer dunklen Vorahnung gleich, in sich aufsteigen.

Es war dasselbe Gefühl, das er schon seit dem Aufstehen in sich trug. Doch nun fühlte er es viel dunkler und dennoch weiter beschreibungslos. Wie er einem Blinden die Farbe Rot niemals hätte erklären können, so auch niemandem dieses Gefühl, das sich irgendwann in der letzten Nacht seiner bemächtigt haben musste. Dieses »Es« ging tief, tiefer als alles Bedrohliche, das er bisher erfühlt hatte.

Auch als er auf dem Fahrrad saß, hatte dieses »Es« aus jeder Fassade, jedem Baum, jeder Straßenlaterne und jedem vorbeifahrenden Wagen zu ihm »gesprochen«, als wäre alles davon durchdrungen. Doch er hatte es damit abgetan, dass es bestimmt plausible Gründe dafür gäbe und außerdem nicht alles erklärbar sein musste, und es dem langen Verschlafen in die Schuhe geschoben.

»Also, dann verziehe ich mich mal eine Runde, ihr Pappnasen!«, rief er so laut, dass jeder Kunde im Laden ihn zumindest als Störenfried hätte kurz anstarren müssen. Doch weder Marie noch Salome noch die beiden Kundinnen, die weiter hinten an einem der kleinen Tische Kaffee tranken und dabei Kuchen aßen, blickten zu ihm.

Vor der Schiebetür angekommen drehte er sich

ruckartig um und stemmte die Hände in die Seiten. »Echt jetzt? Versteckte Kamera, oder was?«

Er ging zu dem kleinen Tisch, an dem die beiden Damen saßen. Er schätzte sie auf etwa Mitte fünfzig. Die mit dem üppigen Hüftgold stellte ihre Kaffeetasse ab, die schlankere der beiden schob sich gerade ein großes Stück Zwetschgenkuchen mit viel Schlagsahne in den Mund. Lukas kam das Lied von Udo Jürgens »Aber bitte mit Sahne« in den Sinn.

»Schmeckt's?« Er versuchte, charmant zu lächeln. »Soll ich Ihnen den Rahm von den schönen Lippen küssen, gnädige Frau?« Er kam mit seinem Gesicht dem ihren langsam näher, hoffte darauf, dass sie ihre bestimmt nur gespielte Fassade nicht mehr länger aufrechterhalten könnte.

»Hilft es, wenn ich mich in ein Sahnetörtchen verwandle, damit Sie mich ansehen?«, legte er nach, doch sie zeigten nicht die geringste Reaktion und genossen ihre Zweisamkeit.

Mit einem letzten Blick zurück, während sich die Glasschiebetür vor ihm öffnete, verließ er die Buchhandlung und blieb abrupt unter dem Vordach stehen, als wäre er gegen eine Wand gelaufen. Es war paradox. Da stand er neben einem Plakatständer, der Werbung für seine Lesung zeigte – darauf war sein Gesicht in Übergröße abgedruckt –, aber niemand sah ihn danebenstehen. Alle liefen an ihm vorbei, als wäre er Luft.

Doch deswegen war er nicht stehen geblieben. Der Bewegungssensor hatte ihm die Tür geöffnet, was immerhin bedeutete, dass er technisch gesehen registriert wurde, zumindest eine kleine Erleichterung.

Unsicher, was das konkret zu bedeuten hatte, ging er auf die Bahnhofstraße hinaus und sprach einen Passanten an. »Guten Morgen. Kennen Sie den Weg zum Naturmuseum?« Etwas Besseres fiel ihm auf die Schnelle nicht ein. Doch der Mann, der einen alten, speckigen Lederrucksack über einem ausgebleichten Pullover geschultert trug, lief schnurgerade an ihm vorüber. Lukas fühlte es glasklar: Auch der Mann ignorierte ihn nicht, denn das wäre immerhin eine Art von Wahrnehmung, von Aufmerksamkeit gewesen. Der Mann war nur deshalb blicklos an ihm vorübergegangen, weil er, Lukas, nicht gesehen werden konnte, unsichtbar geworden war, auch wenn sich das noch so abstrus anhörte.

Diese unabänderliche Erkenntnis ließ sein Herz schneller schlagen. Sein Mund wurde trocken, während er weitere Passanten ansprach. Eine ältere Frau, deren überfütterter Hund Mühe bekundete, an der Leine den kurzen Schritten seines Frauchens zu folgen, war nur eine davon. Auch sie nahm keine Notiz von ihm, sodass Lukas sich dazu hinreißen ließ, nerviges Gebell zu imitieren, um wenigstens ihren Vierbeiner zu erschrecken.

Als auch das Tier keine Regung zeigte, blähte sich dieses Schreckensgefühl von der Mitte seines Brustkorbs ausgehend wie ein Ballon weiter in ihm auf, drohte ihn von innen heraus zu zerreißen, bevor es platzte. Dabei ergoss es seine unheilvolle Flut in jede seiner Zellen, die ihn nun, Milliarden kleiner Kraftwerke gleich, in ihrem Takt bestimmten.

War er verrückt geworden?

Was war bloß geschehen?

Lukas fühlte sich hilflos. Es gab nichts in seinem bisherigen Leben, was ihm hätte helfen können, ja nicht mal annähernd, diese Situation einzuordnen, geschweige denn zu meistern, oder, wie es sein Vater zu sagen pflegte: »den Stier bei den Hörnern zu packen«.

In der Mitte der Bahnhofstraße blieb er stehen und drehte sich langsam nach allen Seiten, als erkenne er die Himmelsrichtungen nicht mehr.

»Was ist geschehen?«, fragte er erst flüsternd; dann, als könnten ihn die Menschen um ihn hören, schrie er es hinaus: »Was ist hier los? Kann mir das verdammt noch mal jemand sagen?« Er stemmte die Hände in die Seiten und fühlte wie sich seine Gesichtszüge verspannten. Sein Blick ging in die Gesichter der Passanten, in denen ihr Alltag zu lesen war. Sie zogen an ihm vorüber, als wären sie eine ferngesteuerte Armada von Spielzeugpuppen, die eine Pflicht zu erfüllen hatte.

»Was?«, schrie er einer vorbeilaufenden etwa fünfzehnjährigen Schülerin ins Gesicht, und das so nah, dass es in ihren Ohren hätte schmerzen müssen. Doch sie tippte weiter auf ihrem Handy herum und ging an ihm vorbei.

Mit der Menge wehte ihm auch der Duft von verschiedenen Parfüms entgegen: mal herb und holzig, mal süßlich blumig oder penetrant streng, gemischt mit Zigarettenrauch, den Abgasen des Stadtbusses und dem Teergeruch, der von einer Straßenbaustelle an der Kreuzung unterhalb stammte.

Minutenlang blickte Lukas auf den menschlichen Fluss mit seinem Pendenzengeschiebe, das ihm erst den Antrieb verlieh. Bestimmt lag er noch im Bett und träumte diese verrückte Sache bloß und schreckte gleich hoch. Das war die einzige Erklärung, die er für das Ganze fand. Solche lebensechten Träume gab es zweifellos; er hatte vor Jahren in einem Traum sogar schon geträumt, geträumt zu haben. Zudem war es dem Träumer unmöglich, Realität und Traum zu unterscheiden, bis er restlos wach war. Und sicherlich konnte man in einem Traum über so etwas wie jetzt nachdenken, denn dafür waren Träume bestimmt: um sämtliche Grenzen und Zäune des Unterbewusstseins niederzureißen, damit es sich mit dem täglich Erlebten duellieren konnte. Ein Zitat Jungs kam ihm in den Sinn. »Bis wir uns das Unbewusste bewusst machen, wird es unser Leben lenken, und wir werden es Schicksal nennen.«

Lukas schloss die Augen, presste die Lider zusammen und schüttelte den Kopf. Dabei stellte er sich vor, im Bett zu liegen und gleich hochzuschrecken. Er versuchte mehrmals, sich auf diese Weise zu wecken, um danach das Gefühl des Traumes nur noch wie ein zerfleddertes Netz hinter sich herzuziehen, während er sich für den Tag bereit machen würde.

Doch was er im Grunde in seinem tiefsten Inneren bereits gespürt hatte, wurde ihm nun zur klagenden Gewissheit: Das war kein Traum, und genauso wenig war er verrückt geworden. Aber wenn er jetzt lauthals über das »Es« zu lachen oder zu schreien anfinge, und das mitten auf der Bahnhofstraße, dann würde er sich mit Sicherheit wie ein Wahnsinniger vorkommen.

Andererseits, das mit dem Verrücktsein … So sicher konnte er sich da ja nun doch nicht sein, denn er stellte sich vor, dass viele der psychisch Kranken sich ihrer »Realität« sicher waren.

Er ließ sein Rennrad stehen, nicht ohne es zuvor gewissenhaft mit dem dicken Schlossarm an den eisernen Staketen des Zauns zu sichern, der den Park des altehrwürdigen Verwaltungsgebäudes der Rhätischen Bahn umschloss. Süßer Blütenduft wehte ihm dabei in lauwarmen Schüben aus einem der Blumenbeete entgegen, als atme der Ort.

Auch in der Altstadt, der Poststraße und auf dem Platz vor der Martinskirche, auf dem er eine halbe Stunde später stehen blieb, nahm ihn niemand wahr. Er war tatsächlich zu einer Art Geist geworden.

Angesichts dieser Unfassbarkeit berührte sich Lukas an Schultern, Beinen und im Gesicht – er war doch da! Er war nicht tot. Er war so greifbar wie der Lenker seines Renners. Und außerdem: »Ich denke, also bin ich.« Es sei denn, Tote konnten denken. Das wäre genauso abstrus wie die Situation selbst, und deshalb genauso möglich.

Nachdem er viele der Altstadtgassen durchlaufen und die lange Treppe zum Bischöflichen Hof und zur Kathedrale hochgestiegen war, zog es ihn wieder in die Bahnhofstraße. Als er erneut vor dem größten Kaufhaus der Stadt stehen blieb, schlug ein nahes Glockenspiel mit hellen Klängen vierzehn Uhr.

Hörten sich die Töne klarer und intensiver als sonst an? Etwas empfand er dabei als verändert. Schon die eine Fahrradklingel, so war es ihm Minuten zuvor erschienen, hatte er von so Weitem gehört, als würde etwas die Töne zu ihm tragen.

Die Stunden davor, in denen er ziellos herumgelaufen war und dabei vergebens nach Zeichen der Wahrnehmung in ihm fremden Gesichtern gesucht hatte, bestätigten nur eines: Irgendetwas hatte die Welt in ihren Grundfesten erschüttert, und das möglicherweise nur für ihn.

Was aber war passiert und wieso?

Diese Fragen standen wie ein viele Tonnen schwerer Findling inmitten eines Flusses, der sich träge durch die Weite einer Ebene zog und bei dessen Anblick sich der Betrachter zwangsläufig fragen musste, wie das kantige Stück Fels überhaupt in das Wasser gelangt sein konnte. Keine noch so schwere Sturzflut hätte ihn auch nur einen Meter zu bewegen vermocht – und doch lag er da, umspült von weiß aufschäumenden Wellen mit ihrem sinnlosen und doch immerwährenden Unterfangen, ihn fortzutragen.

»Hey, du Schlampe!«

Lukas versuchte nach bangen Minuten des Verharrens eine junge Frau zu brüskieren. Was hatte er denn noch zu verlieren? Eine Ohrfeige oder eine zu Recht bissige Zurechtweisung käme für ihn einer Erlösung gleich. Die Schwarzhaarige, die einen Haarschnitt wie Kleopatra und bauchfrei trug, hatte er abseits der Masse entdeckt. Sie stand mit dem Rücken an die Fassade des Warenhauses gelehnt und verdeckte damit einen Teil eines verwitterten Graffitis, während sie telefonierte und in einer Art mit offenem Mund Kaugummi kaute, die einer Diagnose gleichkam.

Ungerührt von seiner beschämenden Beleidigung blies sie Zigarettenqualm in die Luft und redete genervt mit einer melodielos hohen Stimme ins Telefon: »Ich kann diese Rechnungen nicht bezahlen …« Sie nahm einen langen Zug, als würde nur der Rauch ihrer Stimme Gehör verleihen. »… Wenn ich nur endlich eine Arbeitsstelle bekäme, sähe es anders aus, aber jetzt? Es geht schlichtweg nicht. Kannst mich ja auf den Kopf stellen, wenn du mir nicht glaubst. Und nur damit du's weißt, anschaffen gehe ich nicht mehr, egal, wie dreckig es noch werden wird …«

Lukas wandte sich ab, als ihm ein großer Kerl mit dickem Wanst entgegenkam, der so aussah, als hätte er eine kurze Zündschnur.

»Scheiß Nazi! Ausländer anpöbeln und zu faul, um zu arbeiten?«

Zum ersten Mal in seinem Leben wäre er um eine gebrochene Nase dankbar gewesen, doch der Typ mit dem Hakenkreuz-Tattoo seitlich am Hals schob seinen Ranzen weiter die Bahnhofstraße hinunter.

Es war zwecklos.

Dennoch, die junge Frau hatte ihn auf eine Idee gebracht, die er im Bann der Ereignisse gar nicht bedacht hatte, dabei lag sie auf der Hand. Er zog sein Handy aus der Hosentasche und wählte Lisas Nummer.

Es klingelte!

Sie hob nicht ab. Bestimmt steckte sie in einem Meeting. Er wählte die Nummer seiner Eltern in Guarda. Auch dieses Klingeln blieb unbeantwortet. Normalerweise hätte zumindest sein Vater den Anruf angenommen, denn das Haustelefon läutete auch in der angegliederten Schreinerei, wo er noch immer Holzfiguren schnitzte, die er vor dem Haus zum Verkauf anbot. Aber auf ihn konnte man sich seit etwa zwei Monaten auch diesbezüglich nicht mehr verlassen; immer öfter ließ er den Festnetzapparat unbeachtet klingeln. Als ihn Mutter anfangs darauf angesprochen hatte, tat er es damit ab, zu vertieft in seine Arbeit gewesen zu sein.

Auch Gian-Reto, Lukas' bester Freund, hob nicht ab. Schließlich wählte er den Notruf – vergebens. Lukas hatte gehofft, dass er sich vielleicht wenigstens durch die Technik bemerkbar machen könnte, denn zumindest die Sensoren der Schiebetüren der Buchhandlung hatten ihn doch registriert.

In seiner Liste entgangener Anrufe sah er, dass die Buchhandlung ihn bereits um zwanzig nach neun Uhr zu erreichen versucht hatte, also kurz bevor er mit dem Renner losgefahren war, und zuletzt sogar erst vor zwanzig Minuten.

Fassungslos starrte er auf diesen letzten Eintrag und versuchte vergeblich zurückzurufen. Er wechselte in den Maileingang. Darin fanden sich mehrere ungelesene Nachrichten, vier davon waren erst nach neun Uhr eingegangen. Eine zog seine ganze Aufmerksamkeit auf sich: eine Mail von Marie, die er vor wenigen Minuten erhalten hatte:

Hey mein Lieber,
du hast mich heute Morgen übel versetzt, und meine Anrufe lässt du ins Leere laufen.
Das wird dich was kosten, das sag ich dir – diesmal wird's verdammt teuer. ☺

Sei so gut und ruf mich bitte zurück. Es ist wirklich wichtig, dass wir uns für die Planung rasch zusammensetzen.
Bye, Marie

… und genieß das schöne Wetter (aber erst nachdem du bei uns aufgekreuzt bist) ☺

Die Mail hatte sie gemäß Zeitstempel vor acht Minuten abgeschickt. Sein Herz schlug aufgeregt, als er mit zitternden Händen in sein Handy tippte:

falls du diese nachricht erhältst, dann schreib mir sofort zurück. es ist was passiert!
ciao luk

Er schaltete den Stummmodus seines Handys aus und »Vibrieren beim Klingeln« ein, damit er einkommende Nachrichten und Anrufe nicht nur hören, sondern auch fühlen konnte. Was wäre passiert, wenn er ihren Anruf entgegengenommen hätte, fragte er sich und ärgerte sich darüber, seiner Gewohnheit entsprechend den »Knochen«, wie er sein Mobiltelefon nannte, auf »Lautlos« geschaltet zu haben.

Angespannt starrte er auf das Handy, rief alle paar Sekunden den Posteingang auf, doch er erhielt keine Antwort auf seine Mail, die aber zweifelsfrei erfolgreich verschickt worden war. Einzig eine Mail von Zalando, dass seine Sneakers-Bestellung verspätet ausgeliefert würde, poppte piepend und vibrierend auf, sodass sein Puls im ersten Moment hochschnellte, um sogleich Enttäuschung gemischt mit Wut Platz zu machen.

Innerlich aufgerieben lief er weiter ziellos durch die Stadt. Sein Blick wanderte hilfesuchend umher, doch es schien ihm, als spiele sich das Leben um ihn herum in einem Fernseher ab: Ein gelbes Postauto fuhr lärmend vor einem Zebrastreifen an, nachdem eine Gruppe Jugendlicher ihn übermütig gestikulierend überquert hatte. Zwei Fahrradfahrer, die wie er glaubten, sich nicht an die Verkehrsregeln halten zu müssen, flitzten hintereinander in eine Einbahnstraße, eine Mutter mit ihrem quengelnden Kind an der Hand mühte sich redlich ab, es in ihre Gehrichtung zu bewegen, bevor ihr der Geduldsfaden riss. Ein von Verwahrlosung und Drogen gezeichneter junger Mann schlurfte, in ein Salamibrötchen beißend, an ihm vorbei. Ein Lieferwagen stand halb auf dem Gehsteig geparkt, der Fahrer diskutierte emotionsgeladen mit einer Politesse wegen des Bußbescheids, der unwiderruflich unter dem Scheibenwischer klemmte.

Lukas hätte sich selbst als einen Träumer bezeichnet, der mit einem Fuß stets den Boden der Realität berührte. Regelmäßig verschwand er dennoch gedanklich hinter irgendwelchen Horizonten, dann, wenn er schrieb oder des Schreibens wegen nachdachte. Lisa hatte ihn deshalb öfter als Nebelgrind bezeichnet, weil er auf ihre Fragen mit den Worten vom Laptop aufblickte: »Hast du was gesagt?«

Seine Phantasie war schon als Kind wie eine geschüttelte Brauseflasche übergesprudelt, doch das hier konnte er damit nicht erklären. Grundlegende, existenzielle Gesetzmäßigkeiten hatten sich über Nacht verändert, und das nur für ihn, so wie es bis jetzt den Anschein hatte, außer er sah die anderen Verschwundenen nicht oder noch nicht. Möglich, dass sie wie er nun orientierungsuchend durch die Straßen irrten. Zudem stellte er sich die Frage, ob er bereits alles wusste, was über Nacht geschehen war. Dabei beschlich ihn das ungute Gefühl, dass dem nicht so war.

Nachdem er zwei weitere Stunden durch die Stadt geirrt war und dabei immer wieder seine Mails gecheckt hatte, stellte er fest, dass er alles berühren konnte – nicht aber Mensch und Tier.

In einer kleinen Traube Passanten, die auf einen Bus wartete, hatte er versucht, einem Geschäftsmann an die Schulter zu fassen. Bis auf einen Zentimeter hatte seine Hand sich ihr nähern können, dann hatte ihn etwas abgestoßen. Er hatte es dennoch mehrmals versucht und sich dabei vorgestellt, wie er den Stoff des Anzugs erfühlte. Doch da war nur dieses Abstoßungsgefühl, ähnlich wie damals, als er als Kind mit zwei großen gegenpoligen Magneten gespielt hatte und sie – erfolglos – aneinanderpressen wollte. Mit dem gestreckten Zeigefinger hatte er versucht, den Mann anzutippen – nichts. Ein kräftiger Schlag auf die Schulter, wie Freunde es tun, um zu zeigen, dass der andere ein toller Kerl ist, schien ihm einen Versuch wert, doch auch dabei stieß er nur auf diese Abstoßungsschicht, als wäre der Mann mit einer massiven Glasscheibe ummantelt.

Auch als er es mit feinen, ja beinahe zärtlichen Berührungen am Gesicht einer älteren Dame versucht hatte, erlebte er das gleiche grässliche Gefühl. Nicht einmal ihre großen Klunkerohrringe waren zu berühren.

Seine Gedanken kreisten …

Im gegenüberliegenden Park schnitt er mit seinem Taschenmesser einen kleinen Zweig von einem der uralten Bäume ab und versuchte damit im Gesicht eines Passanten herumzuwedeln, der mit einer jungen Frau sprach. Als wäre der Ast zu Lukas' verlängertem Arm und zu seiner Hand geworden, blieb auch dieser Versuch zwecklos und für den Mann weder sicht- noch fühlbar. Als er ihm den Zweig nachwarf, perlte er von dem Mann ab, als hätte Lukas den Ast durch seine Berührung in seine eigene Welt gezogen.

Er vergrub sein Gesicht in den Händen und rieb es fassungs- und gleichzeitig ratlos: Es musste doch eine Möglichkeit geben, mit der Außenwelt in Kontakt zu treten. Irgendeine!

Eine wirre Idee im Kopf, nicht mehr als ein Lichtblitz, ließ ihn ins Warenhaus hinter sich hetzen.

In der Haushaltsabteilung zog er gelbe Putzhandschuhe über, indem er sie nur vorsichtig am Rand berührte. Darüber zwängte er sich in ein weiteres Paar und achtete penibel darauf, dass es nirgends mit ihm, mit seiner Haut in Berührung kam. Mit schnellen Schritten drängte er danach an den Kunden vorbei die Rolltreppen hoch. Im dritten Stock, der Schreibwarenabteilung, nahm er durch das zweite Handschuhpaar greifend ein A3-Papier und einen dicken schwarzen Filzstift. Beim Schreiben achtete er wiederum sehr genau darauf, das Papier nicht mit seinem Körper zu berühren. Dann rollte er es vorsichtig zusammen.

Als müsse er einen Zug noch in letzter Sekunde erwischen, rannte er die Bahnhofstraße hinunter in die Buchhandlung und rollte das große Blatt auf dem Verkaufstresen vor Marie aus, die auch am Nachmittag an der Kasse stand.

Er wartete so lange, bis sie es hätte sehen müssen, doch sie reagierte nicht darauf. Lukas hielt es ihr deshalb vor die Nase. Aber das Blatt war ebenso in seine Welt verschluckt worden wie er selbst, obwohl er es durch zwei Paar Handschuhe berührt hatte.

Er eilte wieder nach draußen. Hektisch hielt er das Blatt verschiedenen Passanten vors Gesicht, die irgendwo standen oder auf einer der gelben Parkbänke saßen.

ICH STEHE HIER – VOR DIR – KANNST DU DAS LESEN? WENN JA, DANN NICKE – BITTE!!!
Luk

Mit einer Mischung aus Wut, Angst und Resignation zerknüllte er das Papier schließlich und warf es achtlos auf die Straße. Der Wind trug es fort, wehte es unter eines der nächsten Fahrzeuge, die vorbeifuhren. Als der Wagen den Blick auf die Straße wieder freigab, war es verschwunden. Er entledigte sich der Handschuhe – seine Gedanken kreisten wild, während er auf der gegenüberliegenden Straßenseite wieder den Park betrat.

Außer Atem rannte er zu dem Baum, von dem er den kleinen Ast abgeschnitten hatte. Ein junges Pärchen küsste sich darunter. Noch immer war gut erkennbar, wo er den Zweig abgetrennt hatte. Zurück in der Bahnhofstraße fand er ihn an der Stelle, an der er ihn dem Passanten nachgeworfen hatte.

Er versuchte noch immer krampfhaft zu verstehen, was soeben passierte. Wieso verschwand das zerknüllte Blatt auf der Straße spurlos, aber der Zweig nicht? Beides hatte er doch in der Hand gehalten.

Erneut rannte er zum Parkeingang. Gottlob, sein goldener Renner stand noch am Zaun, gesichert an genau der Stelle, an der er ihn hatte stehen lassen. Doch was für eine Logik steckte hinter alldem? Gab es überhaupt so etwas wie Logik?

Von seinem Gefühlschaos getrieben hetzte er wieder in die Buchhandlung, vor die Kasse, neben der ein Telefon auf dem Verkaufstresen stand. Er wählte die Nummer des Buchladens und hörte in seinem Handy dem rhythmischen Wählton zu, bevor etwas zeitversetzt das Telefon tatsächlich läutete – doch niemand außer ihm schien es zu hören.

Wie in Zeitlupe legte er auf.

Lange brauchte er nicht zu warten, bis der Apparat neben ihm erneut klingelte. Marie hob ab, doch er war ja auch nicht der Anrufer.

Tief in Gedanken versunken mischte er sich wieder unter die Passanten und ging mitten unter ihnen ziellos durch die Straßen und Gassen.

Irgendwann wurde sein Durst der Hitze wegen so brennend, dass er sich in der Lebensmittelabteilung des Warenhauses in der Bahnhofstraße eine Flasche Apfelsprudel besorgte. Als er nach kurzem Zögern ohne zu bezahlen an der Kasse vorüberlief, wusste er es: Das war der erste Akt in dieser ihm aufgezwungenen neuen Welt, die er damit ein Stück weit als unveränderbar angenommen hatte.

Vor dem Eingang trank er im Schatten eines der Bäume die ganze Flasche innerhalb kurzer Zeit leer und hätte sie am liebsten aus sarkastischer Verzweiflung heraus ebenfalls auf die Straße geschleudert, doch stattdessen presste er die Luft aus ihr heraus und ließ sie in einen der Abfalleimer fallen, während die Leute ihn weiter umströmten, als wäre er nur ein naturgegebenes Hindernis.

Was auch immer geschehen war, er hatte zumindest Durst empfunden und stillen können. Auch wenn er im Moment nicht all seinen Gefühlen und Sinnen traute, so war er doch Mensch geblieben.

Er setzte sich auf eine der grellfarbenen Sitzbänke, die überall in der Stadt verteilt standen – er wusste nicht mehr weiter. Das Ganze war zu abstrus, um es glauben zu können, und doch so real, dass es Angst machte.

Wie lange er dagesessen und auf das Leben vor sich gestarrt hatte, wusste er nicht. Was er auch unternommen hatte, es veränderte rein gar nichts, bis auf seine Sichtweise, dass alles noch viel schlimmer war, als er es sich bis jetzt vorstellen konnte.

Lukas flüchtete auf seinem Renner auf direktem Weg die Straßen hoch, die zu dem alten Haus führten, in dem er die Dachwohnung bewohnte.

Nachdem er seine Wohnungstür hinter sich geschlossen hatte, blieb er mit dem Rücken daran gelehnt erst einmal stehen und rang nach Atem. Anschließend ließ er die Jalousien im Wohnzimmer herunter, sodass die spätnachmittägliche Frühlingssonne nur noch ein gefächert symmetrisches Muster aus Licht und Schatten werfen konnte. Zwischen den gekippten Lamellen blickte er nach draußen: Die Stadt lag glänzend unter ihm. Dächer und Fassadenteile reflektierten blendend das Sonnenlicht. Gegen das Oberland hin schwebte feiner Dunst wie im Sommer, sodass die Berge dahinter blasser schienen.

Lukas schaltete seinen kleinen Fernseher ein und zappte durch die Sender, was ihm das Gefühl gab, etwas unter Kontrolle zu haben. Er drückte die rote Aufnahmetaste, während »Bares für Rares« lief, und fand die Sendung in den gespeicherten Aufnahmen wieder, was ihn beruhigte, aber gleichzeitig weitere Fragen aufwarf, die er jedoch zur Seite drängte, da er jetzt sowieso keine Antworten finden würde.

Als würde er verfolgt, spähte er eine Stunde später durch die Jalousien auf die kleine gekieste Zufahrtsstraße, als Frau Berger, die in der Steuerverwaltung arbeitete, wie immer kerzengerade auf ihrem Fahrrad sitzend zum Einfamilienhaus nebenan fuhr.

Meistens grüßte sie so trocken, wie ein Paket Militärbiskuits es war, und verschwand in ihrem Häuschen, das nicht gutschweizerischer hätte aussehen können mit seinem hölzernen Staketenzaun, der das Grundstück mit der gepflegten Einfahrt umschloss, in der ein dunkelblauer Volkswagen parkte. Die stets sorgfältig zurückgeschnittene Hecke aus Liguster verwehrte die Sicht auf den Garten. Unter dem kleinen Vordach lehnte ein gelber Reisigbesen neben der Haustür, daneben stand der tönerne Blumentopf, in dem jetzt Fleißige Lieschen blühten und der jeden Herbst einem orangen Kürbis und einer kleinen Laterne weichen musste. Am Briefkasten stand in roten Buchstaben: »BITTE KEINE WERBUNG!« Der kleine Gartenzwerg mit der Laterne in der Hand, der in einem Blumenbeet an der Einfahrt stand, hieß bestimmt Fritzli oder Seppli, vielleicht auch Hansli oder Fredi.

Mit Sicherheit ignorierte Frau Berger an Halloween das Klingeln der Kinder, wahrscheinlich löschte sie sogar deswegen überall das Licht im Haus.

Nur einmal war es zu so etwas wie einem Gespräch zwischen ihm und Frau Berger gekommen, als er ihr einen Fahrradreifen aufgepumpt hatte, damit sie es noch immer überpünktlich ins Steueramt schaffen konnte. Er hatte es ihr angeboten, sie hatte »Danke« gesagt, er »Gern geschehen« und noch einen schönen Tag gewünscht, sie daraufhin mit einem zögerlichen Lächeln genickt. Das war Frau Berger.

Die Sonne war hinter den Gipfeln des Calanda verschwunden, als er im Gefrierfach eine Pizza fand, deren Haltbarkeitsdatum erst vor drei Monaten abgelaufen war. Er steckte sie in den Backofen – zu lange, das Resultat ließ nicht nur optisch zu wünschen übrig. Mechanisch und appetitlos aß er sie dennoch, als hätte er eine Pflicht zu erfüllen; wie ein Kind, dessen Eltern es unsinnigerweise zum Aufessen zwangen. Normalerweise hätte er sich um diese Zeit ein Sandwich gemacht – normalerweise. Während er aß, sah er um halb acht die Tagesschau. Dabei leerte er die am Vorabend angebrochene Flasche Rotwein. Es wunderte ihn nicht, dass die Nachrichtensprecherin mit keinem Wort verschwundene Menschen erwähnte, dass kein Atomunfall geschehen war oder sonst was Verrücktes, was die Situation nur halbwegs hätte erklären können, denn er hatte mit seinem Handy mehrmals die einschlägigen News-Portale abgefragt.

Während der nachfolgenden Wettersendung wuchs die Unruhe in ihm so stark, dass er schließlich verschiedene ihm vertraute Menschen anzurufen versuchte, ihnen E-Mails und Sprachnachrichten per WhatsApp schickte, die er mehrmals abhörte.

Ja, das war seine Stimme, für die er schon viele Komplimente erhalten hatte. Jetzt hörte sie sich fremd an, verloren, weit weg – er legte sein Mobiltelefon zur Seite.

Mit einem Kaffee in der Hand setzte er sich wieder vor den Fernseher, etwas, was er sonst nur tat, um Nachrichten oder einen bestimmten Film zu schauen.

Er blickte auf seine Uhr – dies würde ein langer Abend werden.

Er brauchte maximal fünf Stunden Schlaf. Außerdem ging er niemals vor Mitternacht ins Bett, und das aus dem schlichten Grund, weil er davor nie müde war. In diesen Stunden las oder recherchierte er, oder er schrieb an einem neuen Buch, in den Sommermonaten meist draußen am Waldrand, auf einer Alp oder an den Ufern eines einsamen Bergsees sitzend.

Doch an diesem Abend versuchte er nur seine Gedanken zu bändigen. Wie ein Dompteur saß er im Wohnzimmer und hielt mit der Peitsche der Disziplin die Monster auf Abstand, die ihn von allen Seiten umzingelt hatten und bestürmten. Sie hatten seine Wohnung in Beschlag genommen, saßen auf dem Esstisch, standen im Flur, platzierten sich neben ihm auf der Couch oder beugten sich hinter ihm stehend vor und flüsterten ihm das Grauen zu, damit er die Fassung verlöre.

Er aber beschloss, sich zu weigern.

Bis nach dem morgigen Aufstehen würde er nicht weiter über diese ihm aufgezwungene Ungeheuerlichkeit nachdenken, denn ein neues Erwachen würde möglicherweise die alte Welt wieder mit sich bringen, als wäre nichts geschehen. Vielleicht hatte er nur eine Lektion vom Leben gebraucht, den berühmten Tritt in den Allerwertesten, für was auch immer, und musste deshalb noch etwas durchhalten. Darin lag nun seine ganze Hoffnung, auch wenn er wusste, dass deren Ufer selten zu erreichen waren und die meisten in ihr ertranken. Aber eben – nicht alle, denn das machte Hoffnung ja aus.

Bis nach zwei Uhr lag er auf der Couch, starrte mit leerem Blick auf die Mattscheibe und hoffte darauf, bald einschlafen zu können. Mit zunehmender Erschöpfung drängte sich noch ein Gedanke mit ihm aufs Sofa und formte eine hässliche Angst in ihm: Was, wenn die Welt so bliebe, wie sie nun war? Für immer?

Erst gegen halb drei merkte er, dass ihm mehrmals die Augen kurz zugefallen waren. Er zog sich Hose und Socken aus und kroch ins Bett, das irritierenderweise nach Lisa duftete, als läge sie neben ihm. Seine Hand griff im Halbschlaf in die leere, kühle Betthälfte. Um sich auch davon abzulenken, dachte er daran, dass er am Abend Sophia, das Kind von Carmen im Stock unter ihm, gehört hatte, wie meist, wenn sie ins Bett musste. Erst hatte die Kleine gequengelt, dann hatte er Carmen und sie mit hellen Stimmen Gutenachtlieder singen gehört. Jetzt war alles still. Die rote Digitalanzeige seines Radioweckers aus den Achtzigern stach aus der Dunkelheit. In einem der Abwasserrohre tickte es, und der alte Kühlschrank surrte leise in der Küche.

2

Tag 1

Der Wecker zeigte sechs Uhr sieben. Das Zwitschern der Vögel in den Bäumen rund ums Haus drang gedämpft durch die alten Fenster, das Morgenlicht schimmerte blass durch die geschlossenen Jalousien. In Unterhose und T-Shirt ging Lukas durch das Dämmerlicht in die Küche.

Nur eine einzige gnädige Sekunde lang hatte er nach dem traumlosen Schlaf und dem Aufschlagen der Augen alles vergessen gehabt, bis sich dieses Gefühl erneut auf ihn gestürzt hatte. Doch noch konnte alles möglich sein, auch, dass er wieder »da« wäre. Und diese Vorstellung wollte er noch nicht zerstören. Er hörte der Kaffeemaschine zu, wie sie surrend die Tasse mit Kaffee und Zeit füllte – genau genommen mit fünfunddreißig Sekunden seines Lebens, wie er einmal gestoppt hatte, als er mit Lisa über die Zeit gesprochen hatte und sie es nicht hören wollte. Er gab einen Schuss Milch hinein und nahm leise schlürfend den ersten Schluck, bevor er die Tasse auf den Küchentisch stellte und die Stereoanlage im Wohnzimmer einschaltete. Radio SRF 3 spielte »Haus am See« von Peter Fox.

Auf seinem iPad hatte er kein E-Mail-Konto eingerichtet, und er entschloss sich daher, einen Blick in die Online-Tageszeitungen zu werfen. Er wollte noch nicht wissen, ob eine seiner Nachrichten beantwortet worden war. Nachdem er die »SÜDOSTSCHWEIZ« und die »NZZ« überflogen hatte, rief er die Website des »BLICK« auf. Er ertappte sich dabei, wie er Meldungen über verschwundene Menschen suchte – möglicherweise war er ja nicht der Einzige, dem das gestern widerfahren war. Doch nichts dergleichen war zu lesen, und auch ihn vermisste anscheinend noch niemand, sodass es eine Meldung wert gewesen wäre.

Gegen halb sieben stand die Kleine im Stock unter ihm auf. Er hörte ihr frohes Lachen. Sophia war vier Jahre alt wie sein Neffe Nevio. Sie spielte oft im Garten und war ausgesprochen neugierig. Ihre Mutter Carmen war eine fünfunddreißigjährige Kunstmalerin, deren Vater das Haus gehört hatte. Sie bewohnte erst seit letztem Oktober den ersten Stock, nachdem ihr Vater in eines der Bündner Südtäler gezogen war. Ihr Atelier befand sich im Parterre mit direktem Zugang zu dem großen Garten, der auch ihm als Mieter teilweise zur Nutzung offenstand. Doch ein grüner Daumen war das Letzte, was man ihm hätte nachsagen können. Lukas hatte deshalb bei seinem Einzug nur die kleine Rundholzhütte dazugemietet, die aussah wie ein urchiges Alphüttlein, das umgeben von Sträuchern und den vier Bäumen mitten im Garten stand.

Vor allem zur Winterszeit arbeitete er darin. Wenn es spätnachmittags bereits dämmerte, schrieb er neben dem kleinen Holzofen, während das Feuer knisterte und wohlige Wärme verströmte. Fast im Dunkeln sitzend sah er durch das einzige, dafür große Fenster, wie sich leise der Schnee türmte, der in dicken, samtenen Flocken aus dem Schwarz fiel. Die Lichter der Stadt schimmerten dann unter einer gelborangen Lichthaube zwischen den blätterlosen schwarzen Gerippen der Bäume und Sträucher zu ihm hoch.

Weit nach Mitternacht bahnte er sich jeweils einen Pfad durch den kniehohen Schnee, der weiter so sanft in großen Flocken fiel, dass er ihn vor dem Haus im Schein der Straßenlaterne mit dem Mund zu erhaschen versuchte, so wie er es als Kind oft getan hatte. Die kleine Stadt verwandelte sich zusehends ins Märchenhafte, und ihm schien es, dass die Menschen in diesen Stunden andere wurden. Auch die Zeit schien in diesen Nächten nicht dieselbe zu sein. Diese Stille und der Schnee, der in Hauben alles bedeckte, waren Frieden gewesen, bevor in den Tagen danach der Schneepflug den Matsch im ersten Morgengrauen aus den Straßen putzte.

Letzten Winter war das etwas anders gewesen. Beim Zurückgehen ins Haus hatte manchmal noch Licht in Carmens Atelier gebrannt. Sie stand dann vor ihrer Staffelei und malte. Einige Tage nachdem sie im Herbst eingezogen war, hatten sie das erste Mal miteinander geredet. Sie hatte an seiner Tür geklingelt, um sich vorzustellen. Sie brachte ihm selbst gebackenen Zopf, der, in ein weißes Geschirrtuch eingewickelt, noch lauwarm war. Das war nur wenige Tage davor gewesen – bevor Lisa ihre Beziehung so abrupt beendet hatte, als hätte sie mit einer Nadel in einen bis zum Äußersten aufgeblähten Ballon gestochen.

Erst an einem ungewöhnlich milden Novembernachmittag, als die Sonne müde ihre Strahlen auf den Eisengittertisch warf, der am Rand des herbstlich gefärbten Gartens stand, hatte er das zweite Mal mit Carmen gesprochen. Die Wochen zuvor hatte er sich zurückgezogen und war an den Leuten vorbeigegangen, als trüge er eine Kapuze tief ins Gesicht gezogen. Er wollte nicht, dass jemand ihn so sah, ihn, den Verlierer auf der Liebesstraße.

Irgendwann waren sie auf ihre Malkunst und sein Schreiben zu sprechen gekommen. Der milde Südwind wehte träge, als sie Lukas nach dem letzten Schluck Kaffee in ihr Atelier eingeladen hatte. Die Sonne warf ihren sterbenden gelbrötlichen Schein durch die großen Fensterscheiben. Es roch nach Leinwand, Holz und Farbe. Ein altes Radiogerät, übersät mit bunten Farbtupfern, stand in einer Ecke. Leise drang Schuberts »Serenade« in den Raum, als die Sonne theatralisch versank.

Lukas fand Carmens Bilder magisch. Alle zeigten sie Naturszenen in den Bergen und Alpenlandschaften, in einer kraftvollen Farbkomposition, die er bis dahin im Zusammenhang mit solchen Motiven weder gesehen noch erwartet hatte.

An jenem Abend, als er nur Stunden später an diese Begegnung zurückdachte, war er irritiert gewesen. Wie zwei Puzzleteile, die kein gemeinsames Gesamtes ergaben, bekam er seine Gefühle nicht zusammen. Das mit Lisa war erst knappe vier Wochen her. Der

Schmerz der Trennung saß noch wie ein Widerhaken in ihm. Und doch schwebten Carmens Gesicht, ihre braunen Augen, ihre sanfte Mimik, die Art, wie sie redete, in ihm – und das fand er schön. Wenn er die Augen schloss, sah er sie vor sich, wie sie ungeschminkt, in Latzhosen und barfuß vor ihm gestanden hatte, die Finger voller Farbkleckse. Sie hatte eine unglaubliche Ruhe ausgestrahlt, und auch wenn er das Wort verabscheute, so wirkte sie auf ihn »angekommen«.

Das leise Lachen der kleinen Sophia riss ihn zurück in den Schrecken dieses zweiten Morgens nach seinem Verschwinden:

War alles wieder wie vorgestern? War er wieder zurück in seiner alten Welt? Hatte der Schlaf die Pforten dazu wieder geöffnet?

Lukas hatte Angst, es herauszufinden, aber genauso drängend war das Verlangen danach, es endlich zu wissen.

Er nahm sein Handy vom Küchentisch und schaltete den Flugmodus aus. Sofort begann das Gerät mehrmals zu summen – Nachrichten trudelten ein. Sein Herzschlag beschleunigte sich, seine Körperhaltung spannte sich. Jetzt musste er es wissen!

Ein Blick in WhatsApp verriet ihm aber sofort, dass niemand seine Nachrichten gelesen hatte, und im Posteingang seines E-Mail-Kontos lag keine Antwort von Marie und auch nicht von den anderen, die er angeschrieben hatte. Der simple Grund für den Meldungseingang: Eine E-Mail einer Fotografin bezüglich einer Terminanfrage für ein Pressebild, und die »Luzerner Zeitung« fragte ihn wegen eines Vorberichts zu seinem neuen Buch an – mehr war da nicht.

Der Schrecken flutete ihn so wie gestern, als er aus dem Stadtzentrum geflohen war. Doch nun war er zu Hause, auch wenn es sich nicht mehr danach anfühlte.

Es drängte ihn auf den Balkon, den Carmens Vater erst vor einem Jahr an die alte Fassade hatte anbauen lassen, ganz im Stil des vergangenen Jahrhunderts, passend zum alten Gemäuer.

Lukas blickte auf die Stadt. Absolut nichts deutete darauf hin, dass »Es« geschehen war. Hätte er seit vorgestern weder das Haus verlassen noch mit jemandem geredet und stünde nun ebenfalls hier, er würde es nicht bemerken. Da war kein Flirren in der Luft, kein Vibrieren, kein Riss in seiner Sicht – aber fühlen konnte er es.

Er ging ins Schlafzimmer, hob seine kurze Jeans vom Boden auf, schlüpfte hinein, eilte das Treppenhaus hinunter und drückte die Türklingel von Carmen Cotti.

Ungeduldig wartete er ab. Er läutete Sturm, doch das Läuten schien nur er, nicht aber die beiden im Innern der Wohnung zu hören. Er drückte die Türklinke herunter. Die Tür war verschlossen. Barfuß lief er ums Haus, in den Garten. Die Vögel zwitscherten aus dem vielen Grün. Der Duft von Blüten und umgegrabener Erde lag in der Luft, als er vor der offenen Terrassentür stehen blieb und sich ins Innere reckte.

»Hallo?«

Ohne ein weiteres »Hallo« betrat er Schritt um Schritt das Atelier, als stieße ihn jemand von hinten.

Eine schmale Treppe bot einen direkten Zugang zur Wohnung, wie er von seinem ersten und einzigen Besuch her wusste.

»Hallo?« Mit der letzten Stufe näherte er sich den Stimmen von Carmen und Sophia. Noch einige Schritte durch den schmalen Flur, und plötzlich stand er in deren Wohnzimmer und starrte sie an.

Carmen strich sich eine Haarsträhne hinters Ohr. Sie stand in einer legeren Jogginghose und Schlabbershirt über den Esstisch gebeugt und schmierte Honig auf eine dunkle Brotscheibe, während Sophia Fruchtschnitze von ihrem Teller klaubte.

Carmen richtete sich auf, steckte sich eine Haarklammer zwischen die Zähne und warf ihr braunes Haar in den Nacken, bevor sie es fixierte.

Lukas ging langsam auf sie zu, als würde er sich einem Geist nähern, bis er das Gefühl des Einbrechens, des Betrugs nicht mehr aushielt und die Wohnung verließ.

Er flüchtete sich in die Holzhütte und setzte sich außer Atem an den Tisch, der wie alles, abgesehen von dem gusseisernen Ofen, aus Holz gefertigt war.

Wie er es befürchtet hatte, brachte auch der neue Tag keine Erlösung, sondern die schockierende Gewissheit, dass er für alle anderen weiterhin nicht wahrnehmbar blieb.

Was verdammt noch mal war passiert? Es musste einen Grund für das hier geben, denn keine Wirkung ohne Ursache. Was hatte er bloß getan oder unterlassen, dass ihm das passieren musste? Diese bohrenden Fragen boten seiner Angst wenigstens etwas Paroli.

Er legte beide Hände flach auf den Tisch und schloss die Augen. Angestrengt versuchte er, einige regelmäßige Atemzüge zu nehmen und sich dabei auf den heimeligen Duft des Holzes in der Hütte zu konzentrieren, was ihm trotz mehrerer Versuche nicht gelang.

Ruhelos ging er wieder ins Haus, in seine Wohnung hoch, zurück auf den Balkon und sah den Sonnenstrahlen zu, wie sie den Calanda herabstiegen und die Quartiere vom Rhein her nach und nach aufleuchten ließen, ehe auch der Garten das Licht einfing, das in diesem Moment leblos und kalt auf ihn wirkte. Er selbst fühlte sich wie eine Figur in einer dieser Glaskugeln, die man schütteln kann, damit Glitzergestöber aufwirbelt, das sich danach langsam setzt.

Wann würde jemand sein Fehlen bemerken – und was dann? Da, wo er nun war, wie sollte ihn jemals jemand finden? Außer er wäre nicht der Einzige, den es auf diese Seite des Horizonts verschlagen hatte.

Irgendwann in der vorletzten Nacht musste »Es« geschehen sein. Er begann zu überlegen, wann er zuletzt mit der Welt verbunden gewesen war: Vorletzte Nacht war er irgendwann nach Mitternacht ins Bett gegangen. Davor war er um zwanzig Uhr im »Marsöl« essen gewesen. Draußen unter den Bäumen hatte er mit Gian-Reto Schnitzel und Pommes verdrückt, die der indische Koch mit besonderen Gewürzen verfeinert hatte. Um zehn Uhr musste Gian-Reto bereits nach Hause; seine Frau Selina hatte erst vor vier Wochen entbunden, und die Nächte waren anstrengend und kurz für die kleine Familie.

Lukas hatte ihn in seinem roten VW Golf II vor dem Mehrfamilienhaus in der Scalettastraße abgesetzt. Da musste alles noch in Ordnung gewesen sein. Genauso wie kurz vor Mitternacht, da hatte ihm sein Berliner Lektor, ein strenger Mann Mitte siebzig, auf eine E-Mail geantwortet, die er ihm nur Minuten zuvor geschrieben hatte.

Lukas suchte in seinem Handy unter »Gesendete Objekte« nach dieser Nachricht. Sie trug den Zeitstempel »23:52 Uhr«. Diese Mail war der letzte beweisbare Kontakt zur Welt.

Am liebsten hätte er, nachdem er an dem Abend um kurz vor halb zwei ins Bett gekrochen war, Lisa eine Nachricht geschickt, aber sie hatte ihm jeglichen Kontakt untersagt – sie brauche Zeit. Später, ja später könnten sie vielleicht so was wie Freunde werden. Das hatte sich für ihn so angehört, als müsse sie etwas verdauen und nicht er. Als sie Tage danach endlich ihr Schweigen darüber gebrochen hatte, meinte sie bloß, dass sie sich geirrt habe, dass da keine Liebe mehr für ihn sei. Punkt, aus, so sei das Leben nun mal.

Er hatte etwas Ähnliches schon einmal gehört, doch damals war es noch viel schlimmer gewesen, und er hatte sich gefragt, ob Lisa insgeheim denselben Grund hatte wie seinerzeit Simone, ohne es ihm zu sagen.

Mit diesen Gedanken war er vorgestern Nacht eingeschlafen. Somit musste das »Es« zwischen Mitternacht und neun Uhr passiert sein. Es war ein beängstigender und gleichzeitig komischer Gedanke, etwas so Entscheidendes verschlafen zu haben und in einer anderen Welt zu erwachen. Es fühlte sich hinterhältig an, über einen schlafenden Menschen so herzufallen, dann, wenn er am wehrlosesten war.

Zwar niemals vergleichbar, dennoch kannte er das Gefühl, plötzlich woanders aufzuwachen, aus seiner Kindheit. Die Familie war nur selten in den Urlaub gefahren. Als er zehn Jahre alt gewesen war, waren sie zu Tante Jolanda an die Ostsee gereist. Sie waren mitten in der Nacht im Engadin aufgebrochen, die Berge standen wie schwarze Riesen da, und er war irgendwann im Dunkeln im Wagen eingeschlafen und erst in der Morgendämmerung in Deutschland wieder aufgewacht, als sie an einer Raststätte hielten. Die Berge waren farblosem Flachland gewichen, in dessen Weite seine Augen keinen Halt fanden. Feiner Dunst hing über diesem tiefen Himmel, die Luft war schwer beladen vom Geruch der heißen Lastwagenmotoren, deren Fahrer Pause machten, und vom Fett der Fritteusen, das ein großes Gebläse seitlich aus einem Wandgitter der Raststätte blies.

Lukas drängte es wieder in die Stadt, die innere Unruhe trieb ihn aus der Wohnung. Er fuhr mit dem goldenen Renner langsam durch die Innenstadt. An mehreren Plakatwänden wurde seine Lesung angekündigt: Sein Gesicht und das Cover des Buches waren darauf abgedruckt. Er als Person war somit nicht verschwunden wie nie da gewesen, seine Biografie nicht ausgelöscht. Immerhin.

Auch wenn er wusste, dass es sinnlos war, fokussierte er neben dem Plakat stehend die Passanten, die nahe an ihm vorübergingen – möglich, dass vielleicht doch einer ihn sehen konnte; dass andere »Unverschwundene«, wie er nun einer war, sich im selben Moment auf der Suche nach ihresgleichen befanden.

Als um halb neun der Lebensmitteldiscounter in der Quaderstraße seine Türen öffnete, deckte er sich mit Esswaren ein. Beim Verlassen des Geschäfts blieb er vor dem Überwachungsmonitor stehen, der schräg über dem Eingang hing, und betrachtete sich darin. Erst beugte er sich nach links und rechts, bevor er mehrmals das Geschäft verließ, um es sogleich wieder zu betreten. Dabei verfolgte er seine Schritte auf dem Bildschirm, bis er darunter hindurchging.

Warum, fragte er sich, »sieht« die Kamera mich? Was unterschied diese vom menschlichen Auge? Dass sie unlebendig war?

Die Lebensmittel verstaute er zu Hause im Kühlschrank, bevor er die Jalousien herunterließ und den Fernseher einschaltete.

Die Aufnahme des gestrigen »Bares für Rares« war noch gespeichert. Während die Sendung lief, ging er in die Küche; die Stimmen drangen aus dem Wohnzimmer zu ihm. Es ging um das Erbstück einer älteren Dame – einen Ring mit einer Familiengeschichte, die nun hier enden sollte.

In einer Art Trotzhaltung machte er sich ein knuspriges Toast-Sandwich mit Schinken, Tomaten und einem doppelseitig gebratenen Spiegelei darin, würzte mit Salatgewürz und getrocknetem Schnittlauch. Kauend und kaffeetrinkend setzte er sich vor die Glotze und versuchte, so zu tun, als wäre alles in bester Ordnung.

Den ganzen Tag über schaute er Filme oder Dokumentationen und verdrückte vier Stück der mit Himbeermarmelade gefüllten Berliner, die er sich geholt hatte. Als es draußen dämmerte, schaltete er überall in der Wohnung das Licht ein und hoffte Stunden später auf den Moment, in dem seine Augen zufielen. Doch die Angst kroch noch tiefer in seine Knochen.

3

Tag 2

Nach vier Stunden Schlaf schreckte er um fünf Uhr dreißig hoch, wie die stechend rot leuchtenden Ziffern seines Radioweckers zeigten. Sein Hals brannte, er war durstig. Im Badezimmer hielt er seinen Mund unter das fließende Wasser am Waschbecken und trank gierig einige Schlucke. Es war lauwarm. Während er sich aufrichtete und sich mit dem Handrücken flüchtig über den Mund wischte, sah er sich im Spiegel. Mitten in dieser Bewegung hielt er inne und starrte regungslos in sein Spiegelbild: Sein Gesicht trug das Schreckliche bereits in den Zügen. Es erinnerte ihn ein wenig an das, was vor nun bald zehn Jahren geschehen war. In den Wochen danach hatte er damals ebenfalls wie ein Gezeichneter gewirkt und mit niemandem auch nur je ein Wort darüber sprechen können. Bei diesem Gedanken blickte er auf seinen rechten Arm, der vollständig mit Tattoos bedeckt war. Fast zärtlich fuhr seine linke Hand über seine rechte Schulter.

In der Küche nahm er sein Telefon vom Tisch. Schaltete den Flugmodus aus und rief Kontakt um Kontakt an, bis er es um kurz vor sechs Uhr zur Seite legte. Sogar Phantasienummern hatte er gewählt, vergebens dem Läuten zugehört, auf viele Mailboxen gesprochen. Dabei schien es ihm, dass sich der Rufton tiefer, ja sogar bedrohlich anhörte.

Der Orangensaft schmeckte bitter. Er setzte die Tüte dennoch erst nach gierigen Schlucken ab. In den Online-Ausgaben der tagesaktuellen Medien suchte er am Küchentisch sitzend nach Vermisstenmeldungen. Spätestens jetzt müsste, falls dies nicht nur ihm passiert war, die eine oder andere zu finden sein. Doch er fand nichts. Gezielt zappte er im Wohnzimmer stehend durch die Frühstücksfernsehsendungen aller Privatkanäle und des ORF1. Vielleicht war ja die ganze Welt von diesem Phänomen betroffen. Aber auch da war nichts, ebenso wenig wie auf CNN und Fox News.

Die Jalousien blieben geschlossen – den ganzen Tag.

4

Tag 4

Den dritten Morgen in Folge verharrte er in der Wohnung. Die Sonne drückte wie die Tage zuvor durch die Jalousien, als es an seiner Tür klingelte.

Es war zehn Uhr, er stand in Unterhosen und unrasiert in der Küche, als die Wohnungsglocke ihn erneut zusammenfahren ließ, als hätte sie ihn angeschrien. Noch nie hatte er ihren Ton so wahrgenommen. Diese Eindringlichkeit, diese penetrante Kraft, als müsse er ihr unwiderruflich gehorchen. Langsam trat er in den Flur und fixierte die Türklinke.

Sekundenlang ertönte Sturmläuten, sodass es ihm wie Strom durch die Glieder fuhr, bevor die Türklinke von außen langsam niedergedrückt wurde.

Lukas trat näher an die Tür heran. Sein Herzschlag pochte derart in seinen Schläfen, dass er glaubte, jemand könnte seine Adern pulsieren sehen. Als er durchs Guckloch spähte, ertönte eine kräftige Stimme:

»Kantonspolizei Graubünden! Öffnen Sie die Tür.«

Lukas erkannte verzerrt einen kräftigen dunkelhaarigen Beamten mit Schnauzbart. Neben ihm stand eine Brünette mit modisch sportlichem Kurzhaarschnitt, ebenfalls in Zivil.

»Herr Cadisch?« Die Faust des Beamten polterte ans Türblatt, dass es erzitterte. »Aufmachen, Polizei!«

Durch den Türspion sah Lukas, wie Carmen in dem Moment die letzte Stufe der Treppe hinaufstieg.

»Was ist denn hier los?«, hörte er ihre Stimme.

»Guten Morgen, wer sind Sie?« Die Frage kam von der Beamtin, die sich Carmen zuwandte.

»Ich wohne im ersten Stock, ich bin die Eigentümerin des Hauses. Mein Name ist Carmen Cotti. Und wer sind Sie?« Ihre Stimme klang fest, dennoch freundlich, so wie Lukas sie kannte.

»Mein Name ist Everita Barrazza, und das hier ist mein Kollege Markus Kälin. Wir sind Ermittler der Kantonspolizei Graubünden.« Die Frau zog ihren Dienstausweis aus der Innenseite ihrer Jeansjacke, sodass ihr Waffenholster kurz zu sehen war.

»Und konkret?« Carmen hob ein wenig ihr Kinn.

»Wir sind hier, weil Herr Cadisch vermisst wird«, erklärte Everita Barrazza.

»Vermisst?«

Lukas hörte Verwunderung in Carmens Stimme.

»Wann haben Sie Herrn Cadisch zuletzt gesehen, Frau Cotti?«

»Puh, da muss ich erst überlegen … Ich sehe ihn ja nicht täglich. Es muss vier, fünf Tage her sein. Unten im Treppenhaus. Ja, genau, Sonntagabend, glaube ich, bevor er mit dem Wagen wegfuhr.« In dem Moment knallte eine Tür im unteren Stockwerk zu. »Durchzug, ich habe meine Tür und das Fenster offen gelassen«, erklärte Carmen den Lärm.

»Wissen Sie, mit wem er sich an dem Abend getroffen hat oder was er vorhatte?«

»Nein. Wir haben uns nur kurz begrüßt, weil ich am Telefon war.«

»Haben Sie etwas Ungewöhnliches vernommen oder Beobachtungen im Zusammenhang mit Ihrem Mieter gemacht, die uns Hinweise zu seinem Verbleib geben könnten?«, fragte Everita Barrazza.

»Nein«, antwortete Carmen knapp.

»Es ist wichtig, dass Sie uns unterstützen, Frau Cotti. Herr Cadisch wird vermisst, und wer weiß, was der Grund dafür ist. Womöglich ist er in Not geraten«, hakte Everita Barrazza nach.

»Das tut mir wirklich sehr leid zu hören. Aber ich kann beim besten Willen nicht viel dazu sagen. Ich selbst bin erst letzten Oktober hier eingezogen, und dass Herr Cadisch ein bekannter Schriftsteller ist, wissen Sie ja sicherlich. Sein persönliches Umfeld kenne ich nicht.«

»Hatte er in letzter Zeit Besuch? Jemand, der Ihnen aufgefallen wäre? Hörten Sie Streit aus der Wohnung?«

Carmen dachte kurz nach. »Nein. Nachdem seine Beziehung mit dieser Lisa Martschitsch in die Brüche gegangen war, hatte er sich eine Zeit lang zurückgezogen und intensiv geschrieben. Das hat er mir zumindest zu Beginn des Frühlings im Garten anvertraut.«

»Das heißt, Sie hatten erstaunlich schnell eine vertrauensvolle Beziehung zueinander aufgebaut«, schlussfolgerte Barrazza.

Lukas blickte nicht mehr durch den Türspion, hatte

nur sein Ohr an das Türblatt gelegt und hörte Carmen, wie sie warm und charmant wie immer lachte, ehe sie antwortete:

»Nein, nein, so weit ist es nicht gekommen. ›Beziehung‹ ist ein zu großes Wort dafür. Wir haben uns sehr gut verstanden, und das in den letzten Wochen immer vertiefter. Zudem bewohnen ja auch nur wir beide dieses Haus. Das heißt, ich mit meiner kleinen Tochter die beiden ersten Stockwerke und er die Dachwohnung hier.«

»Aber Sie waren auf gutem Wege dazu?«

»Zu einer Beziehung? Da müssten wir auch seine Meinung dazu wissen. Von meiner Seite her fand ich tatsächlich Gefallen an ihm.«

Lukas kamen schöne Gespräche und Begegnungen mit Carmen in den Sinn. Er lächelte verhalten.

»Und Intimitäten – haben Sie diese bereits ausgetauscht?« Everita Barrazza blieb direkt und beharrlich.

»Frau Barrazza. Wird das nun ein Verhör? Worauf wollen Sie hinaus? Ich habe mit seinem Verschwinden nichts zu tun.«

»Wir versuchen uns ein Bild zu machen, Frau Cotti. Sie sind nicht verpflichtet zu antworten, aber ohne Fragen zu stellen, können wir die Situation nicht einschätzen oder gar klären. Wir wollen Herrn Cadisch nur so schnell wie möglich finden. Das ist alles.«

»Nein, wir sind körperlich nicht intim geworden.« Carmens Stimme blieb ruhig. Lukas dachte daran, wie sie ihm das Malen beibringen wollte und seine Hand dazu gehalten hatte, um gemeinsam einige Pinselstriche zu ziehen. Sie hatte dabei über seine Schulter geblickt, war mit ihrer Wange seiner so nahe gekommen, dass er ihre Wärme fühlte.

»Und vor oder nach der Trennung von seiner Freundin …«, Barrazza blickte offenbar auf ihre Notizen, »… Lisa Martschitsch, hat es da wüste Szenen gegeben?«

Diese Frage, obwohl an Carmen gerichtet, brachte Lukas wieder auf den Boden des Unfassbaren zurück.

»Wie gesagt, ich bin erst einige Tage vor dem Ende der Beziehung eingezogen. Ich habe die Jahre davor an der Küste Nordamerikas gelebt, in Maine, und bin die letzten fünf Jahre nicht hier gewesen. Erst letzten Sommer, als meine Mutter starb, bin ich hergekommen und habe in diesen drei Wochen auch unseren Umzug hierher geplant.«

»Das mit Ihrer Mutter tut mir leid zu hören«, sagte Everita Barrazza mitfühlend. »Darf ich fragen, seit wann Sie Lukas Cadisch kennen?«

»Letzten Sommer, als ich hier war, stellte mein Vater ihn mir vor, und weil Lukas plante, mit Lisa Martschitsch zusammenzuziehen, habe ich ein kurzes, ungezwungenes Gespräch mit den beiden geführt. So quasi als zukünftige Vermieterin. Doch Frau Martschitsch zog dann nicht ein, hat die Unterzeichnung des Vertrages ständig mit irgendwelchen fadenscheinigen Ausreden hinausgezögert und am Ende nicht unterschrieben.«

»Das heißt, es muss nicht Knall auf Fall etwas zwischen den beiden vorgefallen sein. Etwas ließ Cadischs Freundin bereits im Vorfeld zögern.«

»Wahrscheinlich. Um ehrlich zu sein, mein Vater hatte mir gegenüber wegen ihr Bedenken geäußert.«

»Und warum genau war er skeptisch?«

»Na ja, mein Vater verbrachte vierzig Jahre in diesem Haus hier, sah Mieter kommen und gehen. Er verfügt zudem über eine ausgesprochen gute Menschenkenntnis. Nach meinem Gespräch mit den beiden hatte er nur gesagt, er hoffe, dass die zwei die richtige Entscheidung getroffen hätten.«

»Und letzten Sommer, als Sie die drei Wochen hier waren, wie war Ihr Eindruck von Herrn Cadisch?«

Lukas spähte wegen dieser Frage wieder durch den Türspion: Everita Barrazza drückte soeben erneut den orange leuchtenden Lichtschalter im Flur, denn vor dem einzigen Fenster, das mittig im Treppenaufgang nach Norden zeigte, bauschte sich kräftig ein Kastanienbaum, der viel Tageslicht verschluckte.

»Ich fand ihn nett und zugegeben auch gut aussehend, aber da er liiert war, unterdrückte ich weitere Gedanken dazu. Außerdem war es auch die Zeit, in der wir meine Mutter beerdigten und es meinem Vater nicht gut ging. Da blieben meine Gefühle ein wenig auf der Strecke.«

»Das ist sehr gut zu verstehen. Nur noch eine letzte Frage.« Barrazza blätterte auf die nächste Seite ihres Notizbüchleins. »Diese Lisa Martschitsch. Können Sie sie trotzdem etwas charakterisieren, auch wenn Sie sie nur wenige Male gesehen haben?«

»Sie ist Österreicherin und auffallend attraktiv, scheint mir ehrgeizig und mit Sicherheit intelligent zu sein. Sie ist Inhaberin einer Kommunikationsfirma und weiß sich selber hervorragend zu verkaufen. Im Gegensatz zu Lukas scheint ihr Status wichtig zu sein, und das sage ich nicht nur, weil sie jeweils in einem dunklen Luxus-BMW vorfuhr.«

»Haben Sie einen Zweitschlüssel zu der Wohnung von Herrn Cadisch?«

»Nein, aber einen Passepartout. Ich brauche allerdings ein amtliches Dokument, um Ihnen Zutritt zu gewähren. Ich nehme an, Sie wollen die Wohnung betreten?«

Barrazza legte einen Hausdurchsuchungsbefehl vor.

»Gut, dann warten Sie bitte hier. Ich gehe ihn holen.« Carmen verschwand im Treppenhaus.

Lukas lehnte sich wieder mit dem Rücken an die Tür. Sein Blick fiel ins Wohnzimmer. Er war immer ein ordentlicher Mensch gewesen, doch die letzten Tage hatte er nicht mal mehr die halb vollen Teller in die Spüle gestellt. Nicht ein einziges Mal hatte er ein Fenster geöffnet, um zu lüften. Es war ihm peinlich, dass Carmen das nun alles sehen würde. Was für ein Bild würde sie bloß von ihm bekommen?

Er ging von der Tür weg, als er hörte, wie der Schlüssel ins Schloss gesteckt und gedreht wurde.

»Hallo, ist hier jemand? Herr Cadisch?«, erklang Everita Barrazzas Stimme, während die Tür nach innen aufschwang.

Instinktiv wollte sich Lukas verstecken, obwohl er wusste, dass er gar nicht gesehen werden konnte. Er zwang sich, im Flur stehen zu bleiben.

»Herr Cadisch?«, fragte Barrazza erneut.

Die beiden Ermittler betraten mit bedächtigen Schritten nach dem Wohnzimmer die beiden Schlafzimmer, von denen das kleinere als Allzweckraum diente. Sie öffneten Schränke, sahen unter das Bett und zogen die Jalousien hoch, sodass grelles Sonnenlicht einfiel.

Lukas blieb im Flur stehen, von wo aus er in alle Räume blicken konnte. Carmen stand noch immer barfuß im Rahmen der Eingangstür. Sie wirkte besorgt.

Barrazza und Kälin verschwanden in der Küche, und Lukas hörte den Beamten sagen: »Da liegt sein Mobiltelefon und sogar sein Schlüsselbund!« Er hielt den Bund ungläubig vor sich, als wäre es ein seltener Fisch. »Da frage ich mich doch gleich, wie Herr Cadisch von außen die Tür abgeschlossen hat …« Er legte Handy und Schlüssel in zwei Plastiktüten und verschloss sie.

Lukas begriff schlagartig, dass die Beamten seine Wohnung offenbar in dem Zustand vorfanden, wie er sie in der Nacht vor seinem Verschwinden nach dem Zubettgehen »zurückgelassen« hatte. Er hatte seitdem, wann immer »Es« auch geschehen war, aus der Sicht von Außenstehenden nicht ein einziges Molekül verändern können. Keine Spuren konnte er in der Welt hinterlassen, die andere sehen würden. Die ganze Sauerei in der Wohnung, die er seither angerichtet hatte, war somit für die Beamten nicht sichtbar. Deshalb hatte auch das mit einem Hilferuf beschriebene Blatt nichts genützt, das er Marie in der Buchhandlung vor die Nase gelegt hatte.

»Frau Cotti, niemand ist in der Wohnung, wir brauchen aber noch Zeit für die Spurensicherung und melden uns bei Ihnen, sobald wir fertig sind.« Everita Barrazza deutete damit an, dass sie nun ungestört sein wollten.

Carmen nickte und verschwand im Treppenhaus. Lukas hörte ihre Wohnungstür leise ins Schloss fallen, während hinter ihm Barrazza und Kälin die Wohnung weiter untersuchten und einzelne Gegenstände in verschieden großen Plastiktüten sicherten.

Mit einem letzten Blick in seine vier Wände verließ er das Haus. Er setzte sich aufs Rennrad und radelte gedankenversunken und in gemächlichem Tempo die leicht ansteigende Loëstraße Richtung Fürstenwald hoch.

Am Waldrand angekommen setzte er sich auf eine Parkbank und blickte über die Wiesen und Felder aufs Tal und die Stadt unter sich. Lukas fühlte sich vertrieben und vom Leben verraten.

Auf dieser Bank hatte er oft mit Lisa gesessen. Vor allem in den ersten beiden Monaten, in denen sie sich so viel zu sagen gehabt hatten. Besonders Lisa hatte einiges zu erzählen gewusst, und er war ein geduldiger und aufmerksamer Zuhörer gewesen und hatte dabei ihre Mimik beobachtet, denn genau die mochte er an ihr. Und auch damals war es Mai gewesen.

Nach drei Stunden kehrte er zurück; er hoffte, der Spuk müsse nun vorüber sein. Und so war es auch, zumindest fast. Beamtinnen trugen metallene Handkoffer aus dem Haus, verstauten sie in einem dunkelblauen Kastenwagen, dann fuhr das letzte der beiden

Fahrzeuge mit knirschenden Reifen vom gekiesten Vorplatz, der in der frühnachmittäglichen Wärme lag.

Spät an diesem Abend saß Lukas in sich gekehrt am Küchentisch. Draußen war es dunkel. Die Jalousien hatte er gänzlich geschlossen, im Flur brannte eine Lampe und warf Schattenmuster an die Wände, die ihm zuvor nie aufgefallen waren.

Jemand war also in Sorge um ihn, hatte die Polizei alarmiert und eine Vermisstenanzeige aufgegeben. Das fand er schön. Er fragte sich, wer das gewesen war. Mit einem Pack Dosenbier in der Hand setzte er sich auf den Balkon. Nur das nächtliche Summen der Stadt war zu hören. Lukas versuchte seine Gedanken auf ein Minimum zu reduzieren, als wären sie eine Glut, die jederzeit wieder zu Flammen angefacht werden konnte. Sein Denken beschränkte sich auf das, was er sah: die Lichter der Stadt und den dunklen Bergkranz mit dem letzten blassen Farbverlauf darüber, der sich in den Himmel zog und mit dem Schwarz verschmolz.

Fast bewegungslos saß er auch nach dem vierten Bier an derselben Stelle. Die Positionslichter eines Hubschraubers blinkten in der Ferne des Oberlandes. Das Klopfen seiner Rotoren verstummte leise, ohne zuvor lauter geworden zu sein. Der Duft des blühenden Flieders wehte immer wieder zu ihm hoch. Im Teich spiegelte sich der Mond der Frösche wegen wellenartig, die sich zuhauf im Wasser tummelten.

Irgendwann stand er am Balkongeländer, reckte sich darüber, um hinunter zum Terrasseneingang von Carmens Atelier zu sehen – doch es brannte kein Licht, und er fühlte sich noch verlassener.

Es ist schon so, dachte er, wenn das Leben sich entschloss, einen Menschen in eine Abwärtsspirale zu ziehen, dann wurde es schwierig, wenn nicht gar unmöglich, dem zu entrinnen. Meist erst nach dem Aufschlag bot das Leben einem die Möglichkeit, sich aufzurichten und neu zu orientieren. Den Weg dorthin aber musste jeder selbst finden, auch die neuen Perspektiven, was oft so schwer war, als müsse man die fünfte Himmelsrichtung erkennen.

Es war weit nach Mitternacht, denn die Martinskirche hatte dies vor einer Weile mit ihren Glockenschlägen über die Dächer Churs hinweg verkündet. Die Müdigkeit wollte aber weiterhin nicht über Lukas kommen. Um kurz vor drei entschloss er sich dennoch, sich ins Bett zu legen. Er behielt die Kleider an und igelte sich in seine Decke ein, wie er es als Kind getan hatte, wenn es wegen des starken Frosts im Unterengadin auch in seinem Zimmer kalt gewesen war. Die Mutter hatte damals, wenn sie ihm den Gutenachtkuss auf die Stirn drückte, die Bettdecke jedes Mal fest um ihn gesteckt, dass es bald kuschelig warm wurde.

Es war seltsam: So einsam und verloren er sich in diesem Moment auch vorkam, so fühlte er sich dennoch intensiv lebendig. Vielleicht, dachte er, ist das eine Art Gegenstrategie meines Unterbewusstseins, meines Geistes, damit ich trotz des Ungeheuerlichen existieren kann – zumindest vorerst …

5

Tag 7

Am siebten Tag nach Tag null, es war wieder Montag, entdeckte Lukas in der »SÜDOSTSCHWEIZ«, die er am Bahnhofskiosk aus der Ablage genommen hatte, die Meldung: »Schriftsteller Lukas Cadisch vermisst!« Darunter war das Pressebild von ihm abgedruckt worden, dazu ein für diese Art von Meldung typischer Text: neutral gehalten und frei von Spekulationen, die aber bestimmt bald folgen würden.

Nachdem die Polizei vor einigen Tagen die Hausdurchsuchung beendet und sein Mobiltelefon, sein iPad und sämtliche Ordner und Dokumente mitgenommen hatte, war ihm klar geworden, dass alles, was er einmal berührt hatte, zu einem Duplikat wurde, und er konnte das Original nicht mehr sehen. Der alte Baum im Park, von dem er den kleinen Ast abgebrochen hatte, war so verändert nur in seiner Welt sichtbar – für die Wahrhaftigen, dessen war er sich sicher, fehlte der Ast nach wie vor nicht, denn für sie existierte er, Lukas, nicht mehr.

Warum er die Technik nutzen konnte – sich selbst hatte er eine E-Mail geschrieben und diese prompt erhalten –, wusste er nicht. Aber eines war klar: Technisches konnte er in seiner Welt nur so lange nutzen, wie das Original in der Welt da draußen funktionierte. Nichts, was er in seiner Welt tat, hatte auch nur die geringste Auswirkung auf die Wahrhaftigen. Das wusste er, seit die Behörden sein Mobiltelefon deaktiviert haben mussten, warum auch immer – denn seitdem blieb das Duplikat in seiner Welt tot.

An diesem Morgen hatte es ihn nach dem Zeitunglesen vom Bahnhof hoch zum Obertor gezogen, vielleicht weil es seit Jahrhunderten eines der Nadelöhre der Stadt war, durch das das Leben sich zwängte. Er setzte sich auf die exponierteste Sitzbank der Brücke am Kreisel und blickte auf das Treiben vor ihm.

Mit Bestimmtheit wussten mittlerweile auch seine Eltern von seinem Verschwinden. Beide waren sie bodenständige Leute, die nach außen nicht viel von ihrer Gefühlswelt zeigten, zumal nicht, wenn es um Sorgen ging, und Theatralik lag ihnen sowieso fern. Doch gewiss würden sie sich nun Sorgen machen, sich fragen, was passiert war. Ob und wie Mutter mit seinem Vater darüber reden konnte, wusste er nicht. Noch würde dieser das meiste zwar verstehen, es aber auch immer wieder vergessen, und in ein, zwei Jahren würde er nicht mal mehr wissen, dass er zwei Kinder hatte. Das empfand Lukas als grausam.

Seit er sich mit dem Thema Alzheimer auseinandersetzen musste, hatte er nur allmählich begriffen, dass diese Krankheit so viele Gesichter hatte wie Opfer und deren Angehörige. Als die Diagnose damals nach vielen Widerständen des Vaters in der Memoryklinik in Chur endlich ausgesprochen werden konnte, war es für alle schwer gewesen, zu verstehen und zu akzeptieren, dass sein Vater irgendwann in den Wirrungen seines Denkens und Fühlens verschwinden, sich darin auflösen und nur noch als Hülle eine Zeit lang weiterleben würde. Lukas hatte dieses Wissen lange von sich geschoben, genauso wie sein Vater seine Erinnerungslücken lange zu kaschieren versucht hatte, manchmal fast kindlich hilflos. Lukas musste lernen, in diesen Momenten zu schweigen. Eines wurde ihm aber mit den Monaten der Krankheit bewusst: Angehörige von Alzheimerpatienten verlieren diese erst nach und nach, und so sind auch viele Abschiede vonnöten. Und mit der Beerdigung würde sich zum Ende nur noch der Körper auflösen, dorthin gehen, wohin der Geist zum größten Teil bereits verschwunden war.

Der Zerfall seines Vaters, dessen absehbares Ende, das somit langsame Schließen seines Lebensbuches, hatten Lukas veranlasst, sein eigenes Leben zu hinterfragen: Was war wirklich wichtig für ihn? Gab er dem Entscheidenden auch den entsprechenden Stellenwert? Was würde er über sich erzählen, stünde er vor seinem eigenen Grabstein?

Diese Fragen veränderten einiges, brachten eine andere Art von Bewegung in sein Leben. Nicht sofort, aber zwangsläufig und, wie es nun schien, zu spät, denn seit einer Woche war er vom Leben abgenabelt.

Den Blick weiter in den Kreisverkehr gerichtet, fragte er sich, was er nun tun sollte. Das war keine Situation, die man mit Aussitzen erledigen konnte. Er musste etwas unternehmen – aber was? Und vor allem – konnte er überhaupt etwas tun? Gab es denn irgendeine Möglichkeit, diesem Grauen zu entkommen, sich in der anderen Welt der Wahrhaftigen bemerkbar zu machen?

Bei diesem Gedanken fiel sein Blick auf einen Jungen, der sich ihm mit einem Erdbeereis in der Hand näherte und an ihm vorüberging, als trüge er alles Glück dieser Welt in seiner kleinen rechten Hand. War das der Moment, auf den er hinarbeiten musste, um zu überleben? Wann hatte er in seinem Leben diesen vermeintlich kindlichen Zauber verloren und wieso? War es gewesen, als Geld eine zu wichtige Rolle einnahm? Oder war es geschehen, als er sich zu sehr von anderen Menschen verletzen ließ und, anstelle nach vorn zu blicken, zu hadern begann? Oder war es gewesen, weil er das berühmte Blümlein am Straßenrand nicht gepflückt hatte? Er wusste es nicht. Wenn aber, wie in Fachbüchern behauptet, das Kind im Erwachsenen weiterlebt, dann müsste auch diese Welt für ihn immer wieder zu betreten sein – mit den Wertvorstellungen und der Genügsamkeit eines Eis essenden Kindes.

Mit dem Blick auf das geschäftige Treiben dieses Brückenkreisels wurde ihm immer klarer, dass er endlich etwas tun musste. Er konnte und wollte nicht noch länger tatenlos herumhocken und seine aussichtslose Lage ausblenden, so wie Vater es mit seiner zu lange getan und dabei wertvolle Zeit seines Restlebens vergeudet hatte, denn das Restleben fand auch bei ihm, wie bei allen Menschen, im Augenblick statt.

Wieder zu Hause angekommen stellte Lukas sich unter die Dusche. Nach einer gründlichen Rasur zog er frische Sachen an und fühlte sich gleich etwas besser. Aus dem Schrank im Flur nahm er seinen Rucksack und zog mit einem letzten Blick in seine Wohnung die Tür hinter sich zu.

Carmen fand er im Garten. Sie saß auf der kleinen Terrasse vor dem Atelier und kaute nachdenklich auf ihrer Unterlippe herum. Die Sonne glänzte in ihrem dunkelbraunen Haar. Der Geruch ihres Waschmittels mischte sich mit dem des Gartens. Lukas wurde in diesem Moment zum ersten Mal bewusst, dass es tote und lebendige Düfte gab, und er fragte sich, wieso er diesen Unterschied niemals zuvor erkannt hatte.

»Ich komme hoffentlich bald wieder, Carmen. Macht's gut, du und deine kleine Sophia.« Ein Schmerz spannte seine Flügel in seiner Brust auf, als er wie ein Geist zu gehen hatte.

Kurz vor Mittag verließ er den Coop in der Alexanderstraße, das Geschäft, in dem der Monitor an der Decke die Aufnahmen von Ein- und Ausgang zeigte.

Er hatte Lebensmittel und Getränke genommen. Zu Hause hatte er im Fernsehen noch den Wetterbericht auf Teletext gelesen: Die nächsten Tage blieb es weiterhin fast hochsommerlich warm, trotz Mitte Mai. Dennoch steckten in seinem Rucksack auch eine Windjacke und ein Kapuzenpulli.

Vor dem Geschäft blieb er stehen und schaute sich um wie ein Auswanderer, der sich einen letzten, einprägsamen Blick auf seine Heimat schenken wollte, die er vielleicht nie wieder sehen würde. Der Alltag nahm seinen ganz gewohnten Gang, wenn auch ohne ihn: Autos, Passanten, Baulärm, eine Kirchenglocke, der Geruch von Asphalt und von den Blumen im Kreisel, eine Fahrradglocke, eine helle Kinderstimme, eine alte Frau, die sich auf ihrem Stock abstützte, und eine kleine Plastiktüte, die vom Wind weggetragen wurde.

Lukas verließ die Stadt in nördlicher Richtung. Gemächlich folgte er auf seinem goldenen Renner der Landstraße, die durch Felder und Äcker führte. Er hatte es nicht eilig, aber ein Ziel vor Augen.

Nach einer Dreiviertelstunde, bevor er die Bündner Herrschaft mit ihren malerischen Weindörfern erreichte, die in den Südhängen unterhalb bewaldeter Berge lagen, bog er ins Prättigau ein, dessen Eingangspforte eine schluchtähnliche Talenge war, aus der sich rauschend die Landquart zwängte.

Lukas befand sich auf dem Weg ins Unterengadin.

Wo immer möglich hielt er sich von der Kantonsstraße fern, die sich als graues Band durchs grüne Prättigau Richtung Davos hochzog. Viel lieber radelte er auf den schmalen Straßen, die mitten durch die Dörfer führten. Er wusste jetzt schon, dass er nicht den schnellsten Weg über den Autoverlad des Vereinatunnels nehmen würde. Er wollte über den Flüelapass.

Das gleichmäßige Radeln das stetig ansteigende Tal hinauf löste allmählich seine Spannung. Er fühlte die Berglandschaft derart intensiv wie noch niemals zuvor: die ihn flankierenden Gipfel, die sanft ansteigenden Bergweiden, die Wälder, dazu die zunehmende Höhe im Licht der Sonne, so als schärfe das Unheil alle seine Sinne und wetze nicht nur messerscharf seine Angst.

In Davos angekommen setzte er sich an den See. Aufbruchsstimmung kam in ihm auf, als er sich die bevorstehende Passfahrt vorstellte, die er schon seit Jahren mit dem Fahrrad unternehmen wollte, doch immer war der Alltag dazwischengekommen. Jeden Herbst, wenn die Pässe eingeschneit wurden, dachte er daran, dass wieder ein Jahr vorüber war – ein Jahr ohne die geplante Tour, und ein weiteres Mal hatte er sich vorgenommen, es aber bestimmt im nächsten Jahr zu tun. Dass es jedoch unter solchen Umständen endlich passieren würde, wer hätte dies befürchten können?

Die ersten Kilometer der Passstraße hatten so gar nichts mit einer steilen Bergstraße gemein: Sie zogen sanft neben dem Fluss zwischen den bewaldeten Berghängen ins Seitental hoch. Zuhinterst erhoben sich majestätische Gipfel wie Zielflaggen. Das änderte sich plötzlich, als sich der Wald zu beiden Seiten so schlagartig lichtete, als wäre Lukas aus einem Tunnel gefahren. Nun fuhr er mitten durch die baumlosen Alpweiden, während das Tal sich zusehends verengte. Mit jedem Kilometer bergauf erschien es ihm, als wüchsen zunehmend Steine in den zu anfangs noch üppig grünen Weiden, die sich über liebliche Anhöhen hinweg erstreckt hatten. Doch je höher er kam, desto steiler und karger wurden die Alpweiden, die Bergflanken rutschten noch näher zur Passstraße, und die Wildbäche rauschten beidseitig kraftvoll zur Talmitte und vereinten sich zum weiß aufschäumenden Bergbach.

Die Gipfel und lichten Anhöhen zu seiner Rechten lagen bereits im Schatten, als er gegen achtzehn Uhr die letzten engen Kehren hochfuhr. Reliefartig wirkten hingegen die Ostwände im milden gelben Abendschein, als er auf fast zweitausendvierhundert Metern über dem Meeresspiegel die Passhöhe erreichte.

Kein Wunder, dass es viele Menschen auf Pässe zieht, dachte er, denn oben anzukommen erschien auch ihm jedes Mal, als gelangte er in eine besondere Welt, einen Ort außerhalb der Zeit. Dies auch noch mit dem Fahrrad zu tun steigerte das Erreichen des höchsten Punktes zu einem intensiveren Gefühl.

Langsam fuhr er die letzten Meter am Flüela-Hospiz vorbei, das aus dem Jahr 1869 stammte, aus der Pionierzeit der vergangenen Jahrhunderte, als den Alpen jeder Meter Bergstraße abgekämpft wurde und mit dem Blut von so manchem wackeren Mann gezollt werden musste.

Hinter dem wehrhaften Gebäude mit der verblichenen Sinalco-Reklametafel vor dem Seiteneingang stieg er beim größeren der beiden kleinen Passseen ab.

Der Abendfrieden lag über allem wie der Alpsegen, den noch so mancher urige Älpler, verstärkt durch einen Holztrichter, aus den höchsten Höhen übers Land rief. Mit seinem melodiösen Sprechgesang, den er in alle Himmelsrichtungen ertönen ließ, bat er Maria Mutter Gottes und alle Heiligen um ihren Segen für Land, Vieh und die Menschen und dankte gleichzeitig für deren Bewahrung.

Lukas blieb stehen, blickte sich um – niemand außer ihm war da. Es umhüllte ihn diese besondere Art von Frische, die es nur oberhalb von zweitausend Metern zu spüren gab, und die absolute Stille.

Eine Stille, die manch lärmgeplagter Unterländer auch schon lauter als Lärm beschrieben hatte und sich deshalb ins Reden flüchten musste.

Kein Auto, kein Motorrad, keine Stimmen von Ausflüglern, die mit ihren Wohnmobilen hier hinaufgefahren kamen, um mit ihren Handys das Alpenglühen einzufangen. Nur er, diese Stille und die Kraft der Berge, die jeder spüren und verinnerlichen konnte, wenn er sich die Zeit dazu nahm. Denn diese Riesen um ihn herum formten eine andere Welt als im Tal unten, wo die erste Heuernte des Jahres in der Abendmilde dieser außergewöhnlichen Maihitze auf ihr Einbringen wartete.

Hier oben veränderten sich die Gesetze, und Berge wurden erst zu Bergen, zu unerbittlichen Freunden, die alles schenkten, aber nie einen Fehler verziehen.

Den Rucksack geschultert zog es ihn eine steile Flanke hinauf, deren Magerweide von vielen Steinen durchsetzt war, darunter eine Handvoll hüfthohe, so verteilt, als hätte ein Bergriese mit ihnen gewürfelt, um Lukas' Schicksal daraus zu lesen.

Zweihundert Meter über der Passsenke setzte er sich. Das Schattenspiel der untergehenden Sonne erlebte er in den Bergen seit jeher mit gemischten Gefühlen. Es war für ihn schon immer mit Einsamkeit verknüpft gewesen, schöner Einsamkeit, melancholischem Abschied und der damit verbundenen seltsamen Freiheit, alles loslassen zu dürfen, um nichts mehr tragen zu müssen. Es schien ihm, als wäre er dabei ein Ball, der hochgeworfen den höchsten Punkt erreicht hatte, an dem er weder stieg noch sank – ein bewegungsloser Schwebemoment außerhalb der Zeit. Dieser konnte, während die Täler bereits in den Schatten ruhten, eine wunderschöne lange halbe Stunde dauern, so wie heute.

Nachdem sich das Licht aus den letzten Wänden in den Himmel, in die wenigen Wolken verabschiedet hatte, die es orange einfingen und im trägen Wind Richtung Süden trugen, trank er Wasser aus der Feldflasche und aß dünn geschnittenen Speck mit dunklem Brot, danach eine Scheibe des süßen Birnenbrotes, eine Spezialität aus seiner Heimat, dem Unterengadin.

Als er irgendwann danach zurück zu seinem goldenen Renner kam, lag die gesamte Passanhöhe in tiefem Schatten. Kälte drang durch sein Shirt. Er zog die Windjacke über. Das Schließen des Reißverschlusses hörte sich laut und unpassend an. Das Gemäuer des Hospizes wirkte, als wäre es vor Jahrzehnten bereits verlassen worden. Lukas hielt seine Hände an die Fassade, die noch Restwärme gespeichert hatte. Es war windstill. Die beiden kleinen Seen links und rechts der Straße spiegelten wellenlos den Blick zwischen den Bergflanken hoch in den Himmel, als wären es Augen eines schielenden steinernen Riesen.

Die Abfahrt hinunter nach Susch trieb ihm die Tränen in die Augen. Erst war die Luft klar und schneidend kalt, weiter unten, als er durch den Wald fuhr, weich, warm und moosig.

Das schöne Inntal erstreckte sich noch erfüllt von der Tageswärme vor ihm, auch wenn der Fluss bereits Kühle ausatmete, während er der Landstraße folgte.

Seine Beine waren schwer, sein Kopf etwas leerer, als er endlich von der Kantonsstraße nach Guarda abbiegen konnte, dessen Lichter im steilen Hang über ihm schimmerten. Der Anstieg war kurz, aber knackig, und mit den müden Beinen schien ihm die nächtliche Silhouette des Dorfes nicht näher rücken zu wollen.

Kurz nach einundzwanzig Uhr war es mit der letzten Kurve endlich geschafft, als er am Dorfrand am weißen Ortsschild »GUARDA« vorüberfuhr, von dem aus er die erste Handvoll Häuser und dahinter die Kirchturmspitze sehen konnte. Er blickte zurück, hinunter ins Tal. Kein Wunder, dass Guarda »ein Ort, eine Warte, von der man Ausschau, Wache hält« bedeutete.

Er schob seinen goldenen Renner durch die idyllischen kopfsteingepflasterten Gassen mit den schönen, massiv gebauten Engadinerhäusern. Ein beschaulicher Ort, der Touristen nicht nur wegen des weltberühmten Schellen-Ursli anzog, der hier gelebt haben soll. Für ihn war diese Idylle erst als Erwachsener wieder schön geworden, seit er nach jedem Besuch wieder gehen durfte – wie ein Tourist.

Am anderen Ende des Dorfes, nur einen Steinwurf

außerhalb, lag ihr Hof. Es brannte Licht in der Küche. Lukas lehnte seinen Renner an die alte Holzstallwand.

Der Anblick des dunklen Hauses mit dem von einem goldenen Schein erhellten Küchenfenster erinnerte ihn an seine Kindheit, vor allem zur Winterszeit, wenn er von der Schule heimgekommen und durch den hohen Schnee zum Hof gestapft war und wusste, Mutter stand am Herd. Wenn er dann die hölzerne Haustür mit einer lauten Begrüßung aufgestoßen hatte, war ihm manchmal der Duft einer warmen Apfelwähe in die Nase gestiegen.

Was würden seine schönen Kindheitserinnerungen noch wert sein, wenn er aus dem Leben aller ausgeschlossen, wenn er der verlorene Sohn bliebe, der niemals heimkehren konnte, egal, wie oft er durch diese Tür träte?

6

Aita und er besaßen noch immer einen Hausschlüssel. Ihre Eltern hatten ihnen gesagt, dass sie ihr Zuhause doch niemals verlieren würden, nur weil sie nicht mehr darin wohnten.

Dieser Satz fühlte sich seltsam an, als Lukas die Tür hinter sich zumachte, die nur die Nacht hindurch verschlossen war.

Es duftete nach Plain in Pigna, einem Unterengadiner Gericht aus geriebenen Kartoffeln und Speckwürfeln, das gut gewürzt in einer Form mit Käse überbacken wurde.

Neben diesem Duft nahm er andere ihm vertraute Gerüche so intensiv wahr wie niemals zuvor, während er so zögerlich eintrat, als hafte Dreck an seinen Schuhsohlen. Es schien ihm, als ob ihn alle Gerüche der Vergangenheit wie eine Horde Bekannter begrüßten und mit ihnen viele seiner Kindheits- und Jugenderinnerungen wie im Zeitraffer aufblitzten. Sogar der Geruch des alten Rapids, der vor dem Wetter geschützt unter dem Vordach des Stalls stand, wehte kurz auf, obwohl das unmöglich war, denn dieser befand sich ja draußen hinter dem Haus. Auch seine alte dunkelblaue Adidas-Tasche, mit der er ab der fünften Klasse in den Turnunterricht und einmal wöchentlich am Abend in die Turnjugendriege gehen durfte, tauchte in seinen Erinnerungen auf. Dabei hatte er sie doch schon vor Jahren weggeworfen, der Boden war aufgescheuert gewesen vom vielen Hinschmeißen.

Der alte Holzboden knarrte vertraut, als er durch den dunklen Flur auf den Lichtspalt der nur angelehnten Küchentür zuging. Das Scheppern von Geschirr ertönte.

Vorsichtig schob er die Tür auf, während ihn der Lichtkegel erfasste, als ginge es nur noch um ihn, als stünde er im Scheinwerferlicht einer sonst im Dunkeln liegenden Lebensbühne.

Seine Mutter trug ihre blaue Schürze und hantierte mit einem Topf. Der Vater saß über seine Zeitung gebeugt am hölzernen Küchentisch, der älter war als Lukas und an dem sie alle über die letzten Jahrzehnte hinweg viel zu erzählen gehabt hatten. Er war so etwas wie das Herzstück des Hauses gewesen und noch immer geblieben, und das nicht nur der Mahlzeiten wegen.

Vater trank wie jeden Abend sein Einerli Rotwein. Das Glas war noch halb voll. Lukas sah Kummer in Mutters Gesichtszügen. Kaum zu glauben, dass er die beiden erst vor drei Wochen hier gesehen hatte. Sie wirkten beide irgendwie verändert. Was es genau war, konnte er nicht benennen. Obwohl ihn niemand sehen konnte, riss er sich zusammen, denn seine Eltern hatten ihn früh gelehrt, Kummer nicht auf die Straße zu tragen, ihn keinen fremden Leuten zu zeigen, denn Kummer sei so etwas Persönliches wie Liebe, und nicht jeder sei es wert, dass man ihn mit ihm teile.

Mutter stellte den Topf neben den großen Spültrog und setzte sich mit einem Kaffee im Glas ebenfalls an den Tisch und rührte den Zucker auf.

»Buana saira.« Lukas wusste, sein »Guten Abend« in ihrer romanischen Muttersprache würden sie nicht hören, aber so hatte er es schon immer gemacht, wenn er abends heimkam.

Die beiden sprachen nicht miteinander, auch nicht, als Vater die Zeitung neben sich legte und nur noch auf das rot-weiß karierte Wachstischtuch starrte, als lese er dort weiter. Dabei hielt er mit einer Hand das Einerli, als könne es ihn so stützen.

»Bist du morgen wieder am Schnitzen?«, unterbrach die Mutter irgendwann die Stille.

Vater nickte, ohne aufzublicken. »Irgendwas muss ich ja schaffen. Das Warten ist schwer. Wann, hat er gesagt, kommt er denn wieder heim?«

Mutter strich mit der Rechten über das Tischtuch, das schon glatt war, und schien soeben antworten zu wollen, als es an der Tür klopfte.

Der Vater erhob sich von der Eckbank und ging an Lukas vorbei in den Flur, knipste dort das Licht an, dann hörte Lukas, wie er die Haustür aufschloss.

»Buana saira, Luzia. Komm rein«, sagte er.

Lukas sah, wie seine füllige Tante in die Küche trat, während Vater sogleich nach draußen verschwand, als hätte sie die Pflicht gehabt, ihn am Tisch abzulösen. Das Licht in der alten Werkstatt ging an. Mutter war bereits aufgestanden und stand am Fenster.

»Diesmal hat er den Lichtschalter schneller gefunden«, murmelte sie mit dem Rücken Luzia zugewandt.

Luzia setzte sich. Mutter nahm die Pfanne mit dem heißen Wasser vom Herd und eine Tasse aus dem alten Oberschrank.

Luzia, die zehn Jahre jüngere Schwester seiner Mutter, wirkte viel besorgter als seine Eltern. So hatte er sie noch nie gesehen, denn sonst verbreitete sie stets gute Laune.

Mutter goss das siedende Wasser in die Tasse mit Instantkaffee und stellte sie mit etwas Gebäck vor Luzia, die man durchaus als dick bezeichnen durfte, ohne beleidigend zu sein. Lukas hatte seinen Eltern zur letzten Weihnacht eine Kapselkaffeemaschine geschenkt, dasselbe Modell, das er besaß. Doch seine Eltern hielten an der Tradition fest und tranken ihren Kaffee wie die Jahrzehnte zuvor auch. Die Maschine wurde in einem der alten Schränke verstaut, bis er jeweils kam.

»Die Unruhe hat mich aus dem Haus getrieben, und ich habe bei euch noch Licht gesehen …«, kam eine Art entschuldigende Erklärung für die späte Störung, während Luzia vom Gebäck nahm. Kauend sprach sie weiter. »Auch wenn wir noch immer keine Ahnung haben, was mit ihm geschehen oder was in ihn gefahren ist, kann und will ich nicht glauben, dass nicht alles wieder gut werden wird, und das hoffentlich bald.«

»Lukas ist nicht auf den Kopf gefallen«, erwiderte seine Mutter. »Egal, was ihm passiert ist, er ist nicht wehrlos oder gar hilflos. Und falls ihm das Schlimmste, was wir nicht hoffen, dennoch widerfahren sein sollte, so müssen wir eben warten. Der Herrgott weiß im Moment allein, wie's kommen wird.«

»Er hat sich mit Bestimmtheit nichts angetan.« Luzias Blick wirkte brüchig, im Gegensatz zu ihren Worten, in denen trotzige Gewissheit mitschwang.

»Das wissen alle, die ihn kennen, und das zählt. Was andere außerhalb der Familie darüber denken, ist denen überlassen. Die Leute reden sowieso immer. Und die Boulevardmedien lesen wir gleich gar nicht. Außerdem verschwindet er doch nicht einfach so. Es muss einen Grund geben. Die Polizei hat uns mitgeteilt, dass er alles zu Hause gelassen hat. Sogar seine Hausschlüssel.«

»Das weiß ich ja noch gar nicht, Flurina.« Luzia tunkte gerade einen Keks in den Kaffee und hielt mitten in der Bewegung inne, sodass er aufgeweicht in die Tasse fiel. Sie fischte ihn nach mehrmaligen Versuchen mit dem Löffel heraus.

»Ja, weil die zuständige Ermittlerin erst vor ein paar Stunden hier war. Ich hätte es dir morgen dann schon gesagt.«

»Ist doch schon recht. Und? Hat sie denn eine Idee, einen Anhaltspunkt?«

»Sie geht davon aus, dass er die letzte Nacht vor seinem Verschwinden auf dem Sofa geschlafen hat. Eine kurze Jeans lag auf dem Boden davor und eine dünne Decke über dem Sofa. Am Abend zuvor war er noch mit seinem besten Freund, dem Gian-Reto, in Chur essen gewesen. Gemäß dessen Aussage sind sie erst kurz vor Mitternacht nach Hause gegangen, und das nüchtern.«

Lukas war irritiert.

Wieso erzählte Gian-Reto die Unwahrheit? Sie

hatten um kurz vor zehn bereits das Lokal verlassen, und nur zehn Minuten später hatte er Gian-Reto vor dessen Haus abgesetzt.

»Und Gian-Reto? Hat er etwas an Lukas' Verhalten bemerkt?« Luzias Frage lenkte Lukas' Aufmerksamkeit wieder zum Gespräch.

»Nein. Er sei wie immer gewesen, hat er auf dem Polizeiposten ausgesagt. Auch dass sie über nichts Konkretes gesprochen hätten, nichts, was im Nachhinein auf das Ereignis hindeuten könnte. Auch die Verabschiedung sei wie sonst gewesen, sodass es nicht als geplantes Abschiedsessen hätte ausgelegt werden können. Außerdem hat Lukas wohl noch kurz vor Mitternacht seinem Lektor in Berlin eine Mail geschickt. Wahrscheinlich direkt nachdem er nach Hause gekommen war. Danach verliert sich seine Spur auf seltsame, gar mysteriöse Weise.«

»Es ist ja aber auch sehr seltsam.« Tante Luzias Augen waren voller Sorge.

»Vor allem fragen sich die Ermittler, mit welchem Schlüssel er seine Tür beim Verlassen der Wohnung verschlossen hat. Mittlerweile haben sie alle Schlüsseldienste schweizweit angefragt. Niemand hat einen solchen Schlüssel angefertigt. Sie stehen vor einem Rätsel.«

»Und wie reagiert Clement?«

Flurina blickte auf das kleine Sträußchen Blumen, das in einer schlichten Vase in der Tischmitte stand und bereits etwas welkte. »In seiner Welt hat's mal mehr, mal weniger Nebel. Manchmal versteht er noch genau, was ich mit ihm bereden will, doch er wird mit jedem Tag mehr ein anderer – verschwindet Stück um Stück, und zum ersten Mal bin ich froh, dass er etwas vergisst.« Sie zupfte einige trockene Blütenblätter ab und legte sie neben sich aufs Tischtuch.

Luzia begann zu schluchzen, dass ihr fülliger Körper bebte. Lukas blieb in seiner emotionslosen Starre und hörte weiter vor dem Tisch stehend zu.

Mutter umfasste mit ihren von vielen Jahren harter Arbeit gezeichneten Händen die weichen ihrer Schwester, die die kleine Bäckerei-Konditorei mit dem schmucken Kaffeestübchen im Dorf führte. »Lukas hat in den letzten Monaten zum Glück noch so viel Zeit mit Clement verbracht. Alle zwei Wochen ist er hier hochgefahren, mit lustigen Begründungen im Gepäck, weil Clement nicht merken sollte, dass es hauptsächlich wegen der Krankheit war.« Flurina lächelte. »Er half ihm in diesen Tagen sogar beim Schnitzen, also er hat es zumindest einige Male versucht. Aber Lukas hat schon als Bub zwei linke Hände gehabt, was das Handwerkliche betraf, und seine geschnitzten Kühe sahen damals schon aus wie Fabeltiere.«

Nun lachte auch Luzia, und diese Erinnerung löste für einen Moment auch Lukas' Starre. Da hatte Mutter wahrlich recht. In der Schule mussten seine Handwerksarbeiten nie beschriftet werden. Jeder sah sofort, welches sein »Kunstwerk« war. Der Lehrer hatte eines Tages mitten im Unterricht vor versammelter Klasse gesagt: »Unser Schellen-Ursli hat Guarda und den Chalandamarz weltweit berühmt gemacht. Wer weiß, vielleicht werden Lukas' Arbeiten mal zu denen eines Giacomettis, und er bekommt wie der Schellen-Ursli ein eigenes Museum im Dorf.« Gemeinsam hatten sie darüber gelacht. Lukas hatte es mit Humor genommen. Nur sein Vater hätte sich gewünscht, dass er auch solche Zauberhände wie er selbst gehabt hätte. Dass sie nur zum Schreiben taugten, war ein schwerer Schlag für ihn gewesen.

»Und dabei hatte er doch die letzten Monate, seit das mit Lisa vorbei war, selber so viel zu verdauen«, stellte Luzia nach dem letzten Lächeln fest, leerte mit einem großen Schluck die Tasse und blickte zu Luzia. »Und du auch mit Clement.«

»Ja, das mit Clement ist schlimm. Aber manchmal scheint ja alles noch wie früher, wie jetzt, wenn ich aus dem Fenster schaue und in der Dunkelheit das Licht in der Werkstatt sehe und dabei hin und wieder das Schleifband höre wie all die Jahre zuvor und nicht darüber nachdenke, wie's wirklich ist. Aber wenn er ins Haus kommt, sieht man diese Veränderung in seinem Gesichtsausdruck, die er nie mehr ablegen wird, und das macht mir große Angst. Vor allem seinetwegen.«

Lukas schluckte schwer. Als hätte jemand ein Tor in seinem Innersten geöffnet, kämpfte er weiter mit seinen Gefühlen. Ein Gespräch mit seinem Vater kam ihm in den Sinn.

Vor mehr als zwei Jahren hatten sie eines Abends hier am Tisch unter dem Licht der Lampe gesessen und geredet. Während der Vater auf sein Glas Rotwein geblickt hatte, das er wie immer mit der Rechten am dünnen Stiel hielt, hatte Lukas erst um Worte gerungen und ihm dann gesagt, dass er immer für ihn da sei, dass er nie Angst haben müsse, allein zu sein, egal, was komme und was gewesen sei. Das war eine Woche nach der Diagnose gewesen. Sein Vater hatte darauf den Blick gehoben, ihn milde angesehen und gesagt: »Lukas, ich habe auch keine Angst, dass du mich verlässt, ich fürchte mich davor, dich allein zu lassen.«

Er hatte ihm das wie immer mit einer Direktheit gesagt, die Lukas zwar schätzte, die er aber oft auch als verletzend empfand. Denn er wusste, was sein Vater damit meinte: Er glaubte noch immer, seinen Sohn auf den richtigen Weg bringen zu müssen, und das hieß für Lukas weiterhin, dass er nicht »richtig« war. Aber er sah seinem Vater auch an, dass er in diesem Moment genauso mit seinen Gefühlen kämpfte wie er selbst. Ein langer Schluck aus seinem Einerli half beiden, sich wieder zu fassen.

Dennoch war dieses Gespräch im Nachhinein ein Geschenk gewesen. Lukas war sich sicher, sein Vater hatte dabei gespürt, dass er, Lukas, Angst vor einem abschiedslosen Verschwinden in den Wirren dieser heimtückischen Krankheit hatte. Dass er nicht in der Leere von Unausgesprochenem zurückbleiben wollte und seinen Vater trotz einer Fülle von Worten dann nicht mehr erreichen könnte, so wie es jetzt tatsächlich geschehen war, noch bevor die Krankheit es hatte bewirken können. Sein Vater hatte ihm nie mit Worten gesagt, dass er ihn liebte, ebenso wenig seine Mutter, aber er ihnen auch nicht. Mutter hatte einmal gesagt, als es Streit wegen der Hofnachfolge gab und er ihr und seinem Vater an den Kopf warf, dass er jegliche Wertschätzung von ihnen zu verlieren glaube, nur weil er den Hof nicht weiterführen wolle: »Lukas, man soll die Menschen an dem messen, was sie tun, und nicht an dem, was sie sagen.«

Genauso gut erinnerte er sich an seine Antwort dazu: »Ja, Mutter, und genau deshalb fühle ich mich so, als wäre ich hier unerwünscht.«

Erst Jahre später, nach Ausbruch der Krankheit seines Vaters, begann er ihre Sicht zumindest ansatzweise zu reflektieren, was alles noch schwerer machte.

Seit vielen Jahren schrieb Lukas jeden Sonntagabend sein Wochentagebuch. Für tägliche Einträge war er zu nachlässig; das Wochentagebuch hingegen war so etwas wie ein Beweis seines Lebens geworden, denn so vieles vergaß man auch ohne Krankheit, wie er feststellte, wenn er Einträge, die Jahre alt waren, las.

Darin fand er auch Aussagen seines Vaters, in oft grauenhaft direkten Worten. Zu seiner Krankheit hatte er einmal gesagt: »Es ist, als würde ein schlechter Elektriker in meinem Hirn hocken und aus lauter Bosheit die falschen Leitungen durchschneiden, nur um mich aus mir selbst zu vertreiben und dabei einen Heidenspaß zu haben.«

Vieles aber, was ihm in der Zeit des Niederschreibens unglaublich wichtig vorgekommen war und sogar an seinem Fundament gerüttelt hatte, war nur Monate später zu einer kleinen Welle im Meer seines Lebens geworden, die unmöglich einen Sturm geboren hätte, hätte er es nicht selbst getan.

Und nun war er vom Vater, von allen getrennt worden, noch bevor dieser gänzlich im Nebel verschwunden war, in dem er sich täglich bereits verirrte und nach helfenden Händen suchte, die ihn wieder auf den Weg zurückführten. Hände, die ihm Lukas nun nicht mehr reichen konnte, jetzt, wo er bereit dazu gewesen wäre.

Verzweiflung stieg in Lukas auf, vermischt mit einer Art Engegefühl, während Tränen scheinbar losgelöst von ihm über sein Gesicht rannen.

Es war nicht zu beschönigen: Er und Vater waren noch nicht im Reinen gewesen. Seine vierzehntäglichen Besuche hätten den Weg dazu ebnen sollen, doch da war diese Wand zwischen ihnen gewesen, die keiner von ihnen rechtzeitig zu übersteigen noch niederzureißen vermocht hatte.

Seltsamerweise schwiegen während seiner schweren Gedanken nun auch seine Mutter und Tante Luzia, sodass man aus der Stube das rhythmische Pendelschlagen der alten Uhr hören konnte. Sie teilte die Zeit unerbittlich in Abertausende exakt gleich lange Abschnitte ein, von denen selten ein einzelner für sich in Erinnerung verankert blieb und die zusammengenommen doch ein ganzes Leben ergaben. Dieses Tick-Tack öffnete Lukas' Vergangenheit:

Er war vier oder fünf gewesen, als Mutter ihn nach dem Mittagessen aufs braune Sofa, das noch immer neben dem grünen Kachelofen stand, geschickt und die Vorhänge zugezogen hatte, damit er seinen Mittagsschlaf halten sollte. Wie befohlen lag er an jenem trägen Frühlingsnachmittag im Dämmerlicht da und hörte seine Mutter in der Küche hantieren, bevor sie in den Garten ging. Zurück blieb er in der Stille des

Hauses und wartete auf den Schlaf, der nicht kam. Dabei tauchte es auf, dieses Tick-Tack, Tick-Tack …

Jahre später, es war Winter, Lukas dreizehn und konnte schon kräftig anpacken. Er war mit Vater im Wald holzen gewesen. Mit den beiden Pferden hatten sie den ganzen Tag hindurch die schweren Baumstämme über die tief verschneiten und steinhart gefrorenen Waldwege zum Hof gezogen, bis die Dämmerung übers winterliche Tal hereingebrochen war. Die Fenster der Häuser ihres kleinen Dorfes leuchteten gelb. Der Klang der Kirchenglocke, die sechs Uhr schlug, hörte sich in der bissigen Kälte hell und klar an. Der Geruch von Holzfeuerungen und Gekochtem lag in der Luft, als sie zum Haus schritten.

Lukas' Wangen glühten später in der warmen Küche, seine Augen glänzten müde. Seine Mutter hatte Währschaftes gekocht. Hinterher gab es eine heiße Schokolade und manchmal sogar ein Stück Gugelhupf. Danach legte er sich mit einem Buch aufs grüne Sofa, denn er liebte es, mittels der geschriebenen Abenteuer um die Welt zu reisen, und einen Fernseher besaßen sie auch damals keinen. Draußen herrschte klirrend kalt der Frost. Der Sternenhimmel hing wie festgefroren über dem Tal, die weißen Gipfel hoben sich hell in der Nacht ab, aus den Schornsteinen kräuselte sich der Rauch, draußen ruhte die Welt bis zum Morgen.

Auch wenn die Geschichten in seinen Kinderbüchern noch so spannend waren, irgendwann endeten die Leseabende stets mit der Stimme seiner Mutter, die ihn weckte. »Lukas? Lukas! Komm, du musst ins

Bett. Los, es ist Zeit, geh jetzt deine Zähne putzen, du bist wieder mal eingeschlafen.«

Sorgfältig wie einen Schatz hatte er dann das Buch, das auf seiner Brust lag, zusammengeklappt und zur Seite gelegt, war einen Moment liegen geblieben und hörte dem Tick-Tack der Pendeluhr zu, ehe er sich aufraffen konnte.

»Buna notg«, hatte er dem Vater gewünscht, der über den leidigen Papierkram gebeugt am kleinen Tisch in der Stube hockte und ihn kurz über seine Lesebrille hinweg anblickte, um auch ihm eine gute Nacht zu wünschen, bevor Lukas nach oben schlurfte.

Aita, seine jüngere Schwester, hänselte ihn oft im kleinen Badezimmer – »Du bist und bleibst eine Schnarchnase« – und versteckte ein ums andere Mal seine Zahnbürste, sodass Mutter zwischen die beiden Streithähne fahren musste.

Danach verzog er sich ins Bett und hörte Vaters schweren Schritten zu, als dieser in die Küche ging, um mit Mutter zusammen ein Einerli zu trinken und dabei leise Radio zu hören.

Das Aufgehen der Haustür riss Lukas aus seinen Gedanken. Vater kam aus der Schreinerei in die Küche zurück und begrüßte Luzia. Es war ihm anzusehen, dass er überlegte, ob sie soeben erst gekommen war oder ob er sie schon begrüßt hatte. Das Erstaunliche war, dass er sich noch immer gekonnt aus solchen Situationen »retten« konnte. Er sagte nur: »Ich war noch ein wenig am Schnitzen. Musste was fertig machen. Und was macht ihr zwei?«

Er schaltete das alte Radio an. Schweizer Radio SRF 1 spielte Volksmusik, doch ihn interessierte bestimmt die Wetterprognose, als ob die Arbeitsplanung noch immer davon abhinge. Die Sprecherin las vor: »An den Alpen und Voralpen ziehen morgen einige Schönwetterwolken vorbei, die sich teilweise auch bis ins Unterengadin erstrecken können. Weiterhin ist noch immer kein Regen in Sicht. Für die Jahreszeit ist es außerdem viel zu warm.«

Nachdem die Meldung verlesen war, wünschte Vater den beiden Frauen eine gute Nacht und verschwand über die Holztreppe im oberen Stockwerk.

Luzia stand auf, ging zum kleinen Küchenschrank, nahm die Zuckerdose heraus und stellte sie auf den Tisch.

»Flurina, meinst du, Lukas hat das mit Lisa derart zugesetzt, dass er einfach eine Weile von allem wegmusste?« Sie scheffelte drei Ladungen Zucker in ihren zweiten Kaffee. Beim Umrühren schlug der Löffel hell an den Tassenrand.

»Ach, Luzia, das ist doch nicht Lukas' erster Schiffbruch, den wir schon beim Segelhissen so sicher haben kommen sehen wie bestimmt auch er. Seit die Beziehung mit Simone, seiner großen Liebe fürs Leben, vor nun bald zehn Jahren in Bern so dramatisch geendet hat, ist er verändert geblieben. Er wollte nie mit mir darüber sprechen. Ich weiß nur, dass er die Beziehung beendet hat, wie ich erst Monate später von Simones Mutter erfahren musste, als sie sich mit einem Brief bei uns verabschiedet hat. Aber auch sie weiß bis heute nicht, was zwischen den beiden damals wirklich vorgefallen ist. Es muss aber für Lukas sehr gravierend gewesen sein, denn er hat sich bis heute nicht davon erholt.«

»In jenem Jahr wurde doch Simones Vater in den Bundesrat gewählt.« Luzia blickte nachdenklich zur Decke.

»Ja, er war zuvor der Stadtpräsident von Bern gewesen. Ein Vollblut-Politiker. Und ich meine, er macht noch immer gute Arbeit. Immerhin ist es seine dritte Amtszeit.«

»Wenn ich es recht im Kopf habe, fielen das Aus der Beziehung und die Bundesratswahl in dieselbe Zeit.«

»Jaja, dem ist schon so, aber ich glaube kaum, dass das von Bedeutung gewesen ist«, entgegnete Mutter.

Beide schwiegen und tranken ihren Kaffee, bevor Mutter weiterredete. »In dem Jahr fing er an, seinen rechten Arm weiter zu tätowieren, bis er innerhalb weniger Monate komplett bedeckt war. Dann gab es an einem Sonntagnachmittag während des Spaziergangs den heftigen Streit zwischen Clement und ihm. Auslöser waren die vielen Tätowierungen. Lukas' Beziehung zu Clement war danach auf dem absoluten Tiefpunkt. Fast ein Jahr kam er nicht mehr nach Hause, hat sich nur mit einer wortkargen Weihnachtskarte gemeldet. Sogar Aita ließ er links liegen.«

»Mit Lukas kann man ja sonst über alles reden. Aber damals kam er auch nicht mehr bei mir vorbei. Und auch mir sagte er keinen Ton darüber, was zuvor in Bern geschehen war.« Tante Luzia ergriff die Hand ihrer Schwester. »Ihr konntet doch nichts dafür. Lukas ist ein schwieriger Mensch, schon immer gewesen. Es ist nicht leicht, ihn so zu lieben, dass er es versteht.«

»Clement und ich haben ihn dennoch nie aufgegeben, haben immer gehofft, dass das Leben, die Erfahrungen, ihn lehren und er sich wieder für die eine, richtige Frau öffnen könnte, statt alle paar Monate mit einem dieser Hungermodels aufzutauchen, bei dem man mit Erstaunen feststellt, dass es sprechen kann.«

Tante Luzia lächelte. »Jaja, ich erinnere mich. Manche waren so dünn, dass die einen harten Winter hier oben nicht überlebt hätten. Und ja, du hast recht, einige hätten tatsächlich mehr Hirn im Bauch als im Kopf, wenn sie eine Fliege verschluckten. Aber Lisa war die Ausnahme: blitzgescheit, sportlich und eine anständige, gesunde Figur.«

»Und dennoch, das mit Lisa ist leider Lukas' Meisterstück im Sich-selbst-Betrügen gewesen.« Mutter stand auf, strich sich müde ihr graues Haar zurück, holte die Flasche Rotwein, goss sich ein Einerli randvoll ein und nahm einen großen Schluck, bevor sie mit dem Lappen das wenige, das übergelaufen war, wegwischte. »Ich hatte trotzdem die Hoffnung, dass dieses für ihn erneut unschöne Ende endlich der Beginn für was Neues sein könnte. Und ich war mir sogar darüber sicher, als er vor drei Wochen von dieser Carmen und ihrer Tochter Sophia gesprochen hat. Das hat sich seit Simone zum ersten Mal ›richtig‹ angehört.« Mutter nahm noch einen kräftigen Schluck Rotwein und goss so schnell nach, als dürfe Tante Luzia das fast leere Glas nicht bemerken.

»Das mit Lisa muss man ihm aber auch ein wenig

nachsehen. Die Frau hatte es faustdick hinter ihren schönen Ohren – obwohl es ihr auf den ersten Blick eigentlich anzusehen war. Aber der Lukas, der hat sich da einfach blenden lassen wollen.«

Mutter schob das erneut geleerte Glas etwas von sich, legte die Hände übereinander und schwieg zu Luzias Worten.

Bevor Lukas sich über das Gehörte, das ihn schwer traf, Gedanken machen konnte, wechselte Tante Luzia abrupt das Thema. »Und wenn es ihm wegen Clement zu viel wurde? Ich meine damit nicht, dass er sich deswegen was angetan hätte. Das nicht. Aber vielleicht ist er auf und davon und hockt am Meer oder in einer Hütte in Kanada und schreibt ein neues Buch. Das wäre ihm doch zuzutrauen.«

Bevor seine Mutter antwortete, blickte sie zur Küchentür, denn Vater hatte seit seiner Krankheit die Angewohnheit, wie ein Geist plötzlich irgendwo aufzutauchen, um zuzuhören. Doch er stand nicht dort. »Das mit Clement ist wirklich schlimm. Wirklich. Ich verliere ihn täglich ein Stück weit mehr, wie eine Pflanze im Garten, die rückwärts wächst, um irgendwann …« Sie kämpfte mit den Tränen, und auch Luzia fing an zu schluchzen.

»Ich weiß, ich weiß.« Ihre schweren Schultern bebten. Ein ersticktes »Tut mir leid« war mehrmals zu hören, während Mutter ihre Hand hielt.

»Luzia, erinnerst du dich noch an die bangen Stunden an dem Abend, bevor uns Clements Diagnose mitgeteilt wurde? Wie wir noch gehofft und geharrt haben, obwohl alles eigentlich schon entschieden war?

Dennoch, diese Stunden haben uns stärker gemacht und mich wieder eines gelehrt: Hoffnung ist nie verkehrt, erst recht nicht, wenn es aussichtslos erscheint.« Seine Mutter hatte sich äußerlich wieder gefasst und sprach nun ruhiger weiter. »Was Lukas' Verschwinden noch tragischer macht – Clement und er hätten noch so viel zu bereden gehabt. Ich glaube, nein, ich weiß, Lukas ist vor allem deshalb so oft hierhergefahren. Die beiden waren bis zu seinem Verschwinden nicht im Reinen. Es war vor Jahren viel zu viel Geschirr samt Küchenschrank zerschlagen worden, als es um Lukas' Berufswahl ging und er den Hof nicht übernehmen wollte.« Sie schwieg in der Art, die anzeigte, dass sie gleich weiterreden wollte. »Schriftsteller! Für Clement war das gar nichts Rechtes. Hätte Lukas gesagt, er würde Friseur werden, na ja, damit hätte man eher leben können. Schon damals konnte Clement sich nicht viel mehr unter einem Schreiberling vorstellen als heute. Lukas hatte ihm mal gesagt, dass er auch eine Art Bauer sei, dass er Buchstaben säe, sie gedeihen lassen und hegen müsse, ehe sie eine Art geistige Nahrung für seine Leser werden. Seltsam, oder?«

»Was mich erstaunt«, wandte Luzia ein, »ist, dass Clement nie verstanden hat, wie erfolgreich Lukas ist. Er ist einer der meistgelesenen Autoren der Schweiz. Ich meine, auch wenn Clement standhaft keine Lesung besucht hat und sehen konnte, wie die Leser Lukas für sein Schreiben lieben – in der Zeitung und im Fernsehen kamen ja auch öfters Berichte.«

Seine Mutter nickte. »Und ausgerechnet in wenigen Tagen hätte Lukas' Lesung stattgefunden, bei der auch Clement dabei sein wollte. Auch wenn sein Sinneswandel vielleicht den Wirren seiner Krankheit geschuldet ist, Lukas hätte es sehr viel bedeutet, dass wir alle gemeinsam gekommen wären. Zum ersten Mal überhaupt.«

Nun begann Luzia wieder zu schluchzen. Sie war die emotionalste seiner sieben Tanten. Jedes Mal, wenn er nach Hause gefahren war, hatte er sie in ihrem Café besucht, wenn sie nicht bereits bei seinem Ankommen hier am Tisch in der Küche hockte. Mit ihrer Körperfülle umarmte sie ihn jeweils beinahe zu Tode. Sie war so unglaublich stolz auf ihn und sein Schreiben gewesen – schon immer, glaubte er zu wissen. Bereits als er ein Kind gewesen war, hatte er ihr seine zerfledderten Textseiten zum Lesen gegeben. Seine erste kleine Geschichte, die er mit acht Jahren geschrieben hatte, hing eingerahmt in ihrer Küche wie ein Diplom. Jedes Buchprojekt verfolgte sie ganz genau, und jedes seiner Bücher hatte sie mit einer Widmung von ihm – »Für meine liebste Tante Luzia, von Herzen« – bei sich zu Hause stehen. Sie war außerdem die Einzige in der Verwandtschaft, die kinderlos geblieben war. Vielleicht hatte sie ihn auch deshalb so verwöhnt und immer ein Stück Kuchen für ihn bereitgehalten, und das bis zu seinem Verschwinden.

Luzia zog ein weiteres Stofftaschentuch aus ihrer Schürze, die sie über der dünnen Strickjacke trug, und schnäuzte sich geräuschvoll. »Wir müssen, so schwer es auch ist, nun alle warten und weiter hoffen«, sagte sie mit geröteten Augen. »Er ist ein Guter – trotz allem.«

»Lukas kommt wieder, und das mit Clement … Wir nehmen Tag für Tag und, wenn's dann sein muss, Stunde für Stunde!«, sagte Mutter matt, aber kämpferisch.

»Ich weiß doch.« Luzias Stimme klang traurig. »Es ist nur so, wenn ich zu Hause so allein hocke, dann …« Ihre Stimme wurde von erneutem Schluchzen zu verwaschen, um sie verstehen zu können, aber Lukas wusste auch so, was sie meinte.

»Du kannst jederzeit zu uns kommen. Das weißt du. Auch wir sind dankbar, wenn du bei uns bist. Wir sind doch eine Familie, und du hast ja eine besondere Verbindung zu Lukas. Hoffen wir, dass es eine einfache Erklärung für das Ganze gibt, die uns der Lukas bei seinem Wiederauftauchen auftischt.«

Luzia nickte, und Lukas spürte einen Stich im Herzen. Denn wie sollte er das jemals tun können? Wenn sie wüssten, dass er in diesem Moment vor ihnen stand und alles sehen und vor allem hören konnte!

Stille.

Mutter nippte an einem weiteren randvollen Rotweinglas, Tante Luzia klaubte das letzte Stück Gebäck aus der Schachtel, die alte Pendeluhr zählte die Sekunden in der Stille des Hauses – Tick-Tack, Tick-Tack …

Luzia hatte sich bereits vor einer halben Stunde verabschiedet. Lukas hatte sie wie ihr Schatten nach Hause begleitet, bis der helle Schein aus ihrer Haustür mit dem Schließen verschwunden war. Als er in sein Elternhaus zurückkam, war die Küche dunkel und seine Mutter nach oben in die elterliche Kammer verschwunden. Er knipste das Licht an.

Er wusste, bereits um Punkt fünf hockten sie und Vater wieder in der Küche und aßen gemeinsam Frühstück, als müssten sie wie die Jahrzehnte zuvor in den Stall, um die Kühe zu melken.

Auch wenn er die anstrengende Wegstrecke noch in den Beinen fühlte und hundemüde war, wusste er, dass er keinen Schlaf finden würde. Deshalb saß er weiterhin in der Küche und hörte Musik aus Vaters altem Radio und fühlte sich nicht mehr so verloren wie in Chur, denn hier war trotz alledem sein Zuhause – zumindest mal gewesen. Mehr als über das »Es«, das ihn so schauderhaft vereinnahmt hatte, dachte er nun über das nach, was seine Mutter und Tante Luzia über ihn gesagt hatten.

Sein früheres Kinderzimmer betrat er erst nach Mitternacht. Es stand alles noch wie damals an seinem Platz: das alte Bettgestell aus Arvenholz mit einer neuen Matratze darauf, sein Schreibtisch mit dem AC/DC-Aufkleber an der Seite und der Einbauschrank. Alles Hölzerne im Haus hatte Vater geschreinert. Lukas öffnete den Schrank. Wohlbekannter Geruch strömte ihm entgegen, als wäre er gefüllt mit der vergangenen Zeit. Die Einlegeböden waren noch immer mit der rot gepunkteten Folie beklebt, die Mutter vor vielen Jahren angebracht hatte. In diesem Zimmer war er buchstäblich groß geworden und die Möbel mit den Jahren kleiner.

Als stünde er unter dem Wasserfall der Erinnerungen, ergossen sich Tausende Momente seiner Kindheit über ihn: sein erstes Fahrrad, der tote Maikäfer auf seinem Schreibtisch, der auf dem Rücken lag, die Frühlingssonne, die schräg auf den Tisch schien und das Tierchen in mildes Licht tauchte. Der Käfer warf einen seltsam gezackten Schatten. Das Männermagazin, das ihm Gian-Reto in der siebten Klasse ins Zimmer geschmuggelt hatte, die Eisblumen, die sich während eines Schneesturms am Fenster gebildet hatten und in der Eiseskälte am nächsten Tag im Sonnenlicht erstrahlten. Das lachende Gesicht von Gian-Reto, als sie dreizehn Jahre alt waren: Es war Chalandamarz. Wie jeden 1. März zogen alle Kinder durchs Dorf. Noch lag viel Schnee. Jeder trug eine möglichst große Glocke. In blaue Sennenkutten, rote Zipfelmützen und Halstücher gekleidet, versuchten sie, mit lautem Geschell den Winter aus dem Tal zu vertreiben. Sie beide waren es gewesen, die in jenem Jahr, und nicht ohne Stolz, die beiden größten Glocken getragen hatten.

Und er erinnerte sich auch an den Sommer, in dem er achtzehn geworden war, wie er in diesen lauen Nächten damals viele Stunden ins Tal geblickt hatte. Der Duft der Heuwiesen lag in der Luft, und er hatte sich einsam und eingeschlossen gefühlt zwischen den Bergen und wollte nur weg – weit weg.

Erinnerungen an seine Mutter tauchten auf: Sie saß an seinem Bett, er war krank. Sie lächelte und stellte ihm warme Honigmilch aufs Nachttischchen. Sein Vater hatte sein Zimmer nur betreten, wenn er darin etwas schreinerte oder reparieren musste, wie den kaputten Fensterflügel. Vaters Stimme drang aus der Vergangenheit vom unteren Stock zu ihm hoch: »Lukas, komm schon, wir müssen das Vieh holen.«

Die Bilder verschwanden wie die Waggonlichter eines vorbeiratternden Zuges in der Ferne. Lukas öffnete das Fenster. Das Inntal lag im Dunkeln. Die Luft war klar und aromatisch, wie es nur in den Bergen vorkam. Er nahm einige tiefe Atemzüge. Er durfte jetzt bloß nicht durchdrehen, sich nicht fallen lassen. Es würde immer ein Schritt möglich sein.

Tante Luzia hatte zu ihm als kleinem Bub gesagt: »Weißt du, Lukas, die Sterne sieht man bei Tag nicht, obwohl sie genauso hell leuchten wie bei Nacht. Das ist wie die Liebe deiner Eltern. Du fühlst sie nicht immer, aber sie ist immer da und vor allem in der Dunkelheit.« Damals hatte sie ihn mit ihrer ganzen Herzens- und Körperfülle umarmt und getröstet.

Tränen benetzten sein Gesicht. Wo war er denn überall falsch abgebogen, dass er nun wieder hier stand? Hier, vor dem Fenster, aus dem er als Achtzehnjähriger geblickt hatte und lieber an fast jedem anderen Ort der Welt gewesen wäre.

Trotzig und beschämt wischte er sich die Tränen aus dem Gesicht, doch neue drängten nach. Er glaubte, nichts erreicht zu haben, am Nullpunkt von vor einundzwanzig Jahren gestrandet zu sein. Allerdings mit dem entscheidenden Unterschied, dass er damals Träume gehabt hatte. Träume, die ihn wie eine Meeresströmung hinausgezogen hatten in eine neue, spannende und ihm noch fremde Welt. Jetzt war er unverschwunden, als wäre er es nicht mehr wert, im richtigen Leben zu leben.

Langsam schloss er den Fensterflügel, dessen eisernen Griff er damals regelmäßig aufgedreht hatte, als würde er damit ein Fenster in eine andere Welt öffnen.

Lukas wusste, wo Mutter die alten Bettüberzüge verstaut hatte, und bezog sein Bett. Ein Kloß hatte sich in seinem Hals festgesetzt, als er unter die Decke schlüpfte und in die Stille des Hauses »Buna notg« flüsterte. Seine Kindheitserinnerungen fielen nur noch wie ein leichter, warmer Sommerregen auf ihn herab, ohne dass er einzelnen hätte gedanklich nachgehen können – er war zu müde und irgendwie zu leer.

Einen einzelnen Gedanken erwischte er doch noch. Tante Luzia und Mutter hatten recht: Er war kein einfacher Mensch. Aber deswegen auch nicht liebenswert?

7

Tag 8

Es war bereits hell draußen, als er erwachte. Er brauchte einige Sekunden, um sich zurechtzufinden. Nicht ein einziges Mal war er in der Nacht aus dem seit seinem Verschwinden seltsamen und stets traumlosen Schlaf erwacht. Doch wie jeden Morgen seit seinem Verschwinden plagte ihn ein unsäglicher Durst, stärker als jedes Verlangen, das er kannte. Wieso, konnte er sich nicht erklären. Sogar wenn er am Abend vor dem Einschlafen bewusst zu viel trank, kam der Durst.

Um Viertel nach sechs betrat er die Küche, in der sein Vater die Zeitung las. Ein leerer Teller stand vor ihm. Mutter hantierte mit umgebundener Schürze am Herd. Der Duft von Kaffee mischte sich mit dem der gebratenen Rösti, die von Mutter gekonnt gewendet wurden.

»Bun di«, wünschte Lukas einen guten Morgen und schaute die beiden an. Irgendwie schienen sie seit ihrem letzten Treffen vor drei Wochen älter geworden zu sein. Oder täuschte er sich?

Nachdem er ein großes Glas mit Wasser auf ex getrunken hatte, verschwand der Durst schlagartig. Er versuchte vorsichtig, seine Mutter zu berühren. Womöglich konnte er ja von ihm geliebte Menschen oder Blutsverwandte fühlen, und im besten Falle sogar umgekehrt. Doch es überraschte ihn nicht, dass dem nicht so war. Es löste auch keinen neuen Schreckmoment in ihm aus, manifestierte lediglich das schon Bekannte, denn es war insofern logisch, auch wenn Logik mit Sicherheit nicht der Schlüssel war, um das Ganze zu verstehen. Aber immerhin, er konnte Mutters Duft wahrnehmen. Sie roch nach Milch und Lavendel und ein wenig nach Karamell und Holz und der Asche aus dem Holzherd.

Aus dem Schrank nahm er einen Teller, aus der Besteckschublade einen Löffel. Seine Eltern hatten das Geschirrset aus den Siebzigern nie ersetzt. Das runde braun-orange Muster gefiel ihnen anscheinend noch immer, oder es war ihnen nicht wichtig.

Mittlerweile wusste er ja: Egal, was er sich aus der alten Welt nahm, es fehlte danach niemandem, als wäre alles bereits vorgeplant – einem festgeschriebenen Schicksal gleich. Deshalb setzte er sich mit dem gefüllten Teller an den Tisch und begann zu essen. Dabei stellte er sich die Welt wie vor dem »Es« vor. Der Kaffee half ihm dabei, denn er war noch immer scheußlich, sodass er sich überlegte, die geschenkte Kaffeemaschine anzuschließen. Da fiel ihm ein, dass er die letzten Kapseln bei seinem Besuch vor drei Wochen bereits aufgebraucht und sich vorgenommen hatte, beim nächsten Mal eine neue Schachtel mitzubringen.

Er aß, sogar mit etwas Appetit, die Rösti und

schlürfte hin und wieder einen Schluck vom zu heißen Gebräu.

Ein gequältes Schmunzeln huschte über seine Lippen, als er seinen Gedanken weiter nachhing. An ihrem typischen Engadinerhaus mit seinen Erkerfenstern und der massiven Bauweise prangte wie bei vielen Gebäuden in Guarda ein Sgraffito in Rätoromanisch an der Hausfassade: »Wir errichten schöne Häuser und wissen, dass wir nicht ewig bleiben; an den Ort, wo wir für immer zu bleiben hingehen, denken wir aber nur selten.«

Diesen Schriftzug hatte Vater beim Bau selbst angebracht. Er war handwerklich unglaublich begabt. Egal, was er anpackte, es wurde nicht nur gut, es wurde besonders.

»Und, steht heute was Gescheites in der Zeitung?« Mutter stellte Clement den Teller hin und riss Lukas aus seinen Gedanken.

Vater antwortete nicht sofort, blickte mit diesem seltsamen Lächeln, das einen Anflug von Ertappt-worden-Sein spiegelte, langsam auf. »Ach, immer das Gleiche.«

Das war zu einer seiner Standardantworten geworden.

»Und das Wetter?«, hakte die Mutter nach.

Vaters Blick ging durchs Küchenfenster. »Jaja, das Wetter macht auch, was es will.«

Lukas wusste, dass Mutter versuchte, wie mit dem Arzt besprochen, Vater gedanklich beweglich zu halten, auch wenn es zusehends schwieriger wurde.

»Wo ist denn der Lukas?«

Diese Frage seines Vaters ließ Lukas den Löffel noch in der Bewegung zum Mund innehalten. Er sah in Vaters Gesicht. Dessen hilflos fragender Blick schmerzte.

Einen Moment lang herrschte quälende Stille, bevor Mutter sich zu Vater setzte und ihre Schürze zurechtstrich. »Der kommt schon wieder heim. Wir müssen warten.« Sie legte ihre Hand auf seinen Arm.

»Warum ist er denn gegangen? Er hatte es doch gewiss recht bei uns.«

»Clement, der Lukas wird nächstes Jahr vierzig. Da will doch keiner mehr bei seinen Eltern wohnen. Willst du noch Kaffee?«

Damit schien sich sein Vater zufriedenzugeben, und Lukas zog es in den frühen Morgen hinaus.

Er lief den Berg hinauf, der schmalen asphaltierten Straße folgend, bis zu der Herzkurve, die so hieß, weil sie dem Gelände angepasst ein Herz formte.

Sein Blick fiel hinunter auf Guarda, das kleine Dorf, dessen Häuser sich längs in die Bergflanke eingebettet hatten. Hier war er geboren worden, mitten im tiefsten Winter, während der Schnee derart hoch fiel, dass die Hebamme aus Scuol zu spät zu ihnen nach Hause kam. Hier hatte er mit seinen Jugendfreunden gespielt, sich in der Pubertät die Zeit vertrieben. Gian-Reto war schon damals sein bester Freund gewesen. Neun Jahre lang saßen sie zusammen in derselben Klasse, und ihre Freundschaft war so tief geworden, wie sie es nur in diesen jungen Lebensjahren sein konnte – sie hätte für zehn Leben gereicht.

Am Dorfrand sah er ihr Gehöft mit dem Stall und

dem kleinen Silo. Er hatte den Bruch mit den vielen Generationen vor ihm herbeigeführt, die in den letzten Jahrhunderten harte Zeiten durchgestanden hatten, um den Hof am Leben zu erhalten, der sie am Leben gehalten hatte.

Und er? Seinetwegen ging der Hof nun zugrunde.

Er hatte sich nach seiner Matura fürs Schreiben entschieden und sich einen Pokerbecher auf den Oberarm tätowieren lassen, aus dem anstelle von Zahlenwürfeln solche mit Buchstaben rollten. Weitere Tattoos folgten, bis der Arm bis zum Handgelenk bedeckt war.

Das mit dem Hof hatte Lukas nie tragisch gefunden. Viele Bauern änderten ihr Konzept, wenn sie überleben wollten, passten es dem Tourismus an, der im Unterengadin genauso wie die schönen Bergmatten blühte. Aber die Gespräche mit seinem Vater darüber endeten jeweils im Streit, auch wenn Vater den großen Stall nur Jahre später »freiwillig« zu einer Touristenherberge umgebaut hatte und ihm obendrein auch seine Schnitzkunst schöne Einnahmen bescherte. Beides brachte mehr als genug Geld in die Familienkasse, und das ohne das tägliche Kämpfen, wie es die Generationen vor ihnen tun mussten.

Sich gegen den Hof zu entscheiden bedeutete für Lukas auch, Guarda den Rücken zu kehren. Nach der Matura zog es ihn weg aus Graubünden, das ihm wie eine Zwangsjacke vorgekommen war mit seinen hundertfünfzig Tälern, und aus Guarda, das für ihn einem zu engen Hemd ähnelte, dessen Kragen jeden Moment platzen konnte. Es zog ihn nach Bern, wo er in einer Wohngemeinschaft lebte, in der er später Simone kennenlernte.

Vater hatte kaum ein Wort geredet, als Lukas damals den Berg verlassen hatte, ausgezogen war und gesagt hatte, dass er in die Bundeshauptstadt ziehe. Tante Luzia hatte versöhnliche Worte dafür gefunden: »Viele müssen erst die weite Welt sehen, um die Perle Unterengadin wieder lieben zu lernen«, und hatte ihn einmal mehr mit ihrer Körperfülle zum Abschied fast erdrückt.

Das mit dem Schreiben lief in den ersten Jahren finanziell nicht gut. Doch das Komponieren seiner Romane erfüllte ihn wie schon die überschaubaren Texte in seinen Jugendjahren. Um über die Runden zu kommen, arbeitete Lukas die ersten sechs Jahre hart neben dem Schreiben und nahm alle möglichen Tätigkeiten an. Sein goldener Renner, den ihm Tante Luzia zum achtzehnten Geburtstag geschenkt hatte, war damals sein einziges Fahrzeug und im wahrsten Sinne des Wortes Gold wert gewesen.

Aus Bern schrieb er hin und wieder einen Brief nach Hause und öfter seiner Tante Luzia. Er mochte das Briefeschreiben von Hand. Es hatte etwas von der alten Zeit, als Briefe noch die einzige Verbindung zwischen weit auseinanderlebenden Menschen gewesen waren. Für das Verfassen nahm er sich deshalb Zeit.

Liebe Mutter, lieber Vater.

Die Menschen in Bern sind herzlich, ihr Dialekt melodiös. Im Gegensatz zu unserem Tal atmet

die Stadt durch die Weite der Ebene, wie bei uns die lichten Anhöhen es uns ermöglichen, wenngleich auch auf eine unterschiedliche Art.
Zurzeit arbeite ich als Velokurier und lerne so Stadt und Bewohner besser kennen. In zwei Wochen beginne ich meinen Dienst als Hilfspfleger in einem Alters- und Pflegeheim. Mein Zimmer in einer Wohngemeinschaft liegt unweit der Aare. Neben all diesen neuen Eindrücken vermag ich freudig zu sagen, dass ich vielfältige Plätze zum Schreiben gefunden habe, sodass die Zeilen gedeihen, sich emsig anreihen und ich darin auflebe. Gerade gestern habe ich die Zusage eines altehrwürdigen Verlages erhalten, meinen ersten Roman veröffentlichen zu dürfen. Er wird im nächsten Frühjahr erscheinen. Die Vorfreude ist entsprechend groß. Es geht mir also gut.

Liebe Mutter, lieber Vater, ich hoffe, ihr seid gesund und die Arbeit gelingt.
Meine Adresse liegt dem Brief bei.

Lukas

Lukas verschwieg in dem Brief, dass er Simone kennengelernt hatte.

Bei ihrer ersten Begegnung sah er sie in der Küche der Wohngemeinschaft neben Lara stehen, einer der Bewohnerinnen. Sie wandte sich ihm zu, als er eintrat, und begrüßte ihn in ihrem schönen Berner Dialekt. Er wusste und fühlte sofort, dass er sich in diesem Moment in sie verliebt hatte. Es war die Art, wie sie beim Sprechen ständig dieses Lächeln trug, ohne dass es aufgesetzt wirkte.

Nachdem Simone gegangen war, erfuhr Lukas von Lara, die er so beiläufig wie möglich danach gefragt hatte, dass Simone die Tochter des Stadtpräsidenten und eine angehende Anwältin war, die für Greenpeace arbeitete.

Simone ihrerseits hatte außer der kurzen Begrüßung scheinbar keine Notiz von ihm genommen, während er sich ein Glas Orangensaft in der Küche eingeschenkt hatte und von ihrer Präsenz geblendet worden war. Aus dem Wohnzimmer hörte er danach noch das Lachen der beiden Frauen. Simones Parfüm schwebte noch angenehm in der Wohnung. Lukas hoffte darauf, sie bald wiederzusehen.

In der WG gab es ein wöchentliches Ritual, an dem sich jeder Bewohner, wann immer es ihm möglich war, beteiligte. Sonntagabends kochten sie gemeinsam. Zwei Wochen nach seiner Begegnung mit Simone war Lukas an der Reihe und wählte ein Unterengadiner Gericht aus. Bei den Vorbereitungen klingelte es an der Tür. Da keiner der anderen fünf Bewohner Anstalten machte, sie zu öffnen, wischte er sich die Hände am Geschirrtuch trocken und tat es selbst – Simone stand draußen.

Ob sie ungelegen käme, fragte sie mit einem Lächeln auf ihren schönen Lippen, und Lukas konnte nicht anders, als sie anzuhimmeln. Simone trug ein tailliertes apricotfarbenes Sommerkleid und einen kleinen geflochtenen Sommerhut. Sie zog ihre Sandalen mit den Korkabsätzen aus und betrat barfuß die Wohnung.

Auch wenn die anderen taten, als wäre nichts, war deutlich zu spüren, dass alle Blicke auf sie beide gerichtet waren. Lukas dämmerte es schnell – alle wussten Bescheid und genossen sein Schmachten.

Die Terrassentür stand offen, als sie draußen auf dem von alten Kletterpflanzen umwucherten Sitzplatz saßen und aßen. Aus der Altbauwohnung rieselte leise die Musik, zu der sie gekocht hatten. In der Abendsonne schimmerte der Rotwein satt in den Weingläsern, während sie lachend anstießen.

Bevor Simone an dem Abend ging – die Dämmerung lag schwer über der Stadt, von Osten zogen Gewitterwolken auf, erstes Donnergrollen war im lauen Wind zu hören –, war er allein mit ihr auf der Terrasse. Sie gingen in den kleinen Vorgarten, blieben unter dem großen Birnbaum stehen.

»Ich möchte dich wiedersehen, Lukas.« Simone machte einen Schritt auf ihn zu und schenkte ihm zärtlich und überraschend offensiv einen Kuss auf die Lippen. Danach sah sie ihn liebevoll an, wie ihn noch nie ein Mensch angesehen hatte; ihre Hand lag auf seiner Wange und glitt zärtlich über seinen Hals hinab, bevor sie sie langsam zurückzog. Es schien ihm, als sähe ihr Innerstes sein Innerstes. Fast etwas unbedeckt kam er sich dabei vor, doch in ihrem Blick lag so viel Leben. Der laue Wind zog an und ließ die Blätter über ihnen rauschen. Sie setzten sich auf die grüne Bank, deren Farbe abblätterte, über ihnen nur das Blätterspiel und der sich ballende Gewitterhimmel.

Sie lehnte sich in seine Arme. Lukas glaubte zu träumen, als er sie küsste und ihr Parfüm tief einsog, das er seit ihrer ersten Begegnung in sich getragen hatte.

Die ersten Tropfen trugen den Duft der Natur und des heißen Asphalts zu ihnen. Der Baum bot noch Schutz, als sich ihre Lippen auch in den Sturmböen nicht trennen konnten.

Erst als ein heftiger Regenguss im blauen Aufflackern der Blitze über der Stadt niederging, lösten sich die beiden voneinander und liefen klitschnass und lachend ins Haus zurück.

Simone war wie Licht und Wind zum Atmen.

Von da an verbrachten sie viel Zeit miteinander, auch wenn vor allem Simones Zeit sehr knapp war. Dennoch saßen sie wann immer möglich gemeinsam an der Aare – er schrieb, sie büffelte für ihr Anwaltspatent. Ihre Nähe, ihre Liebe, tiefer als jede Freundschaft, wuchs jeden Tag, so empfand es Lukas. An den lauen Sommerabenden saß sie manchmal stundenlang zwischen seinen Beinen am Ufer des Flusses. Lukas umschloss sie von hinten und küsste ihr rotblondes Haar, atmete sie ein, und sie sprachen leise oder schwiegen lange. Die Farbe des Abendhimmels spiegelte sich in der samtweichen Oberfläche der träge dahingleitenden Aare, deren Ufer gesäumt war von üppigem Grün. Grillen zirpten in der Dämmerung, die Stadt erhob sich hinter ihnen, während er ihre braune Schulter küsste und unter ihrem Shirt ihre kleinen, festen Brüste streichelte.

Irgendwann nach Mitternacht schliefen sie im Schutz von Büschen miteinander, die sie wie zwei Hände umgaben. Ihre Berührungen waren achtsam und zärtlich. Simones dunkle Silhouette hob sich über ihm von dem vom Mondlicht erhellten Nachthimmel ab, ihr Haar fiel ihm ins Gesicht, als sie sich zu ihm beugte, seine Hände lagen an ihrer Taille.

Noch nie zuvor hatte er so etwas Wertvolles geschenkt bekommen wie an diesen Abend, der nie hätte enden sollen, und doch war er zum Anfang seines Grauens geworden, der ihn noch immer wie ein Brandmal prägte.

Die kleine Glocke von Guarda schlug hell neun Uhr und warf ihn hart aus diesen Erinnerungen, während er zurück ins Dorf schritt.

Vater fand er beim Drechseln einer Holzfigur vor. Lukas fing laut an zu reden: »Papa, es war doch gar nicht schlimm, das mit dem Hof. Schau doch, was alles an Gutem daraus erwachsen ist. Du hast endlich mehr Zeit für das, was du liebst: dein Schnitzen. Und Mutter war eine gute Gastgeberin für die Touristen. Würdest du wirklich mit dem harten Leben von zuvor wieder tauschen wollen?«

Sein Vater strich einmal mehr liebevoll prüfend über die fertige Holzfigur, bevor er sie behutsam zu den anderen legte, während Lukas weitersprach: »Weißt du, Papa, es gab eine Zeit, als ich Teenager war, da wollte ich eine dieser Holzfiguren sein, und ich glaube, es wäre auch dir recht gewesen, wenn du mich so hättest formen können. Ich bekam damals keine Luft mehr, obwohl der Himmel hier oben übervoll davon ist. Ich glaubte, das Leben zu verpassen, dass es irgendwo hinter den vielen Bergen da unten blüht, und ich wollte diesen Duft einatmen. Es ist schon lange nicht mehr so wie früher, als ihr die Mädchen im Dorf bei der Post getroffen habt und ins nahe Scuol ausgegangen seid, als wäre es eine Weltreise. Die Zeiten haben sich geändert und tun es noch immer. Und sag du mir: Was ist denn aus dem braun gebrannten Bauernmädchen Aita geworden mit den Zöpfen und dem Kopftuch, das jahrelang unsere Geißen mit mir eintrieb?«

Als würde sein Vater am Gespräch teilnehmen, machte Lukas eine Pause und eine vielsagende Geste. »Ja, genau! Eine Bankerin ist meine Schwester geworden, mit einem hohen Tier als Mann. Wieso habt ihr es denn ihr nicht krummgenommen, das mit dem Hof? Sie hätte ja den Curdin heiraten können – ihren Schulschatz, der jetzt unten den Hof seines Vaters führt und aus dessen Frau die Kinder nur so herauspurzeln!«

Als Lukas seinen alten Herrn vor sich sah, der beim Schnitzen Ruhe ausstrahlte, empfand er nicht nur Mitleid, sondern auch Schuldgefühle.

»Und nur noch das Letzte, Papa: Hättet ihr oder die Generationen zuvor dieselben Möglichkeiten gehabt wie heute, so manch einer hätte lieber das Tal verlassen oder weiß Gott was anderes getan, statt die harte Arbeit eines Bergbauern zu verrichten, bis alle

Knochen am Abend wehtun. Aber wer keine Wahl hat, hat die Qual.«

Sein Vater arbeitete an einer anderen Holzfigur. Strich sanft über das fein polierte Holz, blies mehrmals darüber, um es erneut mit den Fingerkuppen auf Rauheiten zu prüfen. Er wirkte entspannt.

Lukas fragte sich, was ihn überhaupt nach Guarda getrieben hatte. Was er eigentlich hier oben erwartet hatte. Denn das, was seinen Vater und ihn getrennt hatte, war bis zum heutigen Tag unausgesprochen geblieben, und es würde nun auch so bleiben. Der Alzheimer war zwar schnell gewesen, aber das »Es« hatte alles zu etwas Unwiderruflichem zementiert. Lukas glaubte nicht mehr daran, so mir nichts, dir nichts wieder in der alten Welt zu erwachen, als wäre er nie fort gewesen.

Vielleicht war er hier, weil in manchen Leben die Vergangenheit zur Gegenwart werden muss, um überleben zu können – in anderen Leben war das Gegenteil erforderlich, um so etwas Großes wie Zufriedenheit zu erlangen.

Er aber war alles andere als zufrieden.

War er je glücklich gewesen?

Ja, in wenigen Momenten, wie an dem lauen Sommerabend in Bern mit Simone. Aber ihm war schon lange klar, dass Zufriedenheit die beständigste Form von Glück war und für die meisten unerreichbar, denn der Schlüssel dazu lag nicht im Haben, sondern im Sein. Doch die meisten Menschen investierten ins Haben. Aber auch wenn er das glasklar gewusst hatte, war er dennoch weit davon entfernt gewesen, es selbst zu leben. Zumal bis letztes Silvester.

Um Mitternacht war er allein auf dem Balkon gestanden und hatte die Feuerwerkskörper über der Stadt explodieren gesehen, die Höhenfeuer der Freiheit brannten in den Bergen.

Der Moment, die ersten Sekunden des neuen Jahres waren noch so rein und jungfräulich und daher am besten dazu geeignet, sich auf die Suche nach Zufriedenheit zu begeben, entschied er, um sich vom scheinbaren Haben ins wahrhaftige Sein zu wandeln. Das war kein billiger Vorsatz gewesen, wie ihn viele Menschen fassten, um ihr schlechtes Gewissen am Ende des Jahres in so etwas wie ein kurzfristig gutes Gefühl für den Jahresanfang zu verwandeln – wie das Jahr zuvor.

Und nun, knappe fünf Monate nach dieser Silvesternacht, stand er hier und blickte durchs halb offene Scheunentor und war weder im Sein noch im Haben angekommen. Die Morgensonne schien durch die milchigen Fenster der Schreinerei. Das hier war Vaters Reich, in dem Lukas als Junge zwar viel gestanden und ihm zugesehen hatte, aber nie zu einem Teil seiner Welt geworden war. Hier fühlte er sich wahrscheinlich so wie sein Vater in einer Buchhandlung.

Lukas wurde beim Betrachten seines Vaters bewusst: Hier und jetzt konnte er nichts mehr für ihn tun. Auch nicht gegen ihren Bruch, der so wie noch nie zuvor schmerzte, vielleicht der Unabänderlichkeit wegen.

Er würde, er müsste wieder hierherkommen, später – irgendwann. Vielleicht aber auch nicht.

Dennoch blieb Lukas noch minutenlang vor seinem

Vater stehen, der in seiner blauen Arbeitskluft den Stechbeitel sicher über das drehende Holz führte, dass die Späne weich wie Wellen über seinen Handrücken hinwegglitten.

Plötzlich blickte Vater unvermittelt auf, und Lukas erschrak, denn es schien, als starre er ihm direkt in die Augen. Als wolle Vater ihm etwas sagen, blieb sein Gesichtsausdruck für einen Moment wie festgefroren, doch er sagte nichts und senkte, als hätte er etwas begriffen oder es vergessen, den Kopf – und die Späne flogen wie orchestriert, rhythmisch und geschmeidig über beide Hände hinweg und zu Boden. Noch nie hatte Lukas so intensiv den Geruch von frisch bearbeitetem Holz wahrgenommen. Es schien ihm, als könne er dessen Struktur daraus erfühlen, die Kraft des Windes darin, die den Stamm Tausende Male wiegen ließ, die Sonne, die ihn bis in den Kern hinein gewärmt hatte, und den Regen, der ihn in den kalten Nebeltagen dunkel durchnässte. Sogar die Stille des Schnees glaubte er aus dem Holz zu riechen.

Lukas rannte ins Haus, packte fahrig seinen Rucksack, schnappte seinen goldenen Renner und flüchtete aus dem Dorf. Erst unterhalb, auf der Landstraße, bremste er sein Rad und hielt abrupt, als stünde er vor einem Wegweiser.

Wohin?

Nach Hause?

So, wie er war?

Nein!

Wohin dann?

Lukas fuhr weiter in Richtung Susch, aber er nahm nicht den Anstieg zum Flüelapass hoch, sondern wählte die Kantonsstraße, die ins Oberengadin führte, nach Zernez.

Im Ort betrat er das Sportgeschäft und nahm sich ein Einmannzelt und alles, was er fürs Camping in den Bergen benötigte: vom Gaskocher bis zur Gaslaterne, sogar eines dieser faltbaren Solarpanels packte er ein. Ein größerer Rucksack musste her, weil sein Renner über keinen Gepäckträger verfügte. Es dauerte seine Zeit, bis er alles exakt verstaut und so geschultert hatte, dass er damit Rad fahren konnte. Doch mit den vielen Lebensmittelvorräten drückte das Gewicht zu stark. Es war ihm bewusst, berghoch käme er auf dem Renner mit der ganzen Last nicht einen Meter weit – er müsste ihn dann schieben.

Warum er sich für das Oberengadin als neues Ziel entschieden hatte? Er wusste es nicht. Er wusste nur eines: dass er irgendwo in die Höhe musste, auf einen Berg, und dort bleiben wollte, um zu wissen, wie es weitergehen sollte – falls überhaupt.

Am Nachmittag lag er nach über dreißig Kilometern Fahrstrecke müde am östlichen Teil des St. Moritzersees.

Die Sonne schien in dieser Höhe angenehm, das Licht spiegelte sich im kleinsten der Oberengadiner Seen wie Abertausende Bergkristalle. Das Tal mit seinen Lärchen- und Arvenwäldern lag im Glanz des Lichts. Darüber erhoben sich majestätisch die steinernen Flanken der Berggipfel. Dieser Anblick tröstete ihn mit dem Gefühl von Zeitlosigkeit, die eine wohltuende Gleichgültigkeit in sich trug.

Ein vertäutes Ruderboot mit abgeblätterter Farbe und dem Namen »Frieda« lag im Wasser. Der kleine Steg war baufällig und wirkte nicht besonders vertrauenerweckend.

Lukas fürchtete das Wasser. Wieso, hatte er nie herausgefunden. Er liebte zwar die Bergseen und auch das Meer – doch vorzugsweise nur vom Strand aus.

Als das Boot noch neu gewesen war, war es bestimmt ein Liebesbeweis des Erbauers an seine Frieda gewesen. Trotz der abgeblätterten Farbe und des verwitterten Holzes machte es einen seetüchtigen Eindruck.

Der Steg hielt, und Lukas setzte sich vorsichtig in das sich dabei aufschaukelnde Boot. Das Ufer war nur einen Sprung weit von ihm entfernt, dennoch schaute er verkrampft zu ihm hinüber. Er fühlte sich, als hätte sich unter dem Boot ein großes dunkles Loch aufgetan, das ihn verschlucken wollte.

Ausgerechnet in seinem aktuellen Roman kam ein alter, grauhaariger Fischer vor, der im rotorangen Abendlicht mit seinem Boot ein letztes Mal über den glatten See ruderte, der farbtrunken den Himmel spiegelte. Das rhythmische Geräusch der eintauchenden Ruder ertönte in der Stille wie bereits unzählige Male zuvor über so viele Jahrzehnte hinweg. Die Ruderblätter hoben sich gleichmäßig aus dem Wasser, tropfend überflogen sie die weiche Oberfläche und hinterließen kleine Kreise im Wasser, bevor sie erneut mit einem leisen Schmatzen eintauchten. Die kleine

Bugwelle vor dem Kiel schob sich eifrig durch das letzte Abendglühen. Der alte Fischer war nicht traurig. In seinen ruhigen Augen lag das Wissen um die vielen guten, aber auch harten Jahre. Sein Herz war erfüllt von dieser Zeit, weil er sich in den Kreislauf des Lebens eingebettet sah, der stets mit dem Aufleuchten eines Lebenslichtes beginnt und mit dem Erlöschen einer Lebensglut enden wird.

Lukas hatte diesen Fischer gemocht, hatte ihn ins Leben gerufen, um seine Angst vor dem Wasser zu entmachten, auch wenn ihm das erst nach dem Vollenden des Romans bewusst geworden war. Diesen alten Mann, in dessen wettergegerbtem Gesicht sich der See abzeichnete, hatte er für diesen Moment hier erschaffen.

Er hatte sich entschieden.

Zurück an Land packte er seine Habe und seinen Renner ins Boot und stieß sich beherzt vom Ufer ab. Das Boot schaukelte im ersten Moment bedenklich, und der See lag so still vor ihm, dass dies als Drohung oder Einladung gleichermaßen angesehen werden konnte. Er umfasste die Holmen und warf einen Blick ans Ufer, von dem er bereits über zwanzig Meter weggetrieben worden war. Er glaubte, der dunkle Schlund unter ihm würde sich öffnen und ihn mitsamt dem Boot verschlingen. Einem regelrechten Sog gleich musste er sich diesem Ruf aus der Tiefe entziehen, und er schloss für einen Moment die Augen: Der alte Fischer lächelte ihm im Geiste beruhigend zu, während Lukas mit rhythmischen Ruderschlägen weiter auf den See hinausglitt.

Die Angst bäumte sich noch einige Male auf, wollte ihn schwächen, ihn zum Umkehren zwingen, doch seine Entschlossenheit, die ihm auch das Bild des Fischers verlieh, schwächte sie derart, dass sie es war, die im See versank.

Lukas' Boot fing an zu gleiten, löste nach und nach sein Gewicht auf. Ruderschlag um Ruderschlag, mit der Bergsonne im Gesicht, schwebte Lukas übers Wasser der Seemitte entgegen. Sanfter Wind kam auf und ließ sein Shirt und seine Haare wehen. Er verband sich mit dem See, dem Himmelslicht und dem Fischer, der ihm lächelnd zunickte und ebenfalls in die Holmen griff.

Als Lukas das andere Ufer erreichte und das Boot an den steinigen Strand zog, verschwand der Fischer zurück in seine Welt. Lukas hatte ihm leise ein »Dankeschön« zugeflüstert. So war es immer, wenn er schrieb. Er sprach mit den Figuren, die ihm erschienen, er litt und freute sich gemeinsam mit ihnen und hörte ihnen gern zu.

Er war an einer einsamen, von dichtem Wald gesäumten Stelle angelandet. Es war später Nachmittag geworden, und obwohl er eigentlich noch heute sein Zelt auf einem Berg hatte aufschlagen wollen, entschloss er sich, eine Nacht an diesem Ufer zu verbringen.

Lukas suchte trockenes Holz, was er in dem nahen Wald zuhauf fand, und nahm sich die Zeit, aus den größten Steinen eine richtige Feuerstelle zu bauen, so wie er es früher als Jugendlicher mit seinen Freunden getan hatte, wenn sie am Abend am Inn gefeiert hatten. Damals hatten sie massenhaft Marihuana geraucht, aber kaum getrunken. Der Dorfpolizist von Scuol ließ sie dabei in Ruhe. Sein Spross gehörte mit zur Clique.

Bald brannte ein Feuer, und Lukas begann im Flackerlicht an einem Stock zu schnitzen. Wenn das »Es« nicht gewesen wäre, hätte er jetzt an einem Roman geschrieben. Doch so blickte er auf den abendlichen See, der ihn, nachdem der Wind zuerst aufgefrischt war und erstaunlich kräftige Wellen mit Hilfe des Malojawinds ans Ufer hatte rollen lassen, nun in die Stille des Tals einstimmte.

Es war bereits gänzlich dunkel geworden, als Lukas eine Büchse Gulasch in der kleinen Pfanne über dem Gaskocher erwärmte. Mit dem in Zernez gekauften Brot aß er es unter dem Sternenhimmel, der greifbar über ihm und im See funkelte. In dieser Höhenlage von rund eintausendachthundert Metern kühlte es schnell ab. Er legte Holz nach, während er seinen Gedanken nachhing.

Irgendwann gegen Mitternacht begann er zu weinen. Leise, sodass er sich nicht vor sich selbst zu schämen brauchte, lösten sich Tränen schwer wie Felsbrocken.

Der nächtliche See, der Himmel über ihm, die schwarzen Berge um ihn herum, der dunkle Wald hinter ihm – die Einsamkeit dieses Ortes, die so magisch gewesen wäre, hätte er sie denn jederzeit verlassen können, war nun bedrückend und verstörend schön. Er erlebte einen Moment voller Tiefe, Nähe und doch voller Schmerz. Vielleicht auch wegen der Worte von Tante Luzia und seiner Mutter, die ihm seine Unfähigkeit für Lebensnotwendiges so unverblümt vor Augen geführt hatten wie niemals zuvor. Aber in seinen Tränen lag auch das Glück, diesen See zusammen mit seinem Fischer durchquert zu haben.

Lange nach Mitternacht war aus dem Feuer Glut geworden. Er legte sich im Schlafsack nah daran, sodass sein Gesicht in rötlichen Schimmer getunkt wurde.

Was Vater und Mutter, was Tante Luzia gerade machten? Was tat Gian-Reto, und wie ging es Carmen und der kleinen Sophia?

»Buana notg, all ihr Lieben da draußen. Ich bin noch hier!«, flüsterte er und kam sich ein wenig kindisch vor.

8

Tag 9

Früh erwachte er am nächsten Morgen. Fahl schwebte das Licht über dem schlafenden See. Keine einzige Welle war zu sehen oder zu hören – nur die tiefe Stille füllte alles, als hielten das Tal und sämtliches Leben darin den Atem an.

Lukas setzte sich auf. Mit klammen Fingern fuhr er sich durchs Haar. An diesen todesähnlichen, mechanischen und traumlosen Schlaf konnte er sich nicht gewöhnen. Und wieder plagte ihn der grausame Durst, den er seit seinem Verschwinden jeden Morgen verspürte. Er glaubte, den ganzen See austrinken zu müssen, um ihn zu stillen. Er setzte eine Flasche mit Apfelschorle an die Lippen und trank begierig. Und wie immer war der Durst nach wenigen Schlucken weg, wie nie da gewesen.

Mit einem Holzstecken stocherte er in der dicken Asche, fand jedoch kein Glutnest. Er wusch sich sein Gesicht am Ufer, bevor er ein kleines Feuer machte. Er brauchte dringend einen Kaffee.

Aus seiner unverwüstlichen geschwärzten Blech-Campingtasse trank er den ersten Kaffee und aß einen Ovomaltine-Müsliriegel, bevor er mit einem letzten

Blick aufs Boot im dichten Wald verschwand, seinen Renner dabei über der linken Schulter tragend.

Vollgepackt wie ein Lastesel schob er den Renner mühsam die Passstraße des Juliers hoch. In der modernen Welt ging der Respekt vor weiten Wegen der Motorisierung wegen unter, sinnierte er, und ihm wurde bewusst, mit welchem völlig anderen Gefühl er diesen Weg nun ging.

Nachdem er die Passhöhe erreicht hatte und zwei Stunden weiter eine Bergflanke hinaufgelaufen war, schätzte er, dass er sich auf über zweitausendsiebenhundert Metern befinden musste. Schneezungen leckten aus den Schattenhängen heraus. In vor dem Wind und der Sonne geschützten Mulden lag der Schnee noch knietief.

Unterhalb eines steinernen Gipfelgrates fand er eine geeignete Stelle, an der er sein Lager aufschlagen konnte. Der kleine Wildbach daneben würde ihm das nötige Wasser liefern. Er hatte bei seiner Suche darauf geachtet, dass er in kein bewohntes Tal blicken konnte, sich abseits von allem befand. Hier schien die Welt genauso wie immer zu sein, dachte er, als er in diese Menschenleere starrte.

Menschen sah er in den ersten vierzehn Tagen danach keine, was ihm nur recht war. Tag für Tag war er in der Weite der Gipfelregionen unterwegs und sah viele Wildtiere, denn auch für sie blieb er unsichtbar, sodass er die Natur erleben konnte, als wäre er ein Stein oder ein Baum.

Er saß direkt neben äsenden Steinböcken im warmen Gras, schaute Gämsen und dem Rotwild nur einen Schritt weit entfernt zu. Doch das Beeindruckendste war, als er im Morgengrauen einem Bären begegnete, der ganz in der Nähe seines Zelts mit zwei Jungen vorbeizog. Obwohl Lukas wusste, dass ihm nichts geschehen, er nicht mal gewittert werden konnte, wuchs seine Anspannung, als sich ihm die Tiere auf nur wenige Meter näherten. Das Muttertier richtete sich unvermittelt bedrohlich auf, hielt seine Nase in den Wind, dann trollte sich die kleine Familie.

Lukas hatte ein Notizbuch und Bleistifte mit heraufgenommen, wollte eigentlich über das »Es«, über das alles hier schreiben und sein Wochentagebuch nachführen. Stattdessen ließ er die folgenden Tage wie ein Säufer aus seinen Fingern gleiten – schon längst hatte er vergessen, welcher Wochentag war, und es war ihm auch egal.

Er betrachtete die ganze Sache aus verschiedenen Blickwinkeln. Seltsame Möglichkeiten kamen ihm in den Sinn. Er könnte nun in jede Privatsphäre eindringen, um die wahren Charaktere des jeweiligen Menschen zu erkennen. Was er zu Hause am Tisch seiner Eltern erfahren hatte, war nur ein kleiner Vorgeschmack dessen, was ihn sicherlich erwarten würde. Denn nie und nimmer wäre ihm das in seinem alten Leben in dieser Klarheit und Härte zu Ohren gekommen. Die Frage war: Wollte er noch mehr davon hören?

Sein Tagesablauf blieb auch die nächsten Tage immer derselbe. Er stand um sechs Uhr auf, wusch sich am Bach, den er »die Quelle« getauft hatte, kochte sich danach auf dem kleinen Gaskocher einen Kaffee und aß Müsliflocken, angerührt mit Wasser und Trockenmilch. Tagsüber wanderte er in den Bergschuhen, die er sich in Zernez zugelegt hatte, in der Weite der Berglandschaft und vermied Stellen, von denen aus er hinunter auf ein bewohntes Tal blicken konnte.

Manchmal hörte er stundenlang dem Plätschern der »Quelle« zu oder suchte nach verschiedenen Düften: Alpenrosen, Enzian und Edelweiß fand er. Doch auch Flechten dufteten auf warmen Steinen, und selbst die Steine hatten einen Geruch, den er zuvor nie wahrgenommen hatte. Auch eine Handvoll Erde roch nicht überall am Berg gleich. Aber am meisten erstaunte ihn, welchen Geruch die verschiedenen Wildtiere verströmten. Das Murmeltier mit seinem moschusähnlichen Geruch oder die Herde Steinböcke, in deren Mitte er sich auf einen felsigen Aufstieg begab und die herb, fast säuerlich roch wie alter Pferdedung.

Eines Tages war die Frau auf den Berg gekommen. Warum sie allein in dieser Höhe unterwegs war, wusste er da noch nicht. Er hatte sie auf einer mit orangegelblichen Flechten überwachsenen Steinplatte in der Wiese unterhalb der Felswand sitzen gesehen. Sie war nicht älter als Mitte dreißig und sportlich. Sie trug ein Kopftuch im Retrostil und war auch sonst modern gekleidet. In den blauen Gläsern ihrer Sonnenbrille spiegelte sich die Landschaft, und Lukas sah sich selbst darin, als er sich ihr näherte.

»Darf ich mich neben Sie setzen?« Er wusste, die Frage an sich war töricht, aber es fühlte sich so angenehm normal an, so wie früher.

Natürlich gab sie keine Antwort. Sie hatte die Beine angezogen und ihre Unterschenkel mit den Armen umschlungen. Ihre Gesichtszüge waren klar, ihre Lippen schön geformt wie ihre Nase. Leider sah er ihre Augen nicht. Sie duftete nach Melancholie, süß, etwas zu schwer und doch so lebendig, dass eine Note Abschied schmerzvoll darin auftauchte wie der letzte schöne Herbsttag im Jahr.

Diese Frau, wie immer sie auch heißen mochte, war nicht das erste Mal in den Bergen unterwegs. Er sah es an ihrer Ausrüstung, aber auch an der Art, der Körperhaltung, wie sie an dieser Stelle saß.

Nachdem er sich gesetzt hatte, schaute er mit ihr in dieselbe Blickrichtung: Die Gipfellandschaft, die sich in der Wärme des Tages wie steinerne Wellenkronen bis an den Horizont erhob, war imposant, und Lukas fühlte sich darin als Teil eines Ganzen.

Als er sich wieder der Frau zuwandte, sah er völlig überraschend ihre Wangen glitzern. Tränen zogen ihre Bahnen über die braun gebrannte Haut, die nach Sonnencreme duftete.

Waren es Freudentränen? Möglich, denn das Glück, an solchen Orten sein zu dürfen, konnte Menschenseelen übermannen.

Die Frau fing laut an zu schluchzen, als müsse sie auf seine Gedanken eine Antwort geben. Ihr Herz musste sehr schwer sein; Lukas fühlte es. Sie musste es tonnenschwer hier hochgetragen haben, damit der nahe Himmel, die Bergwelt es aufschließen konnten, denn im Tal hinderte der Alltag als Feind der Zeit oft daran. So blieb manches schmerzende Herz versiegelt.

Wie ein Papierdrachen nur im Wind steigen kann, brauchen manche Menschen die Berge, eine Blumenwiese im Wind, den Wald oder das Ufer eines Sees, um diese Versiegelung zu lösen, die Verletzbarkeit zuzulassen, ohne das Dogma der Gesellschaft spüren zu müssen, dass man doch stark sein müsse.

Was bedrückte diese Frau, deren Augen Lukas weiter verborgen blieben?

Er blickte auf ihre Hände, die pausenlos die immer neuen Tränen wegwischten.

»Wenn ich doch nur könnte, würde ich versuchen, dir deine Last zu nehmen«, dachte Lukas, doch dann merkte er, dass er flüsterte.

Die Frau fiel in ein immer intensiveres Weinen. Schubweise erzitterte ihr Körper, ehe sie leiser wurde, einem Gewitter gleich, das sich in die Ferne verzog. Aus einer kleinen Seitentasche des Rucksacks kramte sie ein Taschentuch hervor.

»Wenn ich dir doch nur beistehen könnte.« Lukas versuchte sie zu berühren, doch das Abstoßungsgefühl wies ihn zurück. »Was immer du mit dir hier hochgeschleppt hast, vor was du dich fürchtest oder welche Sorge du in dir trägst – ich wäre dir jetzt gerne ein Gegenüber«, sagte er.

Danach schwieg er, saß wortlos weiter neben ihr, als sie die Sonnenbrille abnahm.

Da waren sie, ihre Augen!

Sie musste etwas verloren haben. Das verriet ihm der Ausdruck darin, der so tieftraurig war. Sie wirkte darüber nicht schwach oder gar hilflos. Ihre Iris war blaugrün, ihr Gesicht natürlich schön, und sie duftete plötzlich anders, nach warmer Wolle, Sonnencreme, Waschmittel und einer Note Stressschweiß.

Das Sonnenlicht und der Bergwind trockneten gemeinsam ihre Tränen. Die Farben des roten Kopftuchs mit den silbernen Edelweißmotiven, das sie wie eine Sennerin trug, wirkten nun kräftiger.

Lukas versuchte ihr nahe zu sein, bis ihm gefühlsmäßig klar wurde, dass die Frau dieses Alleinsein bewusst gesucht hatte. Plötzlich kippten seine Gefühle. Er kam sich wie ein ungehobelter Voyeur vor und nahm sofort von ihr Abstand. Dennoch, als die Frau einen Briefumschlag minutenlang in den Händen hielt, bevor sie ihn zwischen Moos und Edelweißen ablegte, näherte er sich wieder.

Sie nahm ihr Smartphone und machte im Abstand von zehn Metern ein Foto davon, dann schob sie ihre Sonnenbrille vor die Augen, trank aus ihrer Feldflasche, bevor sie sich noch einmal umschaute und sich auf den Weg ins Tal machte.

Sie verschwand aus seinem Sichtfeld.

Plötzlich spürte Lukas große Einsamkeit.

Wer war sie gewesen? Wie hieß sie, wo wohnte sie? Einen Moment blitzte die Idee, nein, der innige Wunsch in ihm auf, der Frau zu folgen – ein Teil ihres Alltags zu werden. Er fühlte sich seltsam verbunden mit ihr.

Langsam ging er zu dem Umschlag, der, wüsste man nicht, wo er lag, gut eingebettet zwischen den Steinen und den Edelweißen war.

Der Umschlag trug ein hellbraun-blaues Muster. Was stand in dem Brief darin? Waren es ihre Gedanken, die sie niedergeschrieben und so losgelassen hatte? War es womöglich ein Abschiedsbrief, dessen Inhalt nur die Bergwelt erfahren durfte? Der Umschlag übte eine seltsame Macht auf ihn aus. Er musste sich zusammenreißen, ihn nicht sofort in die Hand zu nehmen und zu öffnen.

Was hatte die Frau so bewegt? Diese Frage nahm er mit sich, bevor er sich nach einigen Metern noch einmal umdrehte, um zu der Stelle zu blicken, wo der Umschlag lag.

Auch später am Abend ließ ihm der Brief keine Ruhe. Er saß vor dem Zelteingang, das Tal versickerte zunehmend in der Dämmerung, während er eine Packung Fertigsuppe in der kleinen Pfanne aufkochte. Frisches Brot vermisste er, als er die Gerstensuppe löffelte.

Die Nacht war stockdunkel, als hätte jemand eine schwarze Glocke über die Berge gestülpt. Lukas wusste: Auch wenn er den Grund für den Kummer dieser Frau, die er für sich »Ladina« getauft hatte, kennen würde, er könnte ihr rein gar nicht helfen. Es war ihm zudem glasklar bewusst, dass er nicht tun durfte, was er nun vorhatte, und doch nahm er die Taschenlampe und marschierte eine Stunde lang den Berg hinauf und brauchte noch einmal fast eine Stunde, bis er in der Dunkelheit die Stelle wiedergefunden hatte.

Der flache Stein, auf dem Ladina gesessen hatte, schimmerte im Lichtkegel seltsam, vielleicht der Flechten wegen. Der Briefumschlag hob sich hell zwischen den Edelweißen und dem Moos ab.

Nach kurzem Zögern nahm er ihn in die Hand. Allein das ließ sein schlechtes Gewissen noch stärker rebellieren, doch er wollte an jemandes Leben teilhaben. Außerdem würde die Frau es ja niemals erfahren, und somit war es wie nie geschehen. Oder?

Ganz vorsichtig öffnete er den Umschlag, der nicht zugeklebt war. Das Geräusch des auffaltenden Papiers drang anklagend laut in die Stille der Abgeschiedenheit. Lukas zog ein Foto heraus. Er musste es erst drehen, um zu sehen, was darauf abgebildet war.

Bei dem Anblick biss er sich auf die Unterlippe und atmete scharf durch die Nase aus. Er blickte auf ein Ultraschallbild und einen kleinen Brief:

Meine lieben Zwillinge,

wie habe ich mich nach euch gesehnt in den sechzehn Wochen, die ich euch in mir fühlen durfte. Wie sehr wollte ich euch in dieser Welt in meinen Armen halten, über eure kleinen Köpfe streicheln, euch liebkosen und da sein für euch, solange ich lebe. Ich hätte alles dafür gegeben. Aber die Welt wollte es anders. Ihr wurdet von mir fortgerissen, doch ich will euch nicht gehen lassen, ohne zu sagen, wie sehr ihr dennoch in meinem liebenden Mutterherz bleiben werdet – für immer.

In Liebe, eure Mami

War die Welt nicht nur verrückt, sondern auch noch perfide geworden? Lukas' Gesichtszüge verhärteten sich, seine Hand ging an seine tätowierte rechte Schulter. Hatte er es geahnt? Hatte er nur deshalb dieses Unrecht begangen und den Brief geöffnet, damit ihm das Leben nochmals eins überbraten konnte?

Im Licht der Taschenlampe sah er die Personalien auf dem Ultraschallbild. Die Frau hieß tatsächlich Ladina, Ladina Montalta, und war vierunddreißig Jahre alt. Ihr Wohnort war Pontresina. Sorgsam steckte er Brief und Bild in den Umschlag zurück, verschloss ihn wieder und legte ihn exakt an die Stelle, von der er ihn zuvor entwendet hatte. Dies trotz des Wissens, dass alles, was er tat, von keinem der Wahrhaftigen gesehen und somit auch nicht bemerkt werden würde.

Erst sehr spät in dieser Nacht kroch er ins Zelt.

Er fühlte sich, als hätte er Prügel bezogen. Der Schmerz über das Ganze war zu groß, als dass er etwas anderes hätte spüren können als dieses stumpfe Gefühl der Grausamkeit.

»Liebe Ladina Montalta«, schrieb er im Schein seiner LED-Lampe, die im Zeltgiebel hing, in sein Wochentagebuch. »Die Zeit heilt zwar niemals alle Wunden, aber sie macht sie erträglicher. Ich bin in diesen schweren Stunden in Gedanken bei dir. Luk.«

Danach legte er sich in den Schlafsack, knipste die Lampe aus und rollte sich zusammen. Stille lag in allem. Der seltsame Schlaf holte ihn irgendwann.

Einige Wochen danach. Die Zeit war ihm abhandengekommen. Er unterschied nur noch Morgen, Mittag, Abend und Nacht.

Zwangsläufig musste er ins Tal, um Lebensmittel zu besorgen, auch wenn er die letzten Tage sparsamer damit umgegangen war, um diesen unvermeidlichen Gang so lange wie möglich hinauszuzögern.

Schritt um Schritt kam er dem Tal näher. Es war ein seltsames Gefühl, als er die ersten Häuser sah, und ein beklemmendes, als er den ersten Wahrhaftigen begegnete, die ihn noch immer keines Blickes würdigten.

Aus einer Bäckereiauslage nahm er knuspriges Brot und besorgte aus einem nahen Supermarkt Butter, Honig und verschiedene Konfitüren. In einem Restaurant nahm er Platz, nachdem er Kaffee und Orangensaft hinter der Bedientheke geholt hatte, und frühstückte ausgiebig. Wieso ausgerechnet der Honig an diesem Morgen so intensiv duftete – er wusste es nicht. Doch er glaubte, jede Nuance derart klar herauszuriechen, dass es ein so unglaublicher Genuss wurde wie niemals zuvor.

Sein Bauch wölbte sich angenehm, während er sich zurücklehnte und nach draußen auf den Gehsteig blickte. Seine dritte Tasse Kaffee war fast leer, als er die Wahrhaftigen beobachtete, die durch ihren Alltag eilten. Er stellte sich vor, was sie sagen würden, wenn sie zu Geistern geworden in hundert Jahren auf ihr Leben zurückblicken könnten und sich fragen müssten: Wie viele Momente waren wirklich einschneidend gewesen, und wie viel unnötigen Ballast habe ich mit mir herumgetragen im Glauben, es nicht anders tun zu können?

Gestärkt ging er mit der Einkaufsliste weiter durch verschiedene Geschäfte. Da er nicht noch mal wie beim ersten Hochsteigen mit dem Renner und einem überladenen Rucksack den weiten Weg unter die Füße nehmen wollte, besorgte er sich ein Quad und belud es mit so viel Proviant wie nur möglich. Mit dem vierrädrigen Gefährt und dessen großer Bodenfreiheit konnte er einen Forstweg bis fast zur Waldgrenze hinauffahren. Von dort ging er den Weg dreimal zu Fuß, bis er alles oben verstaut hatte. Diesmal sogar zwölf Liter Milch, neben vielen Konserven und Fertigmahlzeiten auch Nudeln, Tomatensoßen, Reis und auch Brot, sodass er immerhin die nächsten Tage davon essen konnte.

Mehrere Wochen lebte er weiter in der Abgeschiedenheit dieser Bergregion, sodass die Zeit kaum mehr eine Rolle spielte. Die eher grimmigen Hörner links über ihm forderten seinen Respekt, den er ihnen gebührend zollte. Oft hockten auch bei schönem Wetter Wolken über ihren steilsten Graten. Über die ausgedehnte, sanfte Flanke unter ihm strich das Schattenspiel der Schäfchenwolken. Wellenartig streiften die Lichtmuster über die lichten Anhöhen, als trügen sie die Vollkommenheit, die göttliche Erhabenheit in sich. Die glasklare, fast eiskalte »Quelle« flüsterte ihm so manche Geschichte zu, während er stundenlang danebensaß und seine Gedanken auf ein Minimum reduzierte.

Vor wenigen Tagen hatte er Kuhglocken gehört. Die Tiere waren wahrscheinlich auf die untere Alp aufgetrieben worden, an der er mit dem Quad vorbeigefahren war. Hundegebell drang leise zu ihm hoch. Für einen kurzen Moment hatte er sich überlegt, hinunterzugehen, dem Senn oder der Sennerin einen Besuch abzustatten, doch dann ließ er es bleiben.

In der Zeit, in der er hier oben war, hätte er unmöglich eine zusammenfassende Geschichte schreiben können, deshalb kritzelte er mit Bleistift Worte aufs Papier, die er später zu Gedichten verband. Sie waren mitunter schwer und schwarz wie die lichtlosen Leermondnächte oder hell wie der Sonnenstrahl, der, nachdem er sich für Sekunden zwischen zwei Wolken hindurchgezwängt hatte und sternschnuppengleich in den See vor Lukas gefallen war, das dunkle Wasser in tiefes, kraftvolles Smaragdgrün verwandelt hatte.

Lukas wusste, er würde hier oben nicht ewig bleiben, sich somit auch nicht vor dem »Es« und der Frage, wie es seinem Vater erging, verstecken können.

Wiederholt war er zu dem Brief gegangen, ohne zu wissen, was er sich davon erhoffte. Der Umschlag lag noch immer da, wenngleich er unter dem Wetter gelitten hatte.

Ladina war längst vom Berg hinab in ihr Leben zurückgekehrt, was ihm bewusst machte, dass er von noch so vielen Bergen hinabsteigen könnte und doch niemals unten in seinem alten Leben ankäme.

9

Lukas hatte vor, seine Lebensmittel in den nächsten Tagen erneut aufzufüllen. Er hatte mehr verbraucht als gedacht, oder er war doch schon länger hier oben, als es ihm erschien. Auf jeden Fall hätte er achtsamer mit dem Lebensnotwendigen umgehen müssen, schimpfte er sich, als er auf die Reste seiner Vorräte blickte.

Was er sicher wusste, war, dass es bereits August sein musste, denn vor ungefähr zehn Tagen hatte er die Höhenfeuer zur Bundesfeier auf den Gipfeln rundum brennen sehen und leise einige der großen Böller gehört, die irgendwo abgefeuert wurden.

Seit einer Woche brütete zudem eine außergewöhnliche Hitze. Sogar in dieser Höhe war es viel zu warm, und die »Quelle« begann tatsächlich zu versiegen. Mit dem spärlichen Wasser, das noch floss, hatte er die leeren Milchflaschen ausgewaschen und befüllt. Dieses Wasser reichte höchstens noch einige Tage, dann müsste er in eine andere Region ziehen, denn hier, das wusste er mittlerweile von seinen vielen Wanderungen, gab es kein anderes Gewässer.

Die Trockenheit würde ihn also vertreiben, ihn von seiner Insel am Berg fortjagen. Ob er wollte oder nicht, er musste wieder ins Tal. Er nahm sich vor, es erst morgen zu tun, denn im Moment zogen an diesem schwülheißen Spätnachmittag schwere Wolken in der Ferne auf. Dann wäre es noch immer Zeit genug, auf die Alp unter ihm einen Blick zu werfen, möglich, dass er dort einen Platz für sich fände. Doch nun verfinsterte sich zusehends der Himmel. Wolkenberge schoben sich zu riesigen Gebirgen auf, die um ihre Vormachtstellung zu kämpfen schienen. Wie Titanen, die nur darauf warteten, aufeinander losgelassen zu werden, wuchsen sie in schwindelerregende Höhe.

Lukas setzte sich vor sein Zelt und schaute weiter nach oben und in die Ferne.

Erst war es so windstill wie vor einem Sturm. Ein feiner, dennoch intensiver Duft von warmem Sommerregen lag bereits in der Luft, obwohl noch kein einziger Tropfen gefallen war. Diese atemanhaltende Stille wurde nur von einer Schar Bergdohlen durchbrochen, die in den steilen Wänden der Hörner hinter ihm schrien, als würden sie ihn warnen.

Sorgenvoll blickte Lukas in den nächsten Stunden immer wieder nach oben. Obwohl es früher Abend war, eine Zeit, in der sich die Ostwände normalerweise noch eineinhalb Stunden lang im Gelborange sonnten, war schwere Düsternis über die Berglandschaft hereingebrochen.

»Die Sterne sind immer da, auch dann, wenn wir sie nicht sehen.« Tante Luzia kam ihm in den Sinn, als er kaum mehr seine Hand vor Augen sah. Das Unheil am Himmel schien sich wider Erwarten Zeit zu lassen, braute weiter an der explosiven Mischung aus geballter Wolkenkraft und sirrender Elektrisierung, sodass er sie hören konnte. Nach und nach gewöhnten sich seine Augen an die Dunkelheit. Schemenhaft sickerten die Züge der Landschaft aus dem Schwarz: Berge, Flanken, Anhöhen. Mitten in dieser Finsternis ertönte das drohende, noch leise Grollen im Himmel und um ihn herum, was etwas Unirdisches in sich barg, als käme es aus einer Öffnung einer Zwischenwelt – weder Himmel noch Hölle.

Und falls er doch in jener Nacht seines Verschwindens gestorben war und dieses Existieren hier irgendwie der Tod selbst war und er sich erst durch diese seltsame Welt kämpfen musste, nur um dann im Jenseits aufgenommen zu werden – dann passte das, was soeben passierte, ins Bild. Außerdem konnte er nichts mehr als zu abwegig abtun in dieser seiner Situation, die für sich allein schon unmöglich erschien. Aber sein Leben fühlte sich zu unaufgeräumt an, um in so einem Sturm sterben zu können.

Ein Blitz, begleitet von einem Donnerknall, ließ ihn zusammenfahren, als wollte dieser ihn eines Besseren belehren. Es schien ihm, als hätte ein riesiges Messer den Himmel über seinem Kopf aufgeschlitzt. Der Boden erzitterte, sodass er glaubte, das ganze Bergmassiv darunter zu spüren. Zwei Atemzüge danach kam leichter Wind auf. Er war trügerisch mild und die Luft weich, doch Lukas wusste, was das in den Bergen zu bedeuten hatte. Sein Zelt hatte er deshalb beim Ankommen in einer kleinen Mulde errichtet und mit Heringen tief im Boden verankert. Mit der Taschenlampe im Mund checkte er, ob alle fest in der Erde steckten, während der Himmel über ihm zu toben anfing. Als würde eine über ihn erzürnte Himmelsgöttin ihre blauen Blitzspeere auf ihn schmettern, krachte es rund um ihn ein. Die Felswand warf alles widerhallend zurück. Der Wind zog an. Bereits nach wenigen Minuten warfen ihn die ersten Sturmböen zu Boden. Regen prasselte ihm hart ins Gesicht, bevor er sich kriechend ins Zelt rettete und das Außen- und Innenzelt verschloss. Sein teures Hochtourenzelt sollte so einen Sturm überstehen.

Falls er nicht tot war, konnte er in dieser Welt überhaupt sterben? Das war eine Frage, die er sich zuvor schon mehrmals gestellt hatte. Und falls er es tat, würde er in der anderen Welt wieder aufleben? Während er darüber nachdachte, schlugen die Blitze wie ein Meteoritenschauer ununterbrochen um ihn herum ein, sodass die Außenwände des Zeltes flirrend aufleuchteten. Schwer bebte der Boden unter den Donnerschlägen, als er das erschreckende Steinschlagen aus den Felswänden hinter sich hörte. Krachend donnerten die ersten Brocken hinab.

Lukas hatte schon viele Gewitter erlebt, aber ein solches noch niemals. Menschen, die noch nie in dieser Höhe in einem gewöhnlichen Gewitter festgesessen hatten, konnten sich den Krach, das Toben, das Bersten der Wolkenberge direkt über dem eigenen Kopf niemals vorstellen – und so etwas wie in dem Moment schon gar nicht.

Nach einer weiteren Blitzsalve, die sekundenlang explosionsartig das Innere des Zelts erleuchtete, hörte er schweren Steinschlag in der Wand hinter sich. Er kauerte sich mit dem Kopf zwischen den verschränkten Armen Richtung Tal zusammen, als die ersten Steine das Zelt trafen. Einer riss es über ihm in Fetzen, die der Sturm sofort hin- und herpeitschte. Ein faustgroßer traf ihn am oberen Rücken, sodass es ihm den Atem verschlug. Er zwang sich dennoch, in seiner gekrümmten Position zu verharren, um seinen Kopf zu schützen, während er um Luft rang.

Der kalte Regen ergoss sich derweil kübelweise über ihn. Sein restlicher Vorrat, seine wenigen Habseligkeiten verschwanden im Reißen des Windes irgendwo in der Dunkelheit der abschüssigen Bergflanke, als hätte ein Höllentier seinen Schlund aufgesperrt. Mit aller Kraft rappelte er sich dennoch auf, sein Atem ging schwer, er schmeckte Blut. Er zog die Lampe, die er in einer Seitentasche seiner Jacke trug, hervor. Deren Licht durchstach das Pechschwarz wie ein Bohrer, als ein Blitz wenige Meter hinter ihm in seinen goldenen Renner einschlug, sodass es ihn zur Seite warf.

In seinen Ohren pfiff es. Vom grellen Lichtbogen des Blitzes geblendet, rollte er sich benommen einige Meter zur Seite. Dort, wo ihn der Stein am Rücken getroffen hatte, knackte es dabei in seinen Rippen. Der stechende Schmerz schoss in jede Körperzelle. Wehrlos blieb er liegen. Aufstehen, um zu fliehen, wäre jetzt sowieso ein tödlicher Fehler gewesen.

In der schmalen Vertiefung, in der er lag, sammelte sich das Regenwasser, sodass er sein Gesicht anheben musste, um atmen zu können, als so schwerer Hagel einsetzte, dass er den Kopf mit den Händen schützen musste. Wie Popcorn sprangen die schweren Körner nach dem Aufprall hoch, als brodle der Boden. Der kleine Wildbach, seine »Quelle«, der nur wenige Meter neben dem Zelt ins Tal gesprudelt war, war zum reißenden Sturzbach geworden, aus dem das Poltern schwerer Steine zu hören war. Die Welt hier oben schien zu einer anderen geworden zu sein.

Lukas fühlte sich hilflos, verraten und gedemütigt. Während der Hagel auf seinen durchnässten Körper einprasselte, wuchs eine Wut in ihm, die größer schien als das Unwetter selbst.

Er stand langsam auf. Die Schmerzen im Rücken hielten ihn nicht davon ab. Der scharfe Wind ließ ihn wanken, als wäre er betrunken – immer wieder fiel er nach vorn auf die Knie und raffte sich sogleich wieder auf. »Was willst du?«, schrie er. »Was? Reicht es denn noch nicht, was du mir bereits angetan hast?«

Er kam sich ungeliebt und unerwünscht vor. »Was habe ich bloß getan? Was?« Trotzig hob er sein bärtiges Gesicht in den schwarzen Himmel, Hagelkörner schlugen auf ihn ein, doch den Schmerz fühlte er kaum noch. »Das hier, das alles hier ist verdammt noch mal nicht fair. Ich kämpfe jeden Tag, um nicht durchzudrehen, falls ich es nicht schon längst getan habe, und das, obwohl niemand mich gefragt hat, ob ich geboren werden will. Niemand! Aber darüber, wie lange ich leide, wird niemand, auch nicht du bestimmen! Und das ist mein Sieg, meine Freiheit.«

Lukas war fertig mit seiner Welt.

Dieses Eingesperrtsein in seiner Ausgeschlossenheit war nicht mehr zu ertragen. Sogar für die Tiere war er ein Niemand geworden. Sollte ihn doch jetzt der Blitz auf der Stelle erschlagen. Das wäre gnädiger, als einsam dahinzuvegetieren.

Entschlossen suchte er im Licht der Lampe seinen goldenen Renner. Dessen Rahmen war vom Blitzeinschlag gebrochen. So etwas war nicht mehr zu reparieren – nicht in seiner Welt, nicht mit seiner Unfähigkeit fürs Technische.

Er lächelte sarkastisch, als er das Rad behutsam aufstellte. »Wir waren schon immer ein Herz und eine Seele«, sagte er, als höre es zu. »Jetzt hat uns auch noch dasselbe Schicksal ereilt.« Der Sturm brach die Worte silbenweise von seinen Lippen. Lukas legte den Renner hin, blieb einen kurzen Moment wankend davor stehen, als müsse er es sich noch mal überlegen, dann ging er im schmalen Lichtkegel seiner Taschenlampe den Berg hinab.

Mehrmals warf es ihn dabei zu Boden, bis er im prasselnden Regen eine Stunde später eine windschiefe Hütte erreichte, die direkt oberhalb der Waldgrenze stand, und sich hineinflüchtete. Das Toben des Sturms hatte zwar etwas nachgelassen, doch der Regen ergoss sich noch immer auf alles.

Im Innern roch es nach feuchter Streu, aber die Hütte schien dem Wetter trotzig standzuhalten. Lukas zog seine völlig durchnässten Sachen aus, um sie auszuwringen. Vorsichtig betastete er seinen nackten, kalten Rücken, die geschwollene Stelle, die vom Stein getroffen worden war. Während er das tat, traute er seinen Augen nicht: Ein großer, kräftiger Wolf schlüpfte durch ein Loch in der hinteren Holzwand. Er steckte seine kräftige Schnauze in jedes Eck, bevor er sich auf die Streu legte und mit gespitzten Ohren lauschte.

Nachdem Lukas sich das nasse Shirt wieder übergezogen und sich in eine Ecke gesetzt hatte, beobachtete er den Wolf im Licht seiner Lampe. Er war also nicht der Einzige vom Himmel Gejagte. Fasziniert betrachtete er das Tier, das aufmerksam, aber ruhig das Ende des Sturms abzuwarten schien. Der Wolf strahlte eine unglaubliche Gelassenheit aus und war doch Wind und Wetter und dem Leben noch mehr ausgesetzt als er. Fast schämte er sich vor dem Tier, das möglicherweise genauso allein sein Leben zu meistern hatte wie er selbst. Wo auch immer sein Rudel war, sie brauchten im Moment beide dieses Dach über dem Kopf und mussten das Leben so hinnehmen, wie es war, und ihm das abringen, was möglich war.

Irgendwann in den nächsten Stunden musste der Wolf die Hütte verlassen haben. Als Lukas an der Holzwand angelehnt eingeschlafen und nach dem seltsamen Schlaf mit dem brennenden Durst wieder aufgewacht war, da war das Tier verschwunden.

Draußen schälte sich ein blasser Morgen aus der Nacht. In der Dämmerung verließ Lukas frierend die Hütte. Nebelschwaden hingen bewegungslos in den Flanken, als wären sie schon immer da gewesen. Die Matten waren triefend nass. Unterhalb der Hütte perlten auf den roten Blüten der Alpenrosen die Regentropfen. Es roch intensiv nach Alpweide und nassem Holz.

Lukas musste sich dringend trocknen, denn die Temperatur war stark gefallen. Er glaubte sogar, den

Schnee von den wolkenverhangenen Gipfeln über ihm riechen zu können.

Unter Schmerzen und mit großer Mühe brach er altes Holz aus seiner Behausung und schnitt mit seinem Taschenmesser eine Handvoll Späne. Nach mehreren Anzündversuchen brannte in der Windstille vor der Hütte ein wärmendes Feuer, an dem er sich und seine Kleider etwas trocknen konnte. Schon immer hatte er den Rauchgeruch an Regentagen in den Bergen gemocht und mit Geborgenheit verbunden.

Was hätte er jetzt für einen heißen Kaffee und ein dick beschmiertes Butterbrot gegeben, dachte er lächelnd, als sich sein Magen knurrend meldete.

Gegen zehn Uhr erreichte er erschöpft die Passstraße und wählte die Richtung, die hinunter nach Bivio ins Oberhalbstein führte. Mehrere kleine Erdrutsche hatten die Straße verschüttet. Die Wolkendecke hatte sich zwischenzeitlich gelichtet. Matt glomm die Sonne dahinter auf und erhellte an dieser Stelle das Grau des Himmels.

Lukas hatte keine Ahnung, wie lange er gebraucht hatte, um wie ein Vertriebener auf der Flucht endlich Bivio zu erreichen.

Ausgelaugt, von Schmerzen geplagt und hungrig wie ein Wolf steuerte er auf die Dorfbeiz zu und setzte sich in der wohltuenden Wärme an einen der Tische, nachdem er sich aus der Küche mit dem Essen versorgt hatte, das köchelnd auf dem Herd stand.

Er musste aufpassen, dass er nicht zu gierig aß. Seinen Teller hatte er mit Kartoffelbrei, Hackbraten und gekochtem Gemüse bis an den Rand gefüllt. Mit einem Stück Brot, das geschnitten in einem Körbchen in der Tischmitte neben Salz und Pfeffer stand, wischte er am Schluss den Teller sorgsam aus, bevor er sich mit der Serviette den Mund sauber rieb.

An dem großen Kaffeeautomaten bereitete er sich einen Cappuccino zu und genoss die Behaglichkeit in der Beiz. Die wenigen Gäste, die von einer stämmigen Serviertochter bedient wurden, führten leise Gespräche. Der Gewitterzug war auch bei ihnen das Thema.

Hinter der Theke nahm er einen der Zimmerschlüssel vom Brett und betrat die Nummer 7 im zweiten Stock. Er betrachtete sich im kleinen Spiegel des Badezimmers: Sein Gesicht und sein Kopf waren übersät mit kleinen Wunden vom Hagel und von den vielen Stürzen. Sein schwarzer Bart war länger als gedacht und hätte dringend Pflege nötig gehabt.

Müde stellte er sich unter die Dusche und ließ das warme Wasser über seinen geschundenen Körper laufen. Immerhin ließen die körperlichen Schmerzen in ihm das Gefühl aufkommen, noch da zu sein.

Mit einem Handtuch um die Hüfte gebunden legte er sich vorsichtig aufs Bett mit dem schweren und voluminösen Daunendeckbett, wie es typischerweise nur noch in solchen Gasthäusern zu finden war. Die Zimmerdecke, an die er starrte, bestand aus altem dunklem Täferholz. Die kleine Lampe, mittig aufgehängt, war bestimmt schon etliche Jahrzehnte alt. Er schloss die Lider. Der Wolf tauchte auf. Wo war er wohl gerade? Was tat er?

Am Nachmittag klickte er die Augen auf. Er musste sich erst orientieren. Gewitter, Bivio, der Wolf …

Der Himmel war weiter aufgerissen. Das Sommerblau drang überall hervor. Die Landschaft, die einen Hauch von Herbst in sich trug, lag in freundlichem Sonnenschein. Es hätte Sonntagnachmittag sein können.

Später an diesem Tag verließ er in einem Postauto Bivio in Richtung Tiefencastel, um danach hinunter ins Domleschg und weiter ins Churer Rheintal zu gelangen – er wollte nach Hause.

10

Tag 102

Als hätte er eine Schlacht unehrenhaft verloren, schloss Lukas irgendwann am frühen Abend seine Wohnungstür auf.

Mittlerweile war der Hochsommer ins Churer Rheintal eingezogen, es war schwülwarm. Von der Anzeigetafel der Tankstelle an der Turnierwiese hatte er auf dem Weg vom Bahnhof die Temperatur und die Datumsanzeige abgelesen: »32 Grad, 14. August«.

Im Treppenhaus war es still gewesen – nur eine dicke Fliege surrte am Fenster zwischen dem ersten und zweiten Stock kraftlos auf. Im Garten war Carmen nicht gewesen, aus ihrer Wohnung hatte er keine Geräusche gehört.

Lukas hatte auf dem Berg viel Zeit zum Nachdenken gehabt. Seine Gedanken waren mit den Wolken über den Himmel gezogen, mit der »Quelle« talwärts gerauscht und hatten über den Alpweiden zwischen den Murmeltieren umhergeschwebt, die sich auf den Steinen sonnten. Auch ohne den gestrigen Sturm, der dem Berg- und Schutzwald arg zugesetzt hatte, war seine Entscheidung eigentlich schon lange gefallen.

Den Entschluss hatte er während der Fahrt im

Postauto nach Thusis nur weiter konkretisiert. Um ihn in die Tat umsetzen zu können, hatte er, als er auf den Zug nach Chur warten musste, aus einem bahnhofsnahen Geschäft ein iPad genommen. Keines seiner Geräte funktionierte noch, seit die Polizei die Originale beschlagnahmt und deaktiviert hatte.

Es dämmerte bereits. Lukas saß auf dem Balkon, da es in seiner Wohnung drückend heiß war. Mit einem letzten Klick schloss er endlich die Konfiguration seines Gerätes ab. Noch funktionierte sein WLAN-Anschluss zu Hause, was ihm einiges erleichtern würde. Doch auch der würde in absehbarer Zeit deaktiviert werden. Dann hätte er sich für das, was er nun vorhatte, in ein Café setzen müssen, das seinen Gästen eine kostenlose Verbindung anbot.

Er googelte und tippte ins Suchfeld ein: »Anzahl verschollener Personen in der Schweiz pro Jahr«.

Das Ergebnis erstaunte ihn sehr, sodass er die Suchanfrage wiederholte: Fünftausend Menschen wurden jedes Jahr in der kleinen Schweiz als vermisst gemeldet, fand er auf der Seite des Bundesamtes für Statistik. Zweihundert pro Jahr wurden nie wiedergefunden. Somit war in den letzten zehn Jahren ein ansehnliches Dorf verschwunden – in den letzten hundert Jahren eine Kleinstadt. Wo waren all diese Menschen hin? Was war mit ihnen geschehen? Falls ihnen dasselbe wie ihm passiert sein sollte, dann wäre es kein Wunder, dass es bisher niemand herausgefunden hatte. Aber er könnte es herausfinden, und er wusste auch schon, wie.

Auf seiner weiteren Internetsuche stieß er im Archiv

der »Neuen Zürcher Zeitung« auf einen erst wenige Wochen alten Artikel, der ihn hellwach werden ließ:

In der Nacht vom 3. zum 4. Mai verschwanden neununddreißig Menschen in der Schweiz spurlos, darunter auch der bekannte Schriftsteller Lukas Cadisch aus Graubünden. Von keiner der vermissten Personen konnte bisher ein Lebenszeichen gefunden werden. Ein Zusammenhang zwischen den einzelnen Vermisstenfällen konnte nicht festgestellt werden. Laut Bundesamt für Statistik ist seit Beginn der Datenerhebung noch nie ein derart auf einen Tag gehäuftes Verschwinden von Menschen in der Schweiz verzeichnet worden. Das bisherige Tagesmaximum lag bei dreiundzwanzig Personen, von denen jedoch achtzig Prozent innerhalb von zwei Tagen wieder auftauchten oder deren Aufenthaltsort ermittelt werden konnte. Im aktuellen Fall hingegen blieben einhundert Prozent der Vermissten wie vom Erdboden verschluckt.

War er vielleicht doch nicht allein in dieser seltsamen Zwischenwelt gefangen? Falls er nur einen dieser Vermissten fände und dadurch wieder gesehen würde, was für ein Geschenk wäre das für ihn! Wenn er einige der Namen der anderen Vermissten ausfindig machen könnte, müsste er nur an deren Wohnorten nach ihnen suchen, denn irgendwo müssten sie sich wie er herumtreiben. Er bräuchte sich aus der Masse nur als einer der Unverschwundenen zu erkennen geben. Am besten mit einem Schild wie bei einer Demo, denn ihn und das Schild würden nur die anderen Unverschwundenen sehen können – es sei denn, jeder steckte in seiner eigenen Welt fest. Aber an so viel Pech im Unglück wollte er nun doch nicht glauben.

Gegen vier Uhr in der Früh, als sich am Horizont bereits der erste blassrosa Streifen über den Bergen zeigte, legte er sich hin.

Um kurz vor halb sieben erwachte er aus einem weiteren traumlosen Schlaf, setzte sich auf und trank gierig Wasser. Die freudige Hoffnung, vielleicht doch nicht allein in dieser Welt gefangen zu sein, trieb ihn an. Als Schriftsteller war er es zudem gewohnt zu recherchieren, um an allerlei Daten zu kommen, auch nicht alltägliche. Als Unsichtbarer hatte er nun gewisse Vorteile, um an die Adressen der anderen Verschwundenen zu kommen.

Beim Zubereiten des Frühstücks ertappte er sich dabei, wie er überschwänglich »Blau, blau, blau blüht der Enzian« pfiff. Als müsse er dringend zur Arbeit, schmierte er Butter und Honig auf eine Scheibe Brot, stopfte Bissen um Bissen in den Mund und trank den Kaffee so heiß, dass er sich dabei die Zunge verbrühte.

Er vermisste seinen goldenen Renner, als er danach in seinem VW Golf der zweiten Generation aus dem alten Schuppen fuhr.

Nur zehn Minuten Fahrzeit später stand er vor dem großen Betonbau aus den siebziger Jahren, in dem das Kommando der Kantonspolizei untergebracht war –

unter anderem mit der Kriminal- und Verkehrspolizei.

Die Eingangskontrolle war als Unsichtbarer einfach zu umgehen. Er schlüpfte mit einer jungen Beamtin ins Gebäude.

Es brauchte seine Zeit, sich im Innern zu orientieren. Nach zwei Stunden der Sucherei und des Belauschens von Gesprächen in den verschiedenen Büros fand er das entsprechende Stockwerk und die Abteilung, in der die Vermisstenfälle bearbeitet wurden.

Bereits im Vorfeld hatte er sich zum genauen Vorgehen im Gebäude seine Gedanken gemacht und filmte mit der Kamera seines iPads die Passworteingabe eines der Beamten, an dessen Computer der Zugriff auf die entsprechenden Datenbanken zu erwarten war. Auch hierfür war Geduld angebracht – eine Stunde saß er dafür neben dessen Arbeitsplatz, bis dieser sich einloggte, bevor er kurz darauf sein Büro verließ.

Der Zugriff auf die Vermisstendatenbank funktionierte mit denselben Anmeldungsdaten wie das Hauptlogin, fand Lukas rasch heraus und grenzte den Suchbereich in der Bildschirmmaske auf Montag, den 4. Mai, ein und druckte die gesamte Liste aus.

Wahllos hatte es Menschen im Alter zwischen Mitte zwanzig und achtzig getroffen, so zumindest schien es ihm, als er das gedruckte Resultat vor sich sah. Er versuchte irgendeinen Zusammenhang, ein Muster zu erkennen. Doch da war nichts.

Er nahm einen Kugelschreiber vom Schreibtisch und ließ ihn dreimal auf das Blatt auf der Tischplatte fallen. So wählte der Zufall oder besser gesagt das

Schicksal drei Personen aus, die er als Erste aufsuchen würde: Eine Mittfünfzigerin aus Tägerwilen, aus dem Kanton Thurgau stammend, ein über Siebzigjähriger aus Winterthur, Kanton Zürich, und eine junge Deutsche aus der Bundeshauptstadt Bern.

Entschlossen faltete er das Blatt und steckte es ein.

Doch bevor er das Kommando verließ, betrat er im vierten Stock das Büro von Everita Barrazza. Sie saß an ihrem Schreibtisch, das Waffenholster umgebunden, und schrieb an einem Protokoll.

Lukas setzte sich und wartete, dass sie ihr Büro verließ, damit er an ihren Computer konnte, was sie zwar irgendwann tat, doch nur um sofort zurückzukehren. Mit ihr kam ein Lukas unbekannter, schnauzbärtiger Beamter in den Raum. Wie der Zufall es wollte, sprachen sie ausgerechnet über ihn.

»Ich weiß, dass uns die Presse im Genick sitzt, Renato. Aber Lukas Cadisch scheint sich in Luft aufgelöst zu haben. Dazu kommt, dass sein neuestes Buch der aktuelle Bestseller ist, was noch zu mehr Gerede führt. Was mit ihm passiert ist, und du weißt, ich habe eine Nase für solche Fälle, ist mir noch immer ein einziges großes Rätsel mit sehr wenigen Anhaltspunkten, die allesamt ins Nichts führen.«

»Genau deshalb habe ich dich auch auf diesen Fall angesetzt, Everita«, erwiderte der Schnauzbärtige, der ihr Vorgesetzter zu sein schien.

»Ehrlich, Renato, ich bin gefrustet. Cadisch hat alles, wirklich alles in der Wohnung zurückgelassen, sogar seine Hausschlüssel, und dabei war die Tür verschlossen. Er oder sonst jemand muss die Tür von außen wieder verriegelt haben. Ich bin mir sicher, die Hauseigentümerin spielt irgendeine Rolle. Ich glaube sowieso, dass es zwischen den beiden mehr als nur gefunkt hat und dass da was gelaufen ist. Ich habe sogar sein neuestes Buch gelesen, nur um darin Hinweise zu finden.«

»Und?«

»Na ja, das zeigt grundsätzlich meine Ratlosigkeit, denn ich würde so was nie und nimmer lesen, wenn ich es denn nicht gemusst hätte.«

»So schlimm?«

»Den Schreibstil hätte ich eher einer Frau zugeordnet. Sentimentaler Quatsch und zu viele Dialoge und dazu grauenhaft langweilig. Handelt von irgend so einem alten Fischer und einem Dorf am Ufer eines Sees, in dem sich nur die seltsamsten Leute zusammengefunden haben, ohne es geplant zu haben. Ich denke, es stimmt, dass solche Künstler einen an der Klatsche haben. Aber dem Anschein nach kaufen die Leute seine Bücher ja wie verrückt.«

Der Schnauzbärtige verschränkte die Arme. »Meine Frau findet, dass Cadisch super schreibt. Das neue Buch liegt wie die davor auf ihrem Nachttisch und erinnert mich jeden Abend vor dem Lichtlöschen an den Fall. Auch mein Schwiegervater ist ein großer Fan von ihm. Aber lassen wir das.«

»Ich persönlich vermute ja, dass er seinen Abgang drehbuchmäßig geplant hat. So perfekt verschwindet niemand einfach so. Deshalb habe ich noch mal mit seiner Ex-Freundin gesprochen, dieser Lisa Martschitsch.«

»Konkret?«

Everita Barrazza nahm ein Foto aus der Aktenmappe und reichte es ihm. »Bildschön und saugefährlich zugleich. An der hat sich mit Sicherheit schon mehr als ein Mann die Finger verbrannt. Ich kenne sie aus meinem erweiterten privaten Umfeld, in dem sie auch die ›Spinne‹ genannt wird.«

»Hört sich ja wie aus einem ›Batman‹-Film an.« Renato verzog das Gesicht.

»Martschitsch ist Inhaberin einer Kommunikationsfirma, in der nur sie und ihre Assistentin arbeiten. Sie nimmt aber auch nur Aufträge fürs dicke Portemonnaie an. Ihre Kommunikationskünste haben schon etliche Firmen aus Krisensituationen gerettet, ohne dass dabei die Ursache behoben werden musste. Du verstehst?« Barrazza blickte auf das Bild.

»Attraktiv und charismatisch.« Renato legte das Foto in die Akte auf dem Tisch zurück. »Und du glaubst, dass sie was damit zu tun hat?«

»Indirekt. Aber ich habe keinen einzigen Beweis in der Hand. Ich habe aus seinem Umfeld erfahren, dass er, so gut er auch aussah, nie lange eine Beziehung aufrechterhalten konnte. Er ließ sich in den letzten Jahren nur mit den Schönen ein und von deren Aussehen blenden. Und immer wenn der Alltag eingekehrt war, hat er einen Schlussstrich gezogen. Außer eben bei seiner letzten Beziehung, die dauerte sechs Monate, und vor allem war sie es, die dann Schluss gemacht hat.«

»Von wem weißt du das alles?«

»Eine seiner Tanten, die ihm sehr nahesteht, hat es

mir erzählt. Vielleicht war er in seinem Stolz verletzt, oder er wollte diesmal krampfhaft an einer Beziehung festhalten und ist ein weiteres Mal gescheitert. Und – aber auch diese Information kann ich nicht an etwas Stichhaltigem festmachen – er soll die letzten Monate depressiv gewesen sein. Dazu belastete ihn die schwere Alzheimer-Erkrankung seines Vaters. Ihre Beziehung war seit Jahren zerrüttet … Da kam so einiges zusammen.«

»Also kurzum, du ziehst auch einen Selbstmord in Betracht.«

»Ich weiß nicht, was ich glauben soll. Alles macht irgendwie keinen Sinn. Vielleicht ist er einfach auf und davon, wie seine Mutter es glaubt, und taucht irgendwann unverhofft wieder auf, als wäre nichts gewesen. Seine Psyche zu durchschauen ist mir noch nicht gelungen, weil die Aussagen seines Umfelds widersprüchlich sind. So scheint er eben auch gewesen zu sein. Aber falls er wirklich bewusst verschwunden ist, dann hat er echt was auf dem Kasten. Keine einzige Überwachungskamera hat ihn seit jener Nacht irgendwo eingefangen. Wir sind zwar noch nicht mit allen durch, aber er muss auf Schleichwegen die Stadt verlassen haben. So viele Geschäfte und auch Tankstellen, Apotheken, Restaurants filmen ja mittlerweile ihren Eingangsbereich und verbotenerweise so auch einen Teil der Straße, aber er ist auf keiner der Aufnahmen zu sehen, nirgends. Wie immer er das gemacht hat, an dem Mann ist ein Houdini verloren gegangen. Es gibt keine einzige Spur von ihm.«

Lukas hatte genug gehört, die ermittelnden Behörden hatten logischerweise keine Ahnung. Dennoch hatte Everita Barrazza ihn auf eine wichtige Idee gebracht.

Nach dem Mittag setzte er sich mit einem Sandwich an den Rhein bei Reichenau, an der Stelle, an der sich der smaragdgrüne Hinter- und der schiefergraue Vorderrhein, der aus der Rheinschlucht floss, vereinten.

Er mochte diese Stelle. Die beiden Flüsse verloren hier zwar ihre Eigenständigkeit, wurden aber dadurch gemeinsam zu dem Rhein, der Hunderte Kilometer weiter zu einem Strom anwuchs. Das Ineinanderfließen beruhigte ihn, ließ ihn in Ruhe die nächsten Tage planen. Doch in erster Linie musste er die Idee, auf die ihn Everita Barrazza gebracht hatte, versuchen umzusetzen.

Auch wenn er dazu erst nach Hause musste, wartete er am Fluss ab, bis es Abend wurde. Er hatte keine Lust, vor dem Fernseher die Zeit totzuschlagen, weil er erst nach Mitternacht schlafen gehen konnte.

Um zweiundzwanzig Uhr betrat er seine Wohnung. Obwohl es draußen wie drinnen noch schwülwarm war, fröstelte es ihn. Es war ihm unwohl in seinen ehemaligen vier Wänden. Er zwang sich deshalb dazu, sich auf die geplante Websuche zu konzentrieren.

Als Erstes rief er Webcam-Seiten auf, dann suchte er nach deren Archivaufnahmen, falls diese lückenlos den 4. Mai aufgezeichnet hatten.

Die Schwierigkeit bestand darin, dass er nicht wusste, wann genau zwischen Mitternacht und neun Uhr er vom »Es« verschluckt worden war. Außerdem war auf den nächtlichen Aufnahmen, außer bei Panoramakameras, die eine Stadt zeigten, kaum etwas zu sehen. Dazu kam, dass die Aufnahmen meist schlecht waren und nicht immer lückenlos alle Stunden aufgezeichnet hatten – eine wahre Sisyphusarbeit stand ihm bevor. Doch vor Arbeit hatte er sich noch nie gedrückt.

Stunde um Stunde suchte er nach irgendetwas – einem Zeitsprung, einem Lichtblitz oder was auch immer mit dem Ereignis einhergegangen sein könnte.

Mitten in der Nacht, seine Augen mochten kaum mehr, kam ihm in den Sinn, dass die behördlichen Tunnelüberwachungskameras in der Leitzentrale der Verkehrspolizei lückenlos aufzeichneten und dass die meisten Tunnelportale ausreichend beleuchtet waren, um etwas zu erkennen.

Am nächsten Morgen stand er deshalb wieder im großen Betongebäude des Polizeikommandos, diesmal in der Leitzentrale der Verkehrspolizei.

Es war relativ simpel, an einem der Arbeitsplätze die verschiedenen Aufnahmen dem Datum entsprechend aufzurufen. Damit er den Moment des Verschwindens mit Sicherheit nicht verpasste, fing er bereits mit den Aufnahmen von einundzwanzig Uhr dreißig an, denn um diese Zeit hatte er noch mit Gian-Reto im »Marsöl« beim Essen gesessen.

Sekunde um Sekunde zählte die Uhr in der Aufnahme, während Lukas konzentriert auf den Bildschirm starrte, der die ein- und ausfahrenden Autos aus dem Isabella-Tunnel zeigte. Immer wieder musste er Pausen einlegen und sich die Augen reiben. Irgendwann stand er auf und trank einen schwarzen Kaffee, den er aus dem Automaten eines kleinen Pausenraumes geholt hatte, dann setzte er sich wieder an den Arbeitsplatz. Seine Uhr zeigte kurz vor sechzehn Uhr an, seit fünf Stunden war er bereits hier. Durch die Jalousien des einzigen Fensters fiel seitlich gefiltert die nachmittägliche Sonne in den von Technik beherrschten Raum mit der großen Monitorwand in der Front.

Eine weitere Stunde später, er starrte noch immer auf die Bilder vor ihm, wurde der Bildschirm kurz schwarz.

Lukas schreckte hoch. Klickte zehn Sekunden zurück – und wieder, der Monitor blieb kurz schwarz. Der Zeitstempel zeigte davor »03:17:56«. Das nächste Bild »03:17:58«.

Er switchte mehrmals zehn Sekunden zurück und ließ das Video wiederholt durchlaufen. Ausgerechnet in diesem Moment fuhr kein Fahrzeug durch das Portal. Die Aufnahme zeigte nur die einsame Tunnelzufahrt.

Der Grund für den Aussetzer konnte eine fehlerhafte Aufzeichnung sein, ein technisches Problem also, zog er in Betracht. Deshalb suchte er Aufnahmen von anderen Straßenabschnitten und weiteren Tunnelzufahrten. Dabei stieß er immer auf dasselbe Phänomen: Das Bild wurde für eine Sekunde schwarz, die fehlende Sekunde war somit in keiner der Aufnahmen gespeichert.

Jetzt konnte es kaum mehr einem technischen Defekt zugeordnet werden. Höchstens einem kantonsweiten Stromausfall, was ihm aber in Anbetracht des ruhigen Wetters in jener Nacht nicht glaubhaft erschien.

Sein Mund war trocken, die Müdigkeit war Hochspannung gewichen. Was aber in der einen fehlenden Sekunde geschehen war, das konnte er nicht sehen, denn die Kameras hatten nichts aufgezeichnet außer dem Schwarz.

Aufgekratzt fuhr er um kurz vor achtzehn Uhr nach Hause.

In seiner Wohnung suchte er mit dem iPad Webcam-Aufnahmen eines Berggebietes in Österreich und fand in deren Archiv den entsprechenden Zeitabschnitt. Die eine Sekunde fehlte auch da – die »03:17:57« gab es nicht.

Da die Kamera in Österreich nur im Dunkeln liegende Bergbahnen aufgenommen hatte, konnte er auch da weder das Davor noch das Danach erkennen. Doch nun wurde er von dem Wissen angetrieben, dass er dem, was geschehen war, tatsächlich auf die Spur kommen könnte.

Stundenlang googelte er nach Webcams in Amerika, bis er eine am Eingang eines Vergnügungsparks in der Nähe von Los Angeles fand, deren Archiv offen zugänglich war. An diesem Ort war es wegen der Zeitverschiebung in der Sekunde, bevor das »Es« in der Schweiz passiert war, erst »06:17:56 PM« und somit noch hell und erst der 3. Mai. Und auch in dieser Aufnahme fehlte die »57«, doch nun konnte er das Davor und Danach erkennen.

Mehrmals spulte er vor und zurück. Ohne Unterbrechung bewegten sich Menschen und Fahrzeuge auf dem großen Eingangsgelände, als fehlte diese eine Sekunde nicht, als wäre sie aus allem herausgeschnitten worden, ohne einen Einfluss auf das Geschehen zu haben, abgesehen von dem kurz schwarz werdenden Monitor. Es gab also keinen Bewegungssprung, es fehlte aber dennoch die eine Sekunde im Leben eines jeden! Für diese eine Sekunde bloß war etwas geschehen, das alles stoppen ließ, um danach fortzufahren wie zuvor, doch er, er war, *musste* irgendwie dazwischengefallen sein.

Was aber war auf der Welt am 4. Mai um 03:17:57 Uhr mitteleuropäischer Zeit passiert? Was hatten alle Kameras dieser Erde nicht einfangen können? Lukas war sich sicher, dass nur er als Unverschwundener diese schwarzen Aufnahmen überhaupt sah und um das Fehlen der Sekunde wusste, sonst hätte das bestimmt schon längst jemand bemerkt. Möglich, dass somit nur ihm diese eine Sekunde nicht fehlte und er deshalb zwischen die beiden Zeiten gerutscht war, wieso auch immer. Jetzt verstand er auch, warum die Technik ihn »sah«, wie das Schwarz in der fehlenden Sekunde aufgezeichnet werden konnte, ohne dass es all die anderen Menschen sehen konnten.

Zwar hatte er noch immer keine Erklärung für das Ganze, aber er konnte es nun immerhin beweisen: Die Welt war für eine Sekunde angehalten worden – etwas war dabei geschehen, was genau, musste er noch herausfinden.

Erst jetzt fuhr die Müdigkeit in ihn, als würde lauwarmes Blei durch seine Adern fließen. Außerdem zeigte die Uhr weit nach Mitternacht an. Er legte sich erschöpft aufs Sofa. Übermorgen würde er mit der Suche nach den anderen Vermissten beginnen und als Erstes nach Tägerwilen fahren, um hoffentlich seinesgleichen zu finden. Morgen musste er erst die dafür notwendigen Sachen einkaufen und alles für die Abfahrt bereit machen. Auf seiner Reise durch die Schweiz würde er hoffentlich jemanden finden, mit dem er reden konnte, und wenn es nur eine einzige Menschenseele war – das wäre größer als großartig.

11

Am Nachmittag des nächsten Tages hatte Lukas alles besorgt, was er für seine Reise benötigte, die gut und gerne zwei Wochen dauern konnte. Er hatte damit seinen alten Golf beladen, der im angenehm kühlen Holzschopf stand.

Am frühen Abend saß Lukas noch im Garten – allein. Carmen war noch immer nicht zurückgekehrt. Möglicherweise hatte sie ihren Vater im Calancatal besucht. Er fühlte sich ohne die Geräusche, die sie und die kleine Sophia machten, noch verlassener. Er hätte nicht gedacht, dass er sich schon so an sie gewöhnt hatte.

Er überlegte, ins Kino zu gehen. Warum auch nicht?, sagte er sich. Dazu zog er ein frisches T-Shirt über und fuhr sich vor dem Spiegel durch die Haare. Sein Gesicht trug noch immer Wunden vom Berg. Sogar etwas Parfüm spritzte er an seine Halsseiten, obwohl nicht mal ein Hund ihn riechen konnte.

Vom Gefühl her hätte es Freitag oder Samstag sein können, so wie früher, wenn er ausging.

Wieder fehlte ihm sein goldener Renner. Er hatte zuvor schon gewusst, dass dieser wie ein Teil seines Lebens war, seines Lebensstils, mit dem er sich ausdrücken konnte, doch dass er derart daran hing, war ihm nicht bewusst gewesen.

Zu Fuß ging er in die Innenstadt, durch die Bahnhofsunterführung in das Quartier unterhalb, hin zum alten Kino »Apollo«, das den Charme und Glanz längst vergangener Tage verströmte. Erst in einer halben Stunde fing im einzigen Saal, der mit weinroten Samtsesseln bestückt war, eine Vorstellung an. Vor dem Eingang scharten sich dennoch bereits die ersten Besucher, die in kleinen Grüppchen zusammenstanden. Einige rauchten, Lachen ertönte, ein schweres Parfüm stach ihm in die Nase. Wieso er einzelne Gerüche derart intensiv wahrnahm, blieb ihm weiter ein Rätsel. Es waren fremde ebenso wie vertraute Düfte, die er in keinen Zusammenhang bringen konnte.

Als er sich umsah, glaubte er auf der gegenüberliegenden Straßenseite Lisa im kleinen Gartenrestaurant des »Sunshine-Pubs« verschwinden zu sehen. Er war sich ziemlich sicher, dass sie es gewesen war, und folgte ihr.

Vor Blicken von der Straße aus geschützt standen einige grün-metallene Tische, umgeben von Bäumen und großen Topfpflanzen, seitlich am Gebäude. Zuhinterst befand sich eine hölzerne Laube mit einem Gartentisch auf der Veranda davor. Hohe Sträucher verwehrten den Blick darauf. Da Lukas Lisa an keinem der spärlich besetzten Tische entdeckte, ging er zur Laube.

Noch bevor er sie sah, hörte er leise ihr helles, unverkennbares Lachen. Erinnerungen stiegen in ihm auf. Sie hatten viel gemeinsam gelacht. Er blieb einen Moment stehen. Was sie zwischendurch sagte, verstand er nicht, nur ihr Lachen tauchte wellenartig auf. Sie schien sich köstlich zu amüsieren.

Er ging die letzten Meter durch den kleinen Zugang und sah sie am Tisch auf der Veranda sitzen: Sie hatte ihre Sonnenbrille in die Haare hochgeschoben und steckte sich ein Stück Pizza so in den Mund, dass ihr Lippenstift nicht verschmierte. Der dunkelhaarige Mann ihr gegenüber saß mit dem Rücken zu ihm.

Er näherte sich den beiden. Lisas glänzende Augen flirteten. Über ihren Brüsten spannte sich ein pinkfarbenes T-Shirt mit Glitterschriftzug. Ihr gegenüber saß Gian-Reto, sein bester Freund!

Die beiden tranken Rotwein aus bauchigen Gläsern. Die Bäume, unter denen sie saßen, ließen ein tanzendes Schattenmuster auf Lisas Gesicht fallen. Träger Wind ging in der Hitze. Lukas fiel auf, dass Lisas rechte und Gian-Retos linke Hand nicht auf dem Tisch lagen, während sie sich zuprosteten.

Lukas ging in die Hocke: Die beiden hielten unter der Tischplatte Händchen. Gian-Reto war aus seinem rechten Flip-Flop geschlüpft, sein Fuß befand sich zwischen den etwas gespreizten Schenkeln von Lisa, die einen Rock, aber kein Höschen trug.

Lukas wollte und konnte nicht glauben, was er da sah. Was hier los war, musste er sich nicht zweimal fragen, auch wenn er seinen Augen nicht trauen wollte.

Mit Lisa hatte auch er schon öfter in diesem Pub gesessen. Das Restaurant gehörte einer ihrer vielen besten Freundinnen. Weiter vorn an einem der öffentlichen Tische hatten sie jeweils gesessen und sich gut unterhalten. Ihre Stimme riss ihn aus seiner Starre.

»Komm, Gian, lass uns nachher weiteressen. Ich will, dass du mich jetzt kurz fickst.« Lisas Blick spiegelte das, was sie sagte.

»Und wenn jemand kommt?« Gian-Reto schaute sich unsicher um.

»Ich habe Sidonia gesagt, dass sie für die nächste Stunde niemanden vom Personal zu uns schicken soll. Komm, die Laube ist doch frei.«

Sie stand auf. Ihr leichter Sommerrock fiel ihr bis zur Mitte der gebräunten Oberschenkel. Gian-Reto streckte ihr eine Hand entgegen. Sie öffnete die Holztür der Laube, die über zwei kleine Fenster mit putzigen Vorhängen verfügte.

Lukas sah, wie Lisa nicht lange fackelte, sich auf die Tischkante setzte und ihren Rock hochschob, während Gian-Reto sich mit einem Blick zur Tür noch an seinem Gürtel zu schaffen machte.

Er wandte sich ab. Diese Bilder wollte er gar nicht erst mit sich herumtragen. Es reichte, dass er hörte, wie Lisa mit dem ersten Stoß leise aufstöhnte und einen freudigen Seufzer von sich gab.

Er verließ den Laubenplatz, ging zu den vorderen Tischen und setzte sich in Gedanken versunken.

Keine zehn Minuten später saßen die beiden wieder am Tisch. Lisa zog sich die Lippen an ihrem kleinen Handspiegel mit rosa glänzendem Gloss nach und richtete ihr Haar. Sie prosteten einander zu.

Lukas musste weg.

Er fuhr zur Wohnung von Gian-Reto und wartete vor der verschlossenen Haupteingangstür. Selina kam eine Viertelstunde später mit dem Kleinen im Kinderwagen angefahren, öffnete die Tür und verschwand im Aufzug. Lukas fuhr mit.

Im ersten Moment hatte Lukas wie im Affekt mit in die Wohnung schlüpfen wollen, doch um das zu erfahren, wofür er hierhergekommen war, brauchte er das nicht zu tun. Deshalb wartete er im Flur, bis Gian-Reto eine Stunde später die vier Stockwerke hochgelaufen kam.

Lukas schaute ihm zu, wie er die Wohnungstür aufschloss und mit »Hey, Schatz. Bin schon wieder da. Ging doch schneller als erwartet« eintrat. Selina kam mit dem Kind auf dem Arm an die Tür, die noch halb offen stand, küsste ihn und fuhr mit der Hand kurz über seine Wange.

Zweifellos, Gian-Reto sah blendend aus. Schon immer hatte er die Frauen mehr angezogen als Lukas. Aber sie waren sich noch nie wegen einer Frau in die Quere gekommen. Und nun das.

Wie lange ging das schon?

Lisa und Gian-Reto hatten sich zwangsläufig kennengelernt – durch ihn. Ob die Affäre der beiden schon vor dem Beziehungsaus begonnen hatte, möglicherweise sogar der Grund dafür gewesen war, das wollte er herausfinden, und er wusste auch, wie. Vom Gefühl her glaubte er, dass die beiden ihn schon vor Monaten betrogen hatten. Es war keine Wut, die sich in ihm staute, sondern bittere Enttäuschung gemischt mit dem Gedanken, der Dumme gewesen zu sein, der von alldem nichts mitgekriegt hatte.

Er verließ das Haus, nahm ein altes Fahrrad, das unverschlossen vor einem der großen Wohnblocks stand, und radelte zu der noblen Adresse, an der Lisa eine moderne Maisonette-Wohnung bewohnte.

Er musste es zwingend wissen. Betrog Gian-Reto »nur« seine eigene Frau, oder hatte er auch ihn hintergangen? Weder als sie sich an dem Abend seines Verschwindens im »Marsöl« zum Essen getroffen hatten, noch die Monate davor hatte Gian-Reto erwähnt, dass es in seiner Ehe kriseln würde.

Lisa war zu Hause, die Haustür war verschlossen, und Lukas hatte auch noch nie einen Schlüssel dazu besessen. Er hörte Geräusche aus dem Innern. Es war ihm bewusst, dass es lange dauern konnte, bis sie die Wohnung verließ, aber er hatte Glück: Nach nicht einmal einer halben Stunde kam sie heraus, um etwas aus einem ihrer beiden Wagen zu holen.

Zusammen mit ihr schlüpfte er in die Wohnung.

Er wusste noch exakt, wo sie ihr Handy hinlegte. Auf der mit glänzend poliertem Marmor umfassten Kochinsel fand er es. Es lag in einem Körbchen, zusammen mit ihren Schlüsseln und einer Packung zahnschonender Kaugummis, von denen sie sich vor dem Verlassen der Wohnung stets einen in den Mund steckte.

Wieder musste er warten, auch diesmal nicht lange, und er merkte sich den Code des Mobiltelefons, das sie zum Versenden einer Nachricht in die Hand genommen hatte, bevor sie im Badezimmer verschwand.

Anschließend entsperrte er das Gerät und fand zuoberst in WhatsApp Gian-Retos Nachrichtenverlauf: Liebesbekundungen, Fotos von Sonnenuntergängen oder schönen Blumen. Er scrollte zurück und fand eindeutige Nachrichten bereits zwei Monate bevor Lisa die Beziehung mit ihm beendet hatte.

Nachricht von Lisa: »gian, ich fühle dich noch überall an meinem körper und so tief in mir, wie niemals ein Mann in mich vorgedrungen ist.«

Gian-Reto: »wo du bist, will ich immer sein. ich liebe einfach alles an dir. in dir zu sein bedeutet für mich alles.«

Diese und weitere Nachrichten stammten von Anfang August, andere sogar von Juli.

Lukas blickte Lisa an, die soeben nackt aus dem Bad kam. Mit einem Frottierhandtuch trocknete sie sich die Haare. Ihr makelloser Busen bebte leicht, löste aber in Lukas nur Abscheu aus.

Sie setzte sich auf die Couch, zog ihre Ringe aus und spreizte die Beine, das Handy hielt sie dazwischen und schoss ein Foto. Mit einem Lächeln tippte sie eine Nachricht: »meine kleine prinzessin sagt deinem großen prinzen dankeschön!«

Es war seltsam, ihr Posieren löste bei Lukas keine Erregung aus. Er nahm es als Kompliment, dass sie ihm nie solche Nachrichten geschickt hatte. Die Enttäuschung, das Betrogenwordensein ließ in ihm keine anderen Gefühle zu, obwohl sie guten Sex miteinander gehabt hatten. Sogar auf dieser Couch, auf der sie nun breitbeinig vor ihm saß. Aber Lisa war für ihn nur noch zu einer Hülle ohne Fülle geworden.

Oft war er auch nicht hier gewesen. Ihr Zuhause war ihm immer zu luxuriös, zu perfekt gewesen. Ein Ort, an dem man nur Unordnung hinterlassen konnte, und wenn man bloß ein Haar verlöre. Doch am meisten schmerzte ihn sowieso, was ihm Gian-Reto angetan hatte. Ihre Freundschaft, geformt von der Beständigkeit der Berge des Unterengadins, hatte sich in bodenlose Enttäuschung aufgelöst.

Wieder zu Hause setzte er sich mit einer Dose Bier auf den Balkon. Wieso habe ich nichts bemerkt?, fragte er sich nun in dem Wissen, dass sie sich während der Affäre der beiden mehrmals gemeinsam getroffen hatten, auch in der Wohnung von Gian-Reto. Selina hatte am Anfang ihrer Schwangerschaft in der Küche gestanden und für alle gekocht. Sie hatten zu viert einen schönen Abend verbracht und viel gelacht. Zusammen hatten sie am Ende noch die Küche aufgeräumt – und dabei lief die Affäre der beiden schon auf Hochtouren. Er fühlte sehr mit Selina. Wie konnte ein Mann seine Frau betrügen, während sie das gemeinsame Kind erwartete?

Immer mehr Details kamen Lukas in den Sinn, und er begann die letzten Wochen der gemeinsamen Zeit mit Lisa weiter zu hinterfragen. Wieso hatte sie nicht schon direkt nach der ersten Liebelei mit Gian-Reto mit ihm Schluss gemacht? Wieso noch ein doppeltes Spiel spielen, und das bis in den Oktober hinein? Wie hatte Gian-Reto ihm in der Zeit überhaupt noch in die Augen blicken können?

12

Am nächsten Tag schlug er um Punkt sechs Uhr die Augen wieder so auf, als hätte er gar nicht geschlafen, sondern sie nur kurz zugemacht. Gierig hielt er den Mund unter den Wasserhahn im kleinen WC.

Das mit Gian-Reto und Lisa, dieser Verrat war also Tatsache. Diese Wahrheit musste erst wieder in ihn sickern, denn zu groß war der Bruch, den sie ausgelöst hatte. Wie zwei ihm so nahestehende Menschen ein so bitterböses, perfides Spiel mit ihm und auch Selina treiben konnten, war ihm ein Rätsel. Und er konnte keinen der beiden zur Rede stellen, um Zusammenhänge zu finden oder gar zu verstehen, was aus seiner Sicht sowieso nie zu verstehen wäre.

Außerdem kratzte es die beiden offenbar nicht einmal, was mit ihm nach dem 4. Mai, seinem Verschwinden, geschehen war – sie trieben es mitten in der Stadt und hatten dem Anschein nach eine gute Zeit.

Lukas wusste, solche Gedanken und Gefühle halfen ihm nicht. Es gab nichts zu beschönigen und zu verstehen leider auch nicht. Besser, er schenkte nun der Liste mit den Namen der Vermissten seine gesamte Aufmerksamkeit, denn in Chur hielt ihn jetzt sowieso nichts mehr.

Er checkte noch einmal die Materialliste, das, was er gestern gekauft hatte: Spraydosen mit grellem Orange und Neongrün, dazu extrastarkes beidseitiges Montageklebeband, mehrere dicke Filzer und A3-Papier, dazu durchsichtige Folienmappen. Kleider und eine Campingausrüstung samt Wurfzelt hatte er ebenfalls im Wagen verstaut. Obwohl er unterwegs überall Lebensmittel besorgen konnte, hatte er sich einen kleinen Vorrat zugelegt.

Bevor er losfuhr, kurbelte er das Schiebedach zurück und schob eine Kassette mit Aufnahmen aus den Achtzigern ins Autoradio. Boy George sang: *»Do you really want to hurt me … do you really want to make me cry …«* Lukas lächelte und sagte: »Ist okay, George, hab's verstanden.«

Er verließ die Stadt in nördlicher Richtung, reihte sich in den Verkehr auf der A 13 ein. Seinen Platz, den er zu Fuß oder im Auto auf der Straße beanspruchte, forderte niemand der Wahrhaftigen ein. Wenn er überholte und sich wieder einordnete, schloss keiner die scheinbare Lücke, sondern fuhr im normalen Abstand hinter ihm her. Wie das genau aus Sicht der Welt da draußen aussah, darüber mochte er nicht spekulieren.

Am Ende des St. Galler Rheintals, im Ländereck Schweiz- Deutschland-Österreich, hielt er bei St. Margarethen an einer Autobahnraststätte. Er war vor der Abfahrt zu aufgewühlt gewesen, um zu essen, und nun meldete sich der Hunger.

Was genau er an Raststätten so mochte, konnte er nicht sagen. Vielleicht weil er als Kind während seiner Ausflüge mit Tante Luzia und Aita immer das Gefühl gehabt hatte, dass sie die unterschiedlichsten Menschen von nah und fern miteinander verbinden konnten. Die Nummernschilder in verschiedenen Farben und manchmal auch die Sprache der Reisenden verrieten ihm deren Herkunftsländer. All das hatte seine Phantasie beflügelt. Noch heute konnte er sich an ein Mädchen von damals erinnern. Er war elf gewesen, sie etwa gleich alt. Bei einer Rast vertrieben sie sich auf dem kleinen Spielplatz die Zeit, während die Erwachsenen an einem der von Vogelscheiße verdreckten Holztische saßen. Er versuchte, mit dem Mädchen zu sprechen, so wie sie mit ihm, aber sie verstanden nur den Namen des anderen – sie, die blasse Hagere mit den großen dunklen Augen, hatte Lylou geheißen.

Als er wieder hinten rechts im alten Volvo von Tante Luzia saß, erzählte sie ihm, dass die Familie aus der Nähe von Paris stamme und zum ersten Mal in die Berge fahre, was ein großes Abenteuer für sie alle sei. Ausgerechnet in die Berge, dachte Lukas damals, da war doch dieses Paris viel aufregender.

Während dieser Gedanken reihte er sich in die kleine Schlange von Gästen ein, die frühstücken wollten. Er hielt sein leeres Glas unter den durchsichtigen Plastikbehälter, in dem Orangensaft immer wieder hochgesprudelt wurde. Auf sein Tablett stellte er sich ein Schälchen Birchermüsli, nahm Rührei und Toast, dazu eine Tasse schwarzen Kaffee. Damit setzte er sich an den Tisch, von dem aus er die hereinkommenden und hinausgehenden Leute am besten sah.

In Aufbruchsstimmung aß er und trank dazu seinen Kaffee, als er plötzlich verstand, warum er hier gehalten hatte, anstatt im Auto zu essen: Auch er war ein Reisender, vielleicht sogar immer einer gewesen, und das verband ihn mit allen anderen hier. Sie alle waren noch nicht am Ziel, aber auf dem Weg dorthin. Und mit Sicherheit wussten einige von ihnen auch nicht, was sie am Ende der Reise erwartete – so wie er.

Außer ihm waren achtunddreißig weitere Menschen, verteilt in der ganzen Schweiz, am 4. Mai verschwunden, und er würde sie alle aufsuchen müssen, versuchen, ihnen Nachrichten zu überbringen oder zu hinterlassen, denn er wollte nicht mehr allein unter vielen sein. Das hier war der Start dazu.

Was würde ihn an all den Orten erwarten? Was am ersten, in Tägerwilen? Wer war diese Daniela Suhner, die dort wohnte? Würde sie ihm bei seiner Ankunft verzweifelt in die Arme fallen? War auch sie die letzten Wochen wie ein einsamer Geist in ihrem Leben herumgeirrt, um auf einen für sie Berührbaren zu stoßen? Was für Erklärungen, welche Fragen bewegten sie?

Und was, wenn er sie oder einen der anderen tatsächlich finden würde? Was würde das ändern? Würden sie gemeinsam nach anderen suchen, um irgendwann festzustellen, dass es von ihnen auf der ganzen Welt doch noch Tausende gab?

Und was dann?

In Gedanken vertieft blickte er die Reisenden an. Jeder von ihnen trug seine eigene Geschichte mit sich. War denn schlussendlich nicht jeder allein, spätestens dann, wenn er am Ende seines Lebens die Augen für immer schloss?

Bevor Lukas die Raststätte verließ, füllte er seinen Coffee-to-go-Becher und nahm ein Salami-Sandwich aus dem Kühlregal, dann setzte er sich in seinen Wagen.

Bei der nächsten Ausfahrt fuhr er ab, um am Bodensee entlang Richtung Kreuzlingen/Konstanz zu fahren. Aus dem alten Kassettenradio tönte nun Michael Jacksons »Billie Jean«.

Der Bodensee glitzerte in der Morgensonne. Es war erst kurz vor halb zehn und ein sonniger Sommertag mit makellos blauem Himmel, die Landschaft sattgrün, Schiffe zogen durch die Weite des Schwabenmeers. Im Wagen staute sich die Wärme trotz des offenen Schiebedaches.

Etwas außerhalb von Romanshorn hielt er am Ufer. Der Vorteil am Unsichtbarsein war, alle Verkehrsregeln missachten zu können.

Er setzte sich ans Ufer, hielt die Füße in den See. Aus den Lautsprechern seines Wagens, den er nur wenige Meter hinter sich geparkt hatte, erklang die Musik der achtziger Jahre. Die Türen standen sperrangelweit offen.

Lukas zog sich bis auf die Unterhose aus. An einer seichten Stelle war das Wasser überraschend lauwarm. Es roch nach Algen und dem warmen Grün der Wiese hinter ihm. Nena sang von ihren »Neunundneunzig Luftballons«.

Das Wasser wurde nach wenigen Zügen kühl, während er hinausschwamm, sich nach fünfzig Metern übermütig auf den Rücken drehte und mit den Füßen das Nass hochstrampelte. Niemals hätte er gedacht, dass er jemals freiwillig und ohne Angst in einem See schwimmen würde. Es war seltsam, das Wasser schenkte ihm eine besondere Art von Geborgenheit, ein Aufgehobensein, umschlossen wie von Tausenden gleich starken Umarmungen, dass es zu einer wurde.

Lukas holte tief Luft und tauchte hinunter in die Stille. Nur drei Meter schaffte er es, hielt dabei aber die Augen geöffnet. Er blickte nach unten ins zunehmende Schwarz, in eine Tiefe, die ihm jedoch keine Angst mehr machte. Dann richtete er den Blick nach oben. Das Sonnenlicht badete die Oberfläche in einen auf den Wellen tanzenden hellen Schein, als warte der Himmel dort nur auf ihn. Diesen Ausblick hinauf zur Wasseroberfläche liebte er sofort, denn er versprach so viel und war für ihn ein Sinnbild für sein Überleben.

Als sein Atem knapp wurde, stieß er mit zwei kräftigen Zügen nach oben, den Blick weiter der zunehmend gleißenden Oberfläche zugewandt, bevor er mit einem lauten Prusten auftauchte, während das Sonnenlicht ihn übergoss.

Als er sich abseits und außer Atem ins warme Gras legte, schien ihm der Tag viel heller geworden zu sein. Ein zarter Wind ließ einen angenehmen Schauer von Gänsehaut über seinen Körper laufen. Leise schwebte »Take on me« von seinem Wagen aus über den See.

Seine Unterhose war noch nicht ganz trocken, als er in die kurze Jeans schlüpfte. Die Wärme im Auto würde dies schnell ändern.

Das letzte Stück des Weges fuhr er, ohne anzuhalten. Vierzig Minuten später stand er bereits vor dem unscheinbaren Mehrfamilienhaus in Tägerwilen, einem überschaubaren Dorf in unmittelbarer Nähe zur Grenzstadt Kreuzlingen.

Er blieb einige Minuten im Wagen sitzen und blickte zu den geschlossenen Fenstern. Seine Handflächen waren feucht, sein Herz polterte aufgeregt in seiner Brust.

Vier Parteien bewohnten das in die Jahre gekommene Mietshaus, in dem bestimmt Menschen mit niedrigen Einkommen ihr Zuhause gefunden hatten. Daniela Suhners Wohnung befand sich im untersten Stockwerk. Der Haupteingang war unverschlossen.

Lukas stand vor der Wohnungstür und zögerte einen Moment, ehe er die Klingel drückte. Seine Zunge fühlte sich wie eine trockene Wollsocke an. Als sich nichts rührte, klingelte er nochmals und rief: »Daniela, falls Sie mich hören, machen Sie auf! Ich bin auch ein Unsichtbarer! Ich suche Sie.«

Er drückte die Klinke. Die Tür schwang wider Erwarten auf, sodass er beinahe in die Wohnung fiel.

»Hallo, Daniela?« Er ging langsam durch den kleinen Flur, um nur zwei Schritte danach ins Wohnzimmer zu treten. Abgestandene Luft gemischt mit dem Gestank von Küchenmüll schlug ihm entgegen. Diesen Geruch empfand er so intensiv, dass ihm beinahe übel wurde.

Auf dem Sofa schnarchte ein Mann. Der Fernseher lief leise – eine Kochsendung. Von dem Mann ging der stechende Geruch von Schweiß und Urin aus. Mehrere leere Bierflaschen standen auf dem Couchtisch, daneben lag eine Fernbedienung. Der Aschenbecher quoll über. Der Mann schlief wahrscheinlich seinen Rausch aus.

Das musste ihr Freund sein, schlussfolgerte Lukas, als er ein Foto auf einer Kommode entdeckte, das eine Frau und den schnarchenden Mann lachend auf einem Campingplatz zeigte.

Das Schlafzimmer war unordentlich, Kissen und Bettdecke zerwühlt. Flecken fanden sich auf den zerknitterten Laken. In der kleinen Küche stapelte sich Geschirr. Lukas konnte das Leid des Mannes aus alldem erfühlen. Außerdem hatte seine eigene Wohnung nicht unähnlich ausgesehen, bevor er sie wieder etwas aufgeräumt hatte. Die Werte eines jeden konnten sich über eine einzige Nacht ändern, wusste er nur zu gut.

Wie ein großes, übergewichtiges Kind lag der etwa sechzigjährige Mann zusammengerollt auf dem Sofa. Sein heller Bauch quoll unter dem T-Shirt hervor. Lukas blieb vor dem Kerl stehen und hörte dessen Atemzügen zu, sah, wie sich der schwere Körper dabei träge hob und senkte, als würde er von einem unsichtbaren Blasebalg angetrieben. Auch wenn da nur wieder dieses Abstoßungsgefühl war, legte Lukas seine Hand auf die Schulter des Mannes. Der Kerl tat ihm leid. Vielleicht fühlte der sich ja fast so einsam wie er selbst, und das mitten in einer Welt voller Menschen, mit denen der Mann eigentlich hätte reden können.

Doch was war mit Daniela Suhner passiert? Wo war sie in diesem Moment? War sie wirklich zu einer Unverschwundenen geworden oder wegen eines Unglücks oder Verbrechens in jener Nacht verschwunden und gar tot?

Wer wusste das schon? Sie konnte wie er in diesem Moment unterwegs sein und irgendwann später zurückkommen. Für solche Fälle hatte er deshalb vorgesorgt: Auf die weiße Wand über dem Fernseher sprayte er einen leuchtend orangen Pfeil. An dessen Spitze befestigte er mit doppelseitigem Klebeband ein A4-Papier, auf dem stand: »Auch ich verschwand am 4. Mai und suche nun andere Verschwundene, die sonst niemand sieht. Hier kannst du mich finden …«

Er vermerkte seinen Namen und seine Anschrift und seine neue E-Mail-Adresse, die er extra dafür auf seinem iPad eingerichtet hatte: unverschwunden@gmx.net. Außerdem hinterließ er die Liste aller Verschwundenen samt deren Adressen. Bei Danielas Namen setzte er einen orangen Haken, damit sie wusste, sie war die Erste, die er aufgesucht hatte.

In dem vorgedruckten Schreiben hatte er zudem festgehalten, dass er jeden Sonntagabend um zwanzig Uhr zu Hause sein werde, um sich mit den Unverschwundenen treffen zu können, für die Mailen nicht möglich war. Eine weitere Möglichkeit für eine Kontaktaufnahme war ihm nicht in den Sinn gekommen, denn sein Handy war von den Behörden deaktiviert worden und er konnte keinem der Mobilfunkanbieter den Auftrag erteilen, um ein Prepaidgerät zu registrieren.

Hingegen war er sich sehr sicher, dass einzig Unverschwundene die Spuren von ihresgleichen sehen konnten.

Mit einem letzten Blick auf den schnarchenden Mann in seinem weißen T-Shirt und mit dem zerzausten schütteren Haar verließ er die Wohnung. Draußen vor dem Haus wartete er zwei Stunden ab; möglich, dass Daniela Suhner nur kurz weg war. Einkaufen musste auch sie, ebenso wie die Wahrhaftigen. Doch sie erschien nicht.

Das Los hatte als Nächstes einen alten Mann aus Winterthur bestimmt, danach eine junge Frau aus Bern. So gesehen lag alles auf einer Wegstrecke.

Nach einer Dreiviertelstunde erreichte er Winterthur. Die Adresse lag in einer ruhigen Wohngegend mit Einfamilienhäusern aus den Siebzigern. Der Verschwundene, den er suchte, hieß Fritz Merkle, war dreiundsiebzig und Witwer.

Von dieser Adresse erhoffte sich Lukas mehr. Er stellte sich vor, dass der ältere Herr seine Zeit am ehesten daheim verbringen würde, statt in der Welt herumzugeistern, um nach einer Erklärung zu suchen.

Als er durch den schönen Vorgarten ging, festigte sich seine Meinung noch. Das war ein Zuhause, das niemand gern aufgab.

Er klingelte, trat einige Schritte von der Tür zurück und behielt die geschlossenen Fenster über ihm im Auge. Sicher musste der Alte annehmen, dass bloß einer der Wahrhaftigen die Türglocke betätigt hatte. Möglich, dass er dennoch aus einem der Fenster spähte.

Doch weder auf weiteres Klingeln noch auf das Poltern an die Tür und die Rufe, dass Lukas selbst auch ein Unverschwundener sei, brachten Bewegung ins Innere. Der Mann war nicht zu Hause, oder er zeigte sich aus irgendeinem Grund nicht.

Noch aber gab sich Lukas nicht geschlagen. Möglich, dass andere Unverschwundene ebenso wie er Nachrichten oder Zeichen hinterließen. Danach wollte er Ausschau halten. Er suchte rund um das Haus nach einem Brief oder sonst einem Hinweis, der hinterlassen worden war.

Er spähte durch das kleine Garagenfenster. Im Innern stand ein dreitüriger weißer Seat. Weit konnte der Mann wahrscheinlich nicht sein, vielleicht mit dem Fahrrad irgendwo in der Gegend unterwegs. Es war aber auch möglich, dass er mit dem Zug irgendwohin gereist war.

Da es bereits später Nachmittag war und die Hitze brütete, als wolle sie ihm das Hirn kochen, blieb er bis zum Abend im Schattigen sitzen und wartete gedankenversunken. Gut möglich, dass Fritz Merkle erst in den kühleren Abendstunden von einem Ausflug zurückkam.

Als die Sonne um kurz vor halb neun rot glühend zwischen den Häusern der gegenüberliegenden Straßenseite versank, wickelte Lukas sein Salami-Sandwich aus der Alufolie, das er von der Raststätte mitgenommen hatte, setzte sich unter die große Linde, aß und trank lauwarmen Eistee.

Der Garten wirkte so friedlich und zeitlos in der Dämmerung. Das Zirpen von Grillen war zu hören; leiser Motorenlärm eines Kleinflugzeuges verstummte in der Ferne des berglosen Himmels. Dem Garten war anzusehen, dass er jahrzehntelang Zeit gehabt hatte, um sich zu entwickeln. Eine dunkelgrüne Ranke umwuchs die linke Gebäudehälfte. Die Kellerfenster des Hauses waren ebenerdig in die grobkörnige Fassade eingelassen. Vor ihnen wölbten sich stabile bauchig-verschnörkelte Eisengitter. Eine blecherne Gießkanne lag umgekippt beim Rosenbeet, der Kompost war säuberlich zugedeckt. Der Duft von Lavendel und Rosmarin schwebte über einem der Beete wie der Nebel im Herbst auf den Wiesen vor dem Waldrand.

Fritz Merkle kam auch nicht, als es dunkel wurde. Lukas wartete geduldig bis nach Mitternacht. Das Quartier schlief längst. Die wenigen Straßenlaternen warfen mattgelbe Kegel. Ein Busch bauschte sie im Schattenspiel. Einzig ein Hundebesitzer machte mit seinem Welpen eine kleine Runde in der Verlassenheit der Straße.

Wo war Fritz Merkle?

Lukas nahm seine Taschenlampe aus dem Wagen und tat dasselbe wie in Daniela Suhners Wohnung, mit dem Unterschied, dass er den Pfeil an die Fassade sprühte und eines der in Plastikfolie eingeschweißten A4-Papiere an die Hauswand klebte. So hätte nun auch Fritz Merkle alle nötigen Informationen bei seiner Rückkehr und könnte ihn auch dann erreichen, wenn er keine Mailadresse besaß.

Die Nebenstraßen waren leer, die Straßenlaternen warfen einsam ihr Licht auf den dunklen, noch warmen Asphalt, als Lukas mit leiser Musik im Wagen die zwanzig Minuten zum nahen Greifensee fuhr. Als Jugendlicher hatte er im Sommer drei Tage dort verbracht. Zum Abschluss der sechsten Klasse waren sie mit ihrem Lehrer Ottilio Camara zelten gewesen. Auf welch seltsame Art und Weise sich Lebenskreise schlossen, dachte er, als er in der Erinnerung daran an den See fuhr. Damals war er noch so unbeschwert gewesen und das Leben schien kein Ende zu haben. Der Topf heiße Ravioli am ersten Abend war so lecker gewesen, dass er sich noch heute gern daran zurückerinnerte. Es stimmte schon: Erwachsene waren doch bloß Kinder, die schon lange lebten.

Die Nacht hatte ihr samtenes Kleid über den See und die Landschaft gelegt, als er sein Wurfzelt am Ufer festmachte. Aus dem Kofferraum nahm er die Luftmatratze, pumpte sie auf, trank danach eine Schokomilch und aß einige Kekse. Dann putzte er sich sehr ordentlich die Zähne, da ihm bewusst war, dass es für ihn keinen Zahnarzt mehr gab. Er legte sich bäuchlings und mit dem Kopf zum offenen Zelteingang hin und blickte hinaus.

Der See schlief, kein Windhauch vermochte das Schilf zu wiegen. Am gegenüberliegenden Ufer waren nur wenige Lichter zu sehen. Er dachte wieder zurück an den Sommer vor vielen Jahren, damals war er dreizehn gewesen und hatte mit Gian-Reto ein Zweierzelt geteilt. Sie waren wie Winnetou und Old Shatterhand gewesen.

War er so ein schlechter Freund für Gian-Reto gewesen?, fragte er sich, während er auf der neuen Matratze lag, deren Geruch sehr intensiv war. Freunde tun so etwas doch nicht einfach so, auch wenn die Anziehungskraft einer Frau so manchen gestandenen Mann aus der Umlaufbahn zu werfen vermochte. Aber den besten Freund dafür opfern? Das hätte er sich nicht vorstellen können.

Was war an ihm falsch, dass niemand ihn über längere Zeit lieben konnte, vor allem dann, wenn es schwierig wurde – oder eben eine Frau wie Lisa ins Spiel des Lebens trat?

Tante Luzia liebte ihn möglicherweise. Aber sicher war er sich dessen nicht. Gut möglich, dass sie sich aus Erbarmen seiner angenommen hatte, als er in der Pubertät so hoffnungs- und orientierungslos inmitten der Berge herumgeirrt war.

Was musste man denn tun, um geliebt zu werden oder sich wenigstens geliebt zu fühlen? Gian-Retos Freundschaft hatte er nie, nicht eine einzige Sekunde in all den Jahren hinterfragt. Sie war das Ehrlichste, was er gefühlt hatte. Für diese Freundschaft hätte er alles getan.

Und in den Augen seines Vaters? Was war er, Lukas, für ihn gewesen? Was hatte er ihm bedeutet? War er nur der potenzielle Hofnachfolger gewesen, der nun die lange Tradition verraten, zerstört hatte? Hatte Vater ihn denn nicht als eigenständigen Menschen, mit eigenem Weg, eigenen Zielen und Wünschen gesehen, die man als Vater doch unterstützen sollte, und das aus Liebe und nicht allein der Überzeugung wegen? Hätte er das große Glück im Leben gehabt und wäre selbst Vater geworden – bei diesem Gedanken griff er sich an die rechte Schulter, an sein Engelstattoo –, er hätte in jedem Fall die Träume seiner Kinder unterstützt. Es gab Eltern, die waren wie Gärtner, die versuchten, ihre Kinder zurechtzustutzen, statt den starken Zweigen freien Lauf zu lassen und sich daran zu erfreuen, wohin sie wuchsen. Doch vielleicht hatte genau diese Haltung seiner Eltern sein Schreiben so erstarken lassen. Widerstände, Gegenwind konnten für Auftrieb sorgen. Aber er konnte es drehen und wenden, wie er wollte, er fühlte sich zutiefst ungeliebt, auf sich allein gestellt, seit damals in Bern erst recht.

Und wo befanden sich in diesem Moment all diese Menschen, an die er in den letzten Minuten gedacht hatte: Schlief sein Vater, oder geisterte er wieder durchs Haus und weckte Mutter auf? Und Tante Luzia? Er musste auch an Selina, Gian-Retos Frau, denken, die möglicherweise in diesem Moment ihr Baby im Frieden dieser Nacht stillte und nichts von der Affäre ahnte, von dem Schatten, der sich immer dunkler über die kleine Familie beugte, wie der böse Riese hinterrücks über das Kind, das Pusteblumen in den Frühlingswind bläst und ihn noch nicht kommen sieht, auch wenn die Samen bereits in dessen Atem davonschweben, während es noch lacht.

Lukas war sich bewusst: Keiner wollte etwas Schlimmes über einen ihm nahestehenden Menschen glauben, sogar wenn er einen Beweis dafür mit eigenen Augen gesehen hatte. Darum schwiegen auch so viele Menschen. Und so suchte auch er weiter nach Erklärungen, die Gian-Retos Handeln abschwächten, emotional erträglich machten, ja gar erklärten. Doch genauso bewusst war ihm, dass es nichts zu beschönigen gab – er war von den beiden betrogen worden.

Nun war er nicht mehr dreizehn, auch wenn der

dunkle See vor ihm derselbe war wie vor bald siebenundzwanzig Jahren. Das Leben änderte alles – wirklich alles! Manchmal mit einem Schlag und manchmal so unmerklich langsam, dass nur die Falten im Gesicht davon zeugten.

Er wusste nicht, wie lange er geschlafen hatte. Sanftes Morgenlicht färbte den See. Vögel zogen vor ihm durchs Wasser, eine Krähe schrie einsam. Eilig hatte er den zerstörerischen Morgendurst gelöscht, bevor er auf seinem kleinen Campinggaskocher Kaffee brühte. Das Gras am Ufer war nass. Seine nackten Füße zogen Spuren durch den Silbertau. Die Luft war angenehm weich und kühl, doch die Tagesglut würde bald kommen.

Mit der Tasse in der Hand setzte er sich auf einen am Boden liegenden Baumstamm und sah dem Erwachen der Welt zu. Wie hatte er früher solche Momente der gewollten Einsamkeit geliebt. Und nun? Auch an diesem Morgen war es zwar schön, doch das Grauen seiner Situation war darin verwoben.

Er stand auf, ging die wenigen Meter zu seinem Wagen, der mit geöffneter Heckklappe hinter dem Zelt stand, und schaltete das Radio ein. Ein Lokalsender brachte Musik, ehe die Moderatorin überschwänglich einen wunderschönen Augustmorgen wünschte und ankündigte, dass es bestimmt die letzten Tage der Hitzewelle vor dem nahenden September seien.

Mit dem Wagen, den er kurz vor seinem dreißigsten Geburtstag gekauft hatte, hatte er damals seinen Umzug von Bern nach Chur gemacht. Nach seinem

Scheitern in der Bundeshauptstadt hatte er damit das Wenige transportiert, das er in sein neues Leben mitnehmen wollte, und hätte im Traum nicht daran gedacht, dass das hier einmal geschehen könnte.

In jenem Herbst hatte er irgendwo auf der Strecke in einem alten kleinen Motel übernachtet, obwohl die Fahrt nur etwa drei Stunden gedauert hätte. Erst jetzt wusste er, wieso er das getan hatte – er hatte schlichtweg Angst gehabt. Bern hatte ihm viel geschenkt und doch das Wesentlichste gestohlen. Er war als unbekannter Schriftsteller dorthingereist und mit mehreren Bestsellern in der Tasche zurückgekehrt – aber auch mit dem größten Verrat in seinem damaligen Leben. Auch den hatte er mit seinem Umzug in die Alpenstadt zurückgebracht – und schleppte ihn weiter mit sich. Heute würde er zum ersten Mal wieder nach Bern fahren, das er seit damals gemieden hatte, als wäre es nach einem Atomunfall zu Sperrgebiet geworden.

Der Horizont gebar ein Rotorange. Schleierwolken färbten den Wasserspiegel vor ihm rubinrot, Morgenwind kam auf, ein Gewinnspiel erklang aus dem Golf. Lukas brach auf, als er das erste Stand-up-Paddling-Gespann in den See stechen sah.

Um kurz nach halb neun fuhr er auf der A 1 Richtung Bundesbern. Die nächste vermisste Person, die er aufsuchen wollte, wohnte in Bümpliz in der Brünnackerstraße, was ihm ein gar zu großer Zufall erschien, denn in dieser Straße hatte er damals selbst gewohnt. Das Leben konnte so dreckig sein, aber er würde sich dem stellen.

Angespannt hielt er das servolenkungsfreie Steuer seines Golf umfasst. Je weiter er sich der Stadt näherte, umso mehr schien es ihm, als stünde die Vergangenheit am Straßenrand Spalier: Gesichter, Situationen, Dunkel und Hell wechselten sich ab. Mit der Morgensonne im Rücken spulte er die Kilometer von Zürich nach Bern weiter ab. Im Westen der Stadt lag Bümpliz. Schöne Erinnerungen, aber auch der Schmerz quollen wieder in ihm auf wie Wolken an einem schwülheißen Tag, an dem man sich nach einem abkühlenden Gewitter sehnte, das jedoch nie kam.

Sein alter Golf verfügte über keine Klimaanlage. Aber nicht nur der Hitze wegen hatte er das Fahrerfenster eine Handbreit heruntergekurbelt, sodass der Lärm mit der Musik kämpfte. In seiner Rechten hielt er eine Zigarette, die Schachtel hatte er an der letzten Raststätte mitgenommen.

Bis vor fünfzehn Jahren hatte er geraucht. Nicht viel, höchstens eine halbe Packung täglich. Als er damals mit dem Zug und dem goldenen Renner im Gepäckwagen nach Bern gefahren war, da hatte er auch geraucht und in die vorüberziehende Landschaft geblickt. Das Gefühl, nicht zu wissen, was ihn nach dem Aufbruch aus den Bergen erwartete, war aufregend gewesen wie ein leeres Blatt Papier. Neuanfänge waren für ihn damals wie ein Morgen gewesen, dessen Tag noch nichts Schlechtes in sich trug, aber alle Möglichkeiten bereithielt.

Heute war alles anders – auch die Fahrt. Er musste sich auf das, was er vorhatte, konzentrieren, nahm einen weiteren Zug und blies den Rauch, der vom

Sog regelrecht verschlungen wurde, aus dem Seitenfenster.

Die Frau, die er heute aufsuchte, hieß Heike Futterknecht und war eine Deutsche. Sie hatte zwei Wohnadressen. Eine kleine Wohnung in der Brünnackerstraße und ein Zimmer im Personalhaus eines Altersheims im Osten der Stadt, wie auf dem Datenblatt vermerkt war.

Das Altersheim stellte sich als große Siedlung für Senioren heraus. Im Parterre des einen Baus, der neuer schien als die anderen Gebäude und am Rand des Areals lag, fand er Heike Futterknechts Zimmer. Auf sein Klopfen wurde nicht reagiert, und von draußen konnte er nicht in das Zimmer blicken. Die Tür war zwar zu, doch vor der Abreise hatte er unter anderem auch ein Brecheisen mitgenommen.

Das Personalzimmer verfügte über zwei Kochplatten, aber über kein WC und war ordentlich. Er fand nichts Persönliches darin, außer Ersatzwäsche und einem Buch, das auf dem Nachttisch lag. Bestimmt war die Polizei schon längst hier gewesen und hatte wie bei ihm zu Hause alles, was hätte Hinweise liefern können, mitgenommen.

Er legte sich in Heikes Bett und starrte zur weißen Decke und kam sich dabei verrückt vor. Es duftete intensiv nach Haarspray. Er deckte sich so zu, wie Kinder es tun, wenn sie sich einkuscheln. Hier hatte sie wahrscheinlich nur geschlafen, wenn sie Spät- oder Frühdienst hatte und nicht durch die ganze Stadt fahren wollte; möglicherweise hatte sie auch den einen oder anderen Bereitschaftsdienst gehabt.

»Heike? Bist du zu Hause? Oder bist du sang- und klanglos nach Deutschland zurück?«, sagte er in die Leere.

Die Erinnerungen übermannten Lukas, als er eine halbe Stunde später in die schmale Brünnackerstraße einbog, deren Häuser alle aus der Zeit des Zweiten Weltkriegs stammten und kleine Vorgärten hatten, die die Bewohner damals in den Krisenzeiten versorgen sollten.

Heikes Wohnung lag genau gegenüber dem Haus, in dem er in der WG gewohnt hatte. Er parkte ganz rechts auf der schmalen Straße, sodass eine Fahrzeugbreite frei blieb.

Es war Mittag. Das Grün der Bäume in den Vorgärten der schmucklosen graufassadrigen Häuser bot etwas Kühlung in der Hitze. Er konnte es sich nicht verkneifen, auf den Birnbaum zu blicken, unter dem sie sich im Gewitteranzug zum ersten Mal geküsst hatten.

Simone war überall.

Es schien ihm, als lächle die Sonne mit Simones Gesicht vom Himmel, um ihn gleichzeitig zu verbrennen, falls er zu lange hochschaute.

Simone war es gewesen, mit der er hätte glücklich bleiben können. Und sie war es gewesen, der er zum ersten und zugegeben letzten Mal alles von sich geschenkt hatte; sie war es aber auch gewesen, die den Spiegel ihres gemeinsamen Lebens vor ihm auf den Boden geworfen hatte. Sie hatte für ihre Freiheit ein Menschenleben ausgelöscht, und sie hatte damit alles, wirklich alles zwischen ihnen zerstört. Es hätte weiß Gott genug Auswege gegeben – ohne diese Tat. Doch sie trug das Kind in sich und somit auch die Macht der Entscheidung über Leben und Tod auch seines Kindes.

Mit diesen Erinnerungen tauchten auch ihr Lächeln, ihre Umarmungen, ihre Küsse an der Aare auf. Es war ein Verschmelzen in Liebe und gegenseitigem Vertrauen gewesen. Mit ihr hatte er seine Texte besprechen können, und sie war es auch gewesen, die die Beziehungen ihres Vaters, des Stadtpräsidenten, spielen ließ, ohne dass er es gewusst hatte. Er hatte es zwar geahnt, als er die vielen Leute bei seiner ersten Lesung sah. An jenem Herbstabend seiner Premiere trug sie einen mintgrünen Hosenanzug. Ihr langes, glattes, mittlerweile rotblondes Haar zierte ein ebenfalls mintgrüner Haarreif.

Mit einem Glas Rotwein in der Hand kam sie im Applaus der Menge an seinen Tisch, an dem er las, und er glaubte, in ihrem Anblick zu versinken. Sie war mehr als nur schön – sie war Liebe gewesen.

In ihrem Blick schimmerte Stolz. Vor aller Augen küsste sie ihn auf die Lippen. Danach dankte sie als Gastgeberin allen für ihr Kommen und ließ die Party steigen.

Später in der Nacht lag sie in seinen Armen, nachdem sie sich heftig geliebt hatten. Ein feiner Schweißfilm bedeckte ihre Körper, die vor Lust noch nachglühten. In die Stille hinein begannen sie leise miteinander zu reden. Durch das gekippte Fenster sickerte kühle Herbstluft in den Raum. Es duftete nach Laub und

Erde. Der Mond glomm matt hinter einem Wolkenband auf. Seine Fingerspitzen streichelten über ihren Rücken. Ihre Haare trugen den Duft des Abends in sich.

»Simone, ich liebe dich.«

»Das weiß und fühle ich, Luk, und das ist wunderschön. Deine Augen sagen es mir jeden Tag.« Sie stützte sich etwas auf und blickte seitlich auf ihn herab. »Du bist die Liebe meines Lebens, Luk.«

Nach diesen Worten schliefen sie nochmals miteinander. Diesmal voller Liebkosungen und Poesie. Ihr gemeinsames Kommen war wie ein Eintauchen in einen azurblauen, warmen Ozean voller Glück mit einem endlosen Himmel darüber. Danach war er es gewesen, der seinen Kopf auf ihre Brust legte und sich durchs Haar streichen ließ. Ihre warme Haut trug den wahrhaftigen Duft von ihr. Lukas war nie der romantische Typ gewesen, naturverbunden, erdig und lebensintensiv, ja, doch dieses Gefühl mit Simone, ihre Beziehung mit den grellen, hellen, stillen und lautsanften Momenten hatte etwas von Kitsch, vom Klischee eines Werbespots.

Sie wurden das Paar in Bern, das überall auffiel. Sie die bildschöne Anwältin und Politikertochter und er der Schriftsteller aus dem Unterengadin, das die Unterländer meist mit viel Verklärung mit ihren Urlauben verbanden.

Fünf Jahre blieben sie unzertrennlich. Zwei Lebensflüsse, die ihre Wege selbst suchten und doch einander nicht verloren. Die schönsten fünf Jahre seines Lebens, die wie im Freiflug begonnen hatten und wie jeder Freiflug endeten – auf dem Boden. Nur dass er nicht darauf gelandet, sondern hart aufgeschlagen war, wenn auch nicht zerschellt.

Nun war nochmals alles anders. Er musste sich jetzt davon lösen, denn er war wegen Heike Futterknecht hier, in der Hoffnung, einen Menschen, einen wahrhaftig fassbaren Menschen zu finden.

Heike war nicht zu Hause. Ihre Zwei-Zimmer-Wohnung war leer geräumt. Kein einziger Gegenstand befand sich darin, und so gab es bis auf diese Erkenntnis keine Spuren. Noch glaubte er nicht an ein statistisches Phänomen, da mit ihm so viele Menschen genau in jener Nacht des 4. Mai verschwunden waren. Noch hatte er nicht einmal zehn Prozent der Adressen aufgesucht. Das hier war nur ein weiterer Rückschlag, doch keine endgültige Niederlage.

Nachdem er seine Mitteilungen sicherheitshalber auch an Heikes Fassade angebracht hatte, fuhr er ohne einen Blick zurück davon. Er war sich genauso sicher, nie wieder an diesen Ort zurückzukehren, wie er es vor neun Jahren war, als er mit demselben VW Golf davonfuhr.

13

Bis zum Sonntag fuhr Lukas noch zehn weitere Adressen ab und damit ein Drittel der gesamten Liste. Auch bei diesen Verschwundenen hatte er den Zufall die Reihenfolge bestimmen lassen, und so musste er kreuz und quer durch die Schweiz fahren: Fremde Wohnungen, fremde Häuser, fremde Menschen hatte er gesehen. Einigen Hinterbliebenen stand die Trauer wie eine ölige Flut bis zum Hals, andere ertränkten sich darin wie der Mann in Tägerwilen.

Das Gefühl, ein Eindringling zu sein, konnte er nicht ablegen. Wie auch, denn alles um ihn war nicht seine Welt und er somit ein Fremder unter ihm vertrauten Sternen geworden.

Aber nicht deswegen klagte er sich an. Bei Basel musste er in die Wohnung eines fünfunddreißigjährigen Spaniers eindringen, der vermisst wurde.

Während er in der kleinen Wohnung nach Spuren von ihm suchte, sah er die dunkelhaarige Frau, die gegen zwanzig Uhr nach Hause kam und kurz darauf in der Küche etwas kochte. Sie trug enge Jeans und ein T-Shirt. Sie war mit Sicherheit eine Südländerin. Eigentlich nicht sein Frauentyp, denn er mochte die hellhaarigen Frauen mit blasser Haut. Doch diese Frau von etwa Anfang dreißig trug Feuer in den Augen, sogar als sie kochte und dabei Musik hörte und ihre Hüften dazu wiegte, als wäre sie dazu geboren. Nichts deutete darauf hin, dass sie jemanden verloren hätte, jemanden vermissen würde. Im Gegenteil, sie schien befreit zu sein.

Lukas wurde unsicher, in der richtigen Wohnung zu sein, und verglich noch einmal die Adresse auf seiner Liste. Er war richtig. Vom Vermissten fand er aber keine Spuren, keinen Hinweis, bis auf seine Annahme, dass die Frau den Mann nicht gemocht haben konnte, oder noch schlimmer.

Als er gerade gehen wollte, zog die Frau die Vorhänge zu und entkleidete sich danach in ihrem Schlafzimmer. Lukas konnte seinen Blick nicht von ihr nehmen. Ihr Körper war wunderschön. Sie schien sportlich zu sein. Ihre kleinen Brüste waren fest wie ihre Schenkel, und sein Blick fiel zwischen ihre Beine. Sein Herz hämmerte, seine Augen verfolgten ihren Hintern, während sie in die Dusche stieg. Es schien ihm, als werfe er alle Anspannung von sich, um kurz unterzutauchen, weg aus seinem Leben, hin zu dieser Schönheit, die er zu einer Ikone stilisierte.

Während er ihre Nacktheit, ihre Unwissenheit, beobachtet zu werden, schamlos ausnutzte, beschimpfte ihn sein Gewissen. Auch wenn die Frau nie davon erfahren würde, war es falsch. Mehr als falsch, es war verwerflich. Und doch klopfte sein Herz angenehm schnell, als sie aus der dampfenden Dusche stieg und sich vor ihm abtrocknete. Es fühlte sich unverschämt intim an. Er war noch immer ein Mann, und seine Begierde, mit der Frau auf der Stelle Sex zu haben, ließ seine Beine stillstehen, während sie ihr Höschen hochzog und sich ein Shirt überstreifte, bevor sie nach vorn gebeugt ihre Haare mit Pflegeschaum einrieb und danach nach hinten warf.

Sie putzte die Zähne und legte sich ins Bett. Er setzte sich auf die leere Betthälfte. Sie schrieb noch eine Nachricht, bevor ihr Handydisplay dunkel wie das Zimmer wurde.

Sie lag mit dem Gesicht zu seiner Seite gewandt. Er legte sich ebenfalls hin, mit seinem Gesicht ganz nah an ihrem, sodass seine Nasenspitze das Abstoßungsgefühl spürte. Er hätte so gern mit seinen Fingern ihre Lippen berührt, aber er konnte weder ihren Atem noch ihre Körperwärme fühlen. Doch immerhin dufteten ihr Parfüm und ihre Hautcreme wohltuend in seiner Einsamkeit.

»Gute Nacht, und verzeih mir bitte, ich brauche Nähe, auch wenn sie schändlich gestohlen ist«, flüsterte er und schlief neben ihr ein.

Am nächsten Morgen schämte sich Lukas.

»Verdammt noch mal, dieses Recht hattest du nicht«, fuhr er sich an, als er aus ihrem Bett stieg. »Wo sind deine Moral, dein Anstand geblieben?«

Ihm war klar, in seiner neuen Welt war er Richter, Ankläger und Verteidiger in einem geworden – er war das Recht und die Schuld und der Hüter der Wahrheit. Und im selben Moment dämmerte es ihm. Moral war doch nichts anderes als eine Wand, die einen davon abhielt, das zu tun, was man gern täte, wenn es denn erlaubt wäre. Jede Kultur hatte daher ihre eigene Moral, und auch seine neue Welt brauchte eine. Für ihn bedeutete das, den Menschen, die er traf, in Zukunft respektvoller zu begegnen. Sie waren nicht einfach unberührbare Lebewesen in einer für ihn nicht mehr erreichbaren Welt. So etwas wie letzte Nacht durfte sich nie mehr wiederholen. Denn etwas zu tun, wovon jemand nicht wusste, im Glauben, dass derjenige es nie erfahren würde und es somit für ihn auch nie geschah, das hatte seinen ehemals besten Freund Gian-Reto zum Betrüger werden lassen. Egal, ob er nun dahintergekommen war oder nicht. Die Tat verbleibt immer im Täter. Am liebsten hätte er sich sofort bei der Frau entschuldigt, seine Tat offenbart.

Es war später Nachmittag geworden, als er wieder in Chur eintraf. Vergebens hatte er darauf gehofft, dass einer der von ihm Aufgesuchten ihm eine Mail geschrieben hätte oder ihn hier erwartete oder sich mittels Botschaft bemerkbar gemacht hätte. Aber niemand hatte an »sein« Haus gesprayt, kein Brief lag im Briefkasten.

Am Abend änderte sich seine Gefühlslage. Aufgekratzt setzte er sich in den Garten und wartete, ob nicht noch jemand käme, um nach ihm zu suchen. Immerhin war Carmen wieder zurück. Sie malte auf der Terrasse, während Sophia an einer kleinen Staffelei ebenfalls ein farbenfrohes Bild zu erschaffen versuchte. Lukas fand es rührend, wie Carmen auf Sophias Bitten hin immer wieder deren Hand in ihre nahm, um so gemeinsam Pinselstriche übers Blatt gleiten zu lassen. Er versuchte, diese Berührung nachzuempfinden.

An diesem Sonntagabend war niemand gekommen. Auch am nächsten und übernächsten nicht, als er jeweils von seiner »Tour de Suisse«, wie er sie bezeichnete, zurückkehrte. Fast makaber, dass sein goldener Renner ein Tour-de-Suisse-Rad gewesen war. Seine Suche nach weiteren Unverschwundenen hatte ihn in viele Kantone geführt, bis ins hinterste Wallis, sogar nach Genf und in einen verlassenen Weiler im Emmental.

Wochenlang war er unterwegs gewesen, hatte meist im Zelt auf Wiesen geschlafen und so manche Stunde auf einer der Autobahnraststätten zugebracht. Er hatte dort gegessen, oft nur etwas getrunken und eine Zigarette geraucht und die durchreisenden Gäste betrachtet.

Seine Zeichen hatte er nicht nur an den Häusern und in den Wohnungen der Vermissten hinterlassen. Irgendwann hatte er angefangen, auch andere Hausfassaden damit zu besprühen.

Als der Herbst seine ersten Boten ins Land schickte und die Morgen kühl wurden, sich die Blätter verfärbten und der Mais schon lange geerntet worden war, hatte er erneut seinen Wagen mit Waren aus einem der nahen Baumärkte vollgepackt.

Im Unterland lag schon dicker Morgennebel, der sich erst gegen Mittag etwas lichtete, während er auf viele der großen Verkehrsschilder mit neonoranger Farbe immer dasselbe sprühte: »Unsichtbar? Ich auch. Lukas Cadisch, Chur«.

14

Tag 176

Es war der 27. Oktober, der Herbst in Graubünden war wunderschön: Die Lärchen gelb, die Bergseen kalt, die Äcker und Felder für den Winter bereit, der Himmel tiefblau, die Nächte eisig, und der Atem wölkte sich am Morgen, während die Sonne am Mittag noch kräftig zu wärmen vermochte.

Heute war sein vierzigster Geburtstag, den er so gut wie möglich verdrängt hatte, bis er festgestellt hatte, dass er sich auch damit auseinandersetzen musste. Deprimiert saß er auf dem Balkon. Carmen war am Morgen einkaufen gewesen. Das tat sie jeden Dienstagmorgen, wenn die Kleine in der Kita war. Und er lief wie die letzten Dienstage zuvor auch schon neben ihr im Laden her, als wären sie ein Paar. Er dachte, das ginge schon in Ordnung, er begleitete sie ja nur im öffentlichen Raum.

Während sie später die Einkäufe in der Küche verstaute, stand er in ihrer Stube und schaute ihr dabei zu. Danach ging sie duschen, und er verschwand in Gedanken daran im Garten und sah zwangsläufig vor seinem inneren Auge, wie der weiße Seifenschaum über ihre Haut lief. Er sehnte sich nach Nähe, nach

Körperlichkeit. Vor allem fehlte es ihm, die Haut eines anderen Menschen berühren zu dürfen, und er stellte sich vor, wie Carmens Haut sich anfühlen würde. Nur einmal war es vor dem »Es« zu einer so flüchtigen Berührung zwischen ihnen gekommen, dass beide sie als unabsichtlich hätten abtun können. Jetzt wünschte er sich, ihren warmen Rücken zu streicheln, ihre Schultern zu küssen und ihr Haar zu berühren. Niemals zuvor hatte er einen Gedanken daran verschwendet, dass Berührungen derart fehlen konnten – ja, zu einer Art Entzug führten.

Am Mittag saß er auf der Holzbank im Garten. Die Blätter fielen im lauen Herbstwind. In ihm herrschte Chaos. Einsamkeit, Sehnsucht, Schmerz und das Gefühl des Verlorengegangenseins mischten sich mit der Aussichtslosigkeit, jemals aus diesem Loch zu entkommen.

15

Tag 197

Seine Wohnung war Mitte November geräumt worden.

Um sieben Uhr morgens war die Tür aufgeschlossen worden. Möbelpacker, breit wie Schränke, begannen alles in Kartons zu verpacken, zu beschriften und in den Lastwagen der Umzugsfirma zu verladen, der in der gekiesten Einfahrt stand. Unglaublich, wie schnell das ging. Nach nur sechs Stunden wurde die letzte Schachtel hinuntergetragen. Was zurückblieb, waren nur die Dinge, die er sich nach dem 4. Mai zugelegt hatte, und das waren nur wenige.

Aus Neugierde fuhr Lukas dem Lastwagen nach und stellte fest, dass sein gesamtes Hab und Gut in einem Lagerhaus eingelagert wurde.

Und nun?

Er wollte noch nicht so schnell aus der Wohnung verschwinden und besorgte sich eine Matratze und eine Kaffeemaschine, die er in der leeren Küche auf die Anrichte stellte. Etwas Geschirr und alles Nötige zur Körperpflege hatte er ebenfalls »eingekauft«.

Mit der Matratze auf dem Boden wirkte die Wohnung grausam leer. Seine Schritte kamen ihm laut vor. Außerdem lag ein anderer Geruch in den Räumen.

Am Abend blickte er aus dem leeren Wohnzimmer auf die Stadt. Die Welt begann ihn zu vergessen.

Auch in den nächsten Tagen hatte er keinen Entschluss darüber fassen können, was er jetzt tun oder wohin er gehen sollte. Nach Guarda zog es ihn nicht, und um in Chur zu bleiben, müsste er eine leer stehende Wohnung finden, die nicht so bald vermietet würde, um nicht gleich wieder vertrieben zu werden.

Die Entscheidung war ihm abgenommen worden. Ein Pärchen zog nur eine Woche später ein.

Das war der 22. November und der Tag 202 seit seinem Verschwinden. Das Datum würde in ihm verhaftet bleiben, weil an genau jenem Tag Carmen mit einem Mann nach Hause kam, der über Nacht blieb, und er somit auch von ihr Abschied nehmen musste.

An dem Abend, nach dem das junge Pärchen in seine Wohnung eingezogen war, hatte er die Matratze in den Garten in die kleine Rundholzhütte getragen. Noch war der Garten vom Spätherbst geprägt. Leise Wehmut lag darin. Auch dieser Abend war kühl und die Luft frisch gewesen wie die zuvor. Die verwelkten Blumen im Garten, das Laub am Boden, es war ein melancholisch schöner Anblick, der ihm den Wert des Lebens intensiv vor Augen hielt. Ein Schmerz zog in ihm ein, den er früher schon im Herbst verspürt hatte, doch niemals in dieser Intensität. Licht, Schatten, welke Blumen, Laub und die mattgelben Seerosen, die verschwunden waren – und er würde es nun auch tun: Abschied nehmen vom Haus, vom Garten, von Carmen und der kleinen Sophia.

Er wusste, es war falsch. Aber als später an dem Abend das Licht im Atelier seinen gelben Schein durch den Garten warf, trat er auf die Terrasse und sah durch die Scheibe Carmen mit diesem Mann. Sie schienen sehr vertraut. Hier und da feine Berührungen, bis er sie innig vor einer ihrer Staffeleien küsste.

Einen Moment fragte er sich, warum sie nicht ein wenig länger damit gewartet hatte, immerhin war er ja nicht für tot erklärt worden – noch nicht. Warum hatte sie ihn denn schon aufgegeben? Dennoch, er wünschte ihr im Stillen alles Glück dieser Welt, und der kleinen Sophia flüsterte er ein letztes Mal »Gute Nacht« zu. Er hatte sich daran gewöhnt gehabt, ihre Stimme beim Gutenachtliedersingen zu hören.

Der Dezember war nass und viel zu warm. Schnee lag nur über zweitausend Metern. In den Straßen brannten die Lichter der Adventsbeleuchtungen.

Selina hatte Gian-Reto mittlerweile vor die Tür gesetzt, wie Lukas festgestellt hatte, als er bei ihnen vorbeischaute. Und Lisa hatte ihrerseits Gian-Reto einen Tritt gegeben. Dieser war nach seinem Rausschmiss kurzerhand bei seinen Eltern in einem Nachbardorf untergekommen.

Weder Schadenfreude noch sonst ein Gefühl außer Traurigkeit kam bei Lukas auf, als er das in Erfahrung gebracht hatte. Eine kleine Familie, eine Ehe war durch diese Affäre mit Lisa getötet worden. Gian-Reto war dünn geworden. Dunkle Schatten lagen unter seinen Augen. Selina wirkte sehr in sich gekehrt, als Lukas bei einem Spaziergang neben ihr durch die

Straßen ging. Doch er sah auch Entschlossenheit in ihrem Gesicht. Sie würde ihren Weg suchen und finden, auch ohne Kindsvater an ihrer Seite. Nur Lisa schien es wie immer bestens zu gehen. Sie hatte bereits einen Neuen und lebte weiter auf der Überholspur, als wäre das Leben eine fünfzitzige Kuh, die sie beliebig oft melken konnte.

In den ersten Wochen nach seinem Verlust der Wohnung schlief Lukas in Hotels. Immer seltener prüfte er seine Mails, und es zog ihn kaum noch am Sonntagabend zu seiner alten Adresse. Er glaubte nicht mehr daran, jemanden wie ihn dort zu finden. Seine Botschaften hatten keinen Empfänger gefunden, und er blieb somit der einzige Sender, der einzige Unverschwundene.

Der Mann an Carmens Seite, er hieß Jean, war mittlerweile bei ihr eingezogen. Es war Sophias Vater, wie Lukas herausfand. Die kleine Familie schien glücklich zu sein. Immerhin, das milderte seinen Schmerz.

In einem der anonymen und renovierungsbedürftigen Wohnblocks im Rheinquartier hatte er eine Ein-Zimmer-Wohnung entdeckt, die hoffentlich nicht so bald vermietet werden würde. Gegenüber seiner Wohnungstür befand sich die von Frau Berther, einer Frau, die ihm nur durch ihre Unauffälligkeit auffiel.

Frau Berther, Lukas schätzte sie auf Mitte fünfzig, war wie er viel zu Hause. Sie schien arbeitslos zu sein und war wahrscheinlich chronisch krank. Es gab Tage, da hörte er zu jeder Tages- oder Nachtzeit den Fernseher aus ihrer Wohnung. Nur manchmal, wenn es nicht so kalt draußen war, spazierte sie hinunter zum Rhein und wieder zurück.

Lukas konnte nicht anders, als eines Tages mit ihr in ihre Wohnung zu schlüpfen, die baugleich, aber seitenverkehrt zu seiner war.

Frau Berther setzte sich auf einen abgewohnten Sessel und blickte starr in die Flimmerkiste. Die Luft in der Wohnung roch abgestanden und dumpf. Er hätte am liebsten ein Fenster geöffnet, doch er nahm am kleinen Tisch Platz. Erst am Abend stand Frau Berther auf, machte die sieben Schritte in die kleine Küche und schnitt altes dunkles Brot. Auf die beiden Scheiben legte sie Scheibenkäse. Aus einem schmierigen, großen Glas, in dem nur noch drei Gurken schwammen, fingerte sie eine heraus und setzte sich wieder vor den Fernseher. Als würde das Flimmern auf ihrem Gesicht sie hypnotisieren, kaute sie regungslos dasitzend. Nur hin und wieder schob sie, als müsste ihre Hand immer den kürzesten Weg zum Mund finden, etwas hinein.

Lukas' Neugierde war geweckt. Warum, wusste er nicht. Dennoch begleitete er sie auch die nächsten Tage. Sie verließ auch weiterhin kaum das Haus. Nur um jeweils kurz vor elf Uhr warf sie einen Blick in ihren Briefkasten, der meist leer war. Einmal die Woche ging sie zur Ringstraße hoch, zum kleinen Aldi, und trug eine gefüllte Tasche nach Hause. Hin und wieder stellte sie diese unterwegs ab und schüttelte die Hand aus. Den Bus nahm sie nie.

Tage später saß er mit ihr im Wartezimmer eines Arztes. Kaum jemand schien Frau Berther nach dem ersten flüchtigen Blick auf sie weiter zu beachten. Ihr schütteres Haar war mit einer Billigpackung roter Farbe gefärbt. Ihr Gesicht war eingefallen, ihre Zähne schlecht. Seit er im Haus wohnte, hatte sie noch nie Besuch bekommen. Hätte er sie nicht zu diesem Arzt begleitet, hätte er nicht einmal ihre Stimme gehört. Ihr Gesichtsausdruck änderte sich zudem nie. Er schien wie neutral aufgemalt zu sein.

Nach drei Wochen hörte er sie bereits um halb acht aus dem Haus gehen. Das war ungewohnt, und er wollte wissen, wieso sie dies tat. Diesmal ging sie die ganze Strecke hoch in die Altstadt zum Sozialamt. Ohne eine Miene zu verziehen, setzte sie sich in den Wartebereich, bis ihre Nummer aufgerufen wurde. Eine Sozialarbeiterin holte sie ab. Im Büro unterschrieb sie für das Geld, das ihr gereicht wurde. Mehr als »Grüezi« und »Auf Wiedersehen« wurde kaum gesprochen.

Um kurz vor halb elf lief wieder der Fernseher. Draußen fiel feiner Schneeregen. Frau Berther saß vor dem Gerät und aß bedächtig den Nussgipfel, den sie auf dem Rückweg bei einer Bäckerei gekauft hatte, und trank eine heiße Schokolade dazu.

Lukas fragte sich, ob auch er für immer so leben musste wie Frau Berther, um weiterzuexistieren. Es war ihm schon immer irgendwie bewusst gewesen, dass es auch in der reichen Schweiz, vor allem hier, einsame Menschen gab. Mit der Armut würde er umgehen können, aber nicht mit einem so einsamen Leben. Damit, und das wusste er glasklar, würde er sich nie und nimmer abfinden wollen und können.

16

Tag 297

Gegen Ende Februar wollte er die Kraft nicht mehr aufbringen, um weiterzumachen.

Frau Berther war vor drei Tagen gestorben.

Erst war ihm aufgefallen, dass der Fernseher zwei Nächte hintereinander lief und immer derselbe Sender. Tags darauf verschaffte er sich deshalb mit dem Brecheisen Zugang zu ihrer Wohnung. Frau Berther saß mit dem Kopf im Nacken in ihrem alten Sessel. Ihr Gesicht war fahl, die Augen starr. Es roch stechend nach Urin. Ihre Talkshow lief.

Dieser Anblick tat ihm so weh. Kein Mensch sollte so sterben müssen. Frau Berther war doch auch mal ein Kind gewesen, hatte Träume und Hoffnungen gehabt, war auf Bäume geklettert und hatte Steine in einen Fluss geworfen. Vielleicht hatte sie eine Lieblingspuppe gehabt – und nun dieser einsame Tod.

Welche Lebenswege sie in ihrem Leben eingeschlagen hatte oder hatte einschlagen müssen, dieses Ende hier empfand Lukas als nicht richtig, und er war sich sicher, es würde seine Zeit brauchen, bis sie gefunden würde. Und das nicht, weil sie jemandem fehlen würde – es würde der Geruch sein, der eines Tages der Verwaltung als störend mitgeteilt werden würde und den Hauswart kommen und die Tür öffnen ließe. Dann kämen die Polizei, der Leichenwagen, der Tatortreiniger, das Reinigungsinstitut und dann der neue Mieter.

Verdammt noch mal, hatte das Leben denn kein Gewissen? Keine Hemmungen und kein Mitgefühl? Das hier war ein Mensch gewesen!

Als hätte sich das Wetter seiner Niedergeschlagenheit angepasst, fiel seit gefühlten vier Wochen bereits Schneeregen aus einem grauen, vollgesogenen Wolkenhimmel. Die Erinnerungen an die schneeüberhäuften Berge unter einem stahlblauen Himmel und Sonnenschein bis zum Abwinken schienen einer anderen Welt entsprungen zu sein. Stattdessen reihte sich jeder Tag wie ein trostloses eisernes Kettenglied ans nächste, bis sie am Halse hängend zu schwer wurden, um mit ihnen zu laufen.

Lukas hatte weder unter Hunger noch Durst zu leiden noch an Kälte oder Hitze. Die Welt war materiell gesehen ein grenzenloses Schlaraffenland geworden. Alles, was er hätte besitzen wollen, hätte seins sein können. Alles, und doch glaubte er, nichts mehr zu besitzen.

Dieses Eingesperrtsein in seiner Welt ohne menschliche Nähe, ohne jegliche Berührungen hielt er nicht mehr aus. In seiner Not hatte er Moose gestreichelt, die flechtenartig auf Steinen wuchsen, Weidenkätzchen mit den Lippen berührt, sogar Pelze, deren Tragen er verabscheute, nur um das Gefühl zu haben, einem Tier nahe zu sein.

Guarda hatte er nur noch einmal besucht, vor zwei Wochen bei nebelverhangenem Winterwetter. Sogar in dieser Höhe fiel nur Nieselregen in den schweren Schnee auf den Berghängen. Er verdrängte es zwar, aber er wusste schon beim Hinauffahren, es würde ein Abschied für immer.

Vater wohnte nicht mehr zu Hause. Lukas fand heraus, dass er in einem Heim für Demenzkranke untergebracht worden war, und fuhr hinunter nach Scuol. Er entdeckte ihn im Gemeinschaftsaufenthaltsraum an eine Wand starrend, als wäre sie sein geliebtes Bergpanorama. Seine Windeln schienen übervoll zu sein, denn eine kleine Lache hatte sich unter dem Stuhl gebildet. An einem Tisch daneben versuchten Angehörige, mit einer Frau mit schlohweißem Haar ein einfaches Gesellschaftsspiel zu spielen. Aus einem Zimmer im Flur ertönte ein Lied: »Hoch auf dem gelben Wagen«.

Lukas war nicht einmal wütend auf seine Mutter, denn er wusste, seinen Vater zu Hause zu betreuen hätte sie nicht geschafft und auch nicht schaffen müssen. Es war ihr bestimmt außerordentlich schwergefallen, Vater hierherzubringen. Doch diesen traurigen Anblick hätte sein Vater auch zu Hause hinterlassen.

Lukas fand keine Worte der Verabschiedung. Bilder stiegen stattdessen in ihm auf: wie Vater mit seinen kräftigen braun gebrannten Armen den Handmäher durch die stotzigen Wiesen lenkte. Sein Hemd hatte er aufgeknöpft, der Schweiß tropfte von seiner Stirn ins warme Gras, das sie zwei Tage danach als Heu einbrachten. Er sah im Geiste, wie Vater gern im Wald holzte. Wie er mit den beiden Pferden gut umging, wie sie auf jedes Schnalzen reagierten und wie er Tag für Tag, ohne auch nur einen davon auszulassen, frühmorgens in den Stall ging, um zu melken.

Lukas musste raus aus der Demenzabteilung. Den seltsamen Geruch darin trug er nach draußen, und er blieb in seiner Nase haften, bis er Guarda wieder erreichte.

Zu Hause fand er Tante Luzia und seine Mutter am Küchentisch. Im Herd knackte das brennende Holz. Seine Tante war unglaublich dünn geworden, und das innerhalb weniger Monate. Diese Pfunde hatte sie ihr ganzes Leben herumgetragen, und nichts hätte sie dazu gebracht, sich von ihnen zu trennen. Ihre Frohnatur war einem Gesicht aus verschlucktem Schmerz gewichen. Beide Frauen wirkten um Jahre gealtert. Oder stimmte etwas in seiner Zeit nicht mehr?

Aita hatte ihr zweites Kind längst bekommen, Fotos und eine Geburtsanzeige standen auf dem reich geschnitzten Buffet aus Arvenholz. Es war ein Mädchen, sie hieß Fanny.

Eigentlich hatte er vor zwei Monaten zu Weihnachten herfahren wollen. Doch stattdessen war er an Heiligabend durchs weihnachtliche Chur gelaufen, während in den warmen Stuben gefeiert wurde. Als ob ihn der Himmel verspottete, fing es dabei an zu schneien wie in einem dieser kitschigen Filme. »Oh stille mich, du Fröhliche«, sang er sarkastisch, als er vor einem der schmucken Einfamilienhäuser durch das erleuchtete Fenster in den scheinbaren Frieden blickte.

Durch welche Straßen er auch ging, überall hatten sich Familien für ein gemeinsames Treffen zusammengefunden – er fragte sich, wie Weihnachten in diesem Jahr in Guarda gefeiert wurde.

Irgendwann war er wieder zurück in den Wohnblock gegangen, in seine Wohnung. Frau Berthers Fernseher lief. Auch er setzte sich vor den Fernseher und schaute den »Kleinen Lord«.

Doch nun stand er hier in Guarda, in der Wohnküche, in der Tante Luzia und seine Mutter saßen. Ein Fenster war beschlagen, aus einem großen Topf auf dem Herd stieg Dampf auf. Es duftete nach Gerstensuppe.

War es das nun tatsächlich gewesen?

Sein Leben, ihr Leben?

An diesem Küchentisch waren Aita und er sozusagen groß gefüttert worden, und nun war Mutter allein zurückgeblieben. Er hatte von alten Menschen häufig gehört, dass das Leben mit einem Schnipp zu Ende sei. Dass die Jahre nur so davongerast seien und sie den vergangenen Jahrzehnten nachtrauerten, die sie damals zu wenig geschätzt, zu wenig im Hier und Jetzt durchlebt hätten. Aber er wusste auch von Jüngeren, dass das Schicksal abrupt etwas Unverrückbares ins Spiel des Lebens werfen konnte, eine Karte, die alles veränderte und am Ende den frühen Tod brachte. Nun lag seit Monaten seine Karte auf dem Spieltisch, und es war kein schönes Blatt.

Mit einem Kloß im Hals und einem letzten Atemzug in der Küche ging er. Draußen umschloss ihn der feuchtkalte Nebel, der sich mit dem Rauch der

Kamine vermischt hatte. Vom Stalldach rann das Regenwasser auf den gekiesten Vorplatz. Eine Lache hatte sich gebildet. In Vaters Werkstatt war es dunkel. Seine Sense hing am Balken unter dem Vordach. Das Holz, das er zum Schnitzen gebraucht hatte, lag fein säuberlich in der Holzkiste im hinteren Teil des offenen Stallbereichs. Dieses Bild der alten Werkstatt, die noch so aussah, als würde Vater jeden Moment in seiner blauen Arbeitskluft aus dem Haus kommen, um im Stall ein geeignetes Stück Holz auszusuchen und danach die Glühbirne einzuschalten, schmerzte Lukas derart, dass ihm Tränen kamen. Das war's – Vaters Lebensbuch war für immer geschlossen worden. Nie wieder würde er hier werken dürfen, und das nach so vielen Jahrzehnten.

Lukas wurde vom Nebel verschluckt, als er Guarda verließ.

Vier Tage später; es war Ende Februar und somit Zeit geworden.

Dieses Jahr war ein Schaltjahr, und Lukas hatte sich dazu entschlossen, sich am 29. das Leben zu nehmen. Es war eine unaufgeregte Entscheidung gewesen.

Er war schon frühmorgens aufgebrochen und durch das trostlose Regenwetter die Berge hinaufgefahren und stand nun an diesem Stauwehr. In seiner Rechten hielt er eine Waffe. Er war neugierig, ob ihm der Tod seine alte Welt wiederbringen oder, was auch okay gewesen wäre, wenigstens diese hier im Schwarz der Ewigkeit versenken würde.

Hinter ihm lag trüb der See, die Berghänge waren

in Nebelschwaden gehüllt, die die Sicht auf die verschneiten Gipfel verdeckten. Graupel fiel und bildete kleine Kreise im See.

Angst fühlte er schon lange nicht mehr. Aber es beherrschte ihn eine gestampfte Dumpfheit, die dunkler war als alle sternenlosen Nächte in diesem Monat zusammen.

Tief unter ihm rauschte aus dem Wehr aus nassem Beton der Fluss. Er hatte sich geschworen, wenn er sich töten würde, dann so, dass es auch funktionierte. Deshalb beugte er sich etwas vor und hielt die Waffe in den Mund, damit er nach dem Abdrücken in die Tiefe fallen würde. Sicher war sicher.

Doch bevor ihn sein Finger erlösen konnte, hörte er helles, klagendes Gebell. Wie auf Angstwellen schwappte es leise aus dem Abgrund zu ihm herauf. Seine Augen mussten erst im Schwarz-Weiß des Graupelschauers suchen, dann entdeckte er einen kleinen Hund, der sich verzweifelt an einem Stein festkrallte, während das reißende Wasser um ihn herum aufschäumte.

Ohne zu überlegen, hetzte Lukas den schmalen Pfad hinab, der steil an der Staumauer entlang hinunterführte. Das Rauschen des Flusses schwoll zunehmend an, der junge Hund quälte sich laut klagend ab und war sichtlich erschöpft, als Lukas unten ankam. Er würde ertrinken müssen, denn das Wasser riss kräftig und war zudem eiskalt. Es konnte nur noch Sekunden dauern, ehe er fortgerissen würde, und das nur drei Meter vom rettenden Ufer entfernt.

Lukas nahm einige Schritte flussaufwärts Anlauf

und sprang zu dem Tier. Vielleicht konnte er mit seinem Körper eine Art Barriere schaffen, da ja kein Lebewesen in ihn hineinlaufen oder ihn berühren konnte, sodass es ihn ans Ufer drücken müsste.

Sein Sprung reichte weit genug, doch die Strömung spülte Lukas an den Felsen. Instinktiv griff er nach dem Tier – und fühlte dabei dessen Fell!

Er hielt den Hund mit einer Hand fest, mit der anderen suchte er das Gleichgewicht, während das Wasser sie beide mitriss. Die Eiseskälte verschlug ihm den Atem, seine Bewegungen wurden langsamer. Nach fünfzig Metern fasste er mit letzter Kraft nach einem Ast und zog sich und den Hund ans Ufer.

Lukas schrie vor Schmerz und Verwirrung auf, als er sich zu Boden fallen ließ. Ungläubig hielt er das fast regungslose Bündel in den Händen und zog es an seine Brust, während ihm der Schneegraupel aus dem grauen Nichts aufs Gesicht fiel.

Dennoch, er wusste, jetzt musste er sich schnell bewegen, um nicht zu erfrieren. Den Hund tragend kämpfte er sich mit steifen Beinen den Weg zum Wagen hinauf, den er auf dem Stauwehr geparkt hatte.

Mit klammen Fingern startete er den Motor und drehte die Heizung voll auf. Bald begann das Fellknäuel auf seinem Schoß zu zittern wie auch er. Langsam hauchte die Wärme ihnen beiden wieder Leben ein.

Er konnte das Tier tatsächlich streicheln, fühlte zum ersten Mal die Berührung eines Lebewesens, seitdem er unverschwunden war. Er streichelte das nasse Tier, dabei rannen ihm Tränen übers Gesicht.

Der junge Hund leckte ihm die Hand und rollte sich auf seinem Schoß zusammen, um ihn immer wieder mit der Schnauze zu stupfen.

Er fand weder Worte noch die richtigen Gefühle für diesen Moment. Hatte er sich vielleicht doch erschossen, war in den Fluss gefallen und nun wieder im alten Leben? War er tatsächlich wieder zurück?

Auf kürzestem Weg fuhr er ins nächste Dorf, in dem es ein kleines Hotel gab. Er traute sich nicht, den Hund loszulassen, aus Angst, er könnte weglaufen. In der Küche des Restaurants besorgte er sich eine Schale und fand in einem der Schränke sogar eine Dose Hundefutter, die er dem Welpen vorsetzte.

Im Hotelzimmer trocknete und fütterte er ihn, nahm eine Wolldecke aus dem Schrank und formte ein kleines Nest am Boden. Der Hund schnüffelte erst noch aufgeregt im Zimmer herum und lief mehrmals gegen die Stuhlbeine und den kleinen Tisch, bevor Lukas ihn auf die Decke legte und streichelte, bis er schlief.

Mit Blick auf das schlafende Tier stieg dennoch Enttäuschung in ihm auf. Im Hotel hatte er zuvor eine Servicemitarbeiterin angesprochen – vergebens. Nein, er war nicht wieder da. Aber dieser Hund war da. Wieso?

Der Mischling trug vier verschiedene Fellfarben von Weiß bis Schwarz. Das rechte Ohr hing schlaff herunter. Wusste der Geier, wie der Kleine in diese erbärmliche Situation geraten war.

Drei Stunden später, nachdem der Welpe aufgewacht war, auf dem Boden eine kleine Pfütze hinterlassen hatte und wiederholt gegen Hindernisse gelaufen war, wurde Lukas klar, dass das Tier blind war. Das tat ihm leid für den Hund, aber auch für sich selbst. Er hätte sich so gewünscht, endlich wieder gesehen zu werden.

»›Hope‹ sollst du heißen«, sagte er zu dem Hund, als er später mit ihm Richtung Chur fuhr. In die alte Wohnung wollte er nicht mehr zurück. Bestimmt saß noch immer die tote Frau Berther in ihrem Sessel vor dem laufenden Fernseher. Er hatte ihr einen Tag, nachdem er sie tot aufgefunden hatte, einen Blumenstrauß in den Schoß gelegt und sich dabei sehr überwinden müssen. Mehr hatte er nicht für sie tun können.

Als er im Domleschg ein Wohnmobil überholte, traf er eine Entscheidung. Beim nächsten größeren Händler suchte er sich ein schönes, komfortables, über einhunderttausend Franken teures Wohnmobil aus, fuhr damit nach Chur auf den Campingplatz »Obere Au« und schloss es dort am Wasser- und Stromanschluss an.

Hope, der kleine Kerl, der ebenso von niemandem wahrgenommen wurde wie er selbst, erholte sich in den nächsten Tagen rasch und wuchs in der Zeit danach so schnell, wie es junge Hunde eben tun.

Mit dem März kamen der Frühling und das Licht und damit die ersten warmen Tage. Sie waren voller Leben mit dem Kleinen, der allerlei Unfug im Kopf hatte, aber noch sehr viel schlief. Er war ein echter Lausebengel, folgte trotz Blindheit erstaunlich gut.

Hin und wieder fragte sich Lukas, was aus Frau Berther geworden war …

Im warmen Maiwind blühte es überall. Lukas unternahm mit Hope immer längere Spaziergänge, da auch der Hund am liebsten draußen war. Sogar sein Wochentagebuch führte er nun wieder fast jeden Sonntagabend, wenn er vom Rauschen des Rheins begleitet draußen vor dem Wohnmobil saß, während Hope zu seinen Füßen schlief.

Hope schien es nichts auszumachen, blind zu sein. Wahrscheinlich wusste er nichts von der sichtbaren Welt und somit auch nichts von seinem fehlenden Sinn.

Als müsse Lukas das Reden der letzten Monate nachholen, erzählte er Hope oft, was er sah, beschrieb die Wälder, erklärte ihm, wie die Berge aussahen und was das Sonnenlicht war, das Hope das Fell wärmte.

Der Sommer kam. In der größten Hitze fuhr Lukas mit Hope in die abgelegensten lichtdurchfluteten Hochtäler. Stundenlang wanderte er auf einsamen Pfaden oder folgte Wildwechseln, bis sie das jeweilige Ziel erreichten. Da Hope noch nicht so lange laufen konnte, trug er ihn über weite Strecken hinweg in einem Rückentragegestell, aus dem Hope neugierig Kopf und Nase in die Luft steckte.

In einer nicht mehr bewirtschafteten Alphütte ließen sie sich nieder. Die Tage waren hell, die Nächte lau, die Sterne zum Greifen nahe und der Schlaf noch immer mechanisch tot.

Sie unternahmen weiterhin viele Wanderungen, und Hope sprang in jeden Bachlauf auf ihrem Weg.

Nur selten trafen sie auf Wanderer, die achtlos an ihnen vorübergingen. Hope, der sie von Weitem roch, machte ängstlich einen Bogen um die Leute.

Die Abende in den Bergen waren friedlich. Die Sonne verabschiedete sich mattgelb aus den Weiden, auf denen Rinder friedlich grasten. Die Felswände und steinernen Bergkämme glühten bald im letzten Abendlicht, und alsbald kamen die langen Schatten, die von überallher ins Hochtal wuchsen. Nur die wenigen Wolken über ihnen trugen das Licht noch lange in sich, ehe mit der blauen Stunde eine andere Welt geboren wurde.

Lukas entzündete die Petroleumlampe, die er aus der Einstellhalle, in der sein Hab und Gut gelagert war, mit heraufgebracht hatte. Auf dem Holzherd kochte er Pasta und eine würzige Tomatensoße.

Hope, der immer als Erster seine Ration bekam, verschlang sie, als wäre es sein letztes Mahl, dann legte er sich zu Lukas' Füßen und schlief.

Es war hier oben auch nur eine weitere Welt auf Zeit, aber es war so etwas wie Leben, dachte Lukas dankbar. In diesen drei Wochen fehlte ihm so wenig wie lange nicht mehr.

17

Tag 510

Lukas hatte sich bezüglich Guarda geirrt – es war doch kein Abschied für immer gewesen.

Er stand am Grab seines Vaters auf dem Friedhof der Dorfkirche. Es war spätnachmittags am 27. September. Die Sonne schien mild, die Grabsteine und Kreuze warfen bereits lange Schatten. Hope hatte sich neben ihm in die warme Erde gelegt und verhielt sich auffallend ruhig. Auf dem Kreuz stand, dass Vater am 13. August gestorben war. Über das Wie wusste Lukas nichts, aber er nahm an, dass die Krankheit gesiegt hatte. Damit hatte er noch nicht gerechnet, es schon gar nicht gehofft, doch als er zuvor die Demenzabteilung des Altersheims in Scuol betreten hatte und feststellen musste, dass das Zimmer seines Vaters mit einem anderen Patienten belegt und auch die Türbeschriftung weg war, war ihm klar gewesen, wieso.

Immer schneller war er danach den Berg nach Guarda hinaufgefahren, um Gewissheit zu bekommen, bis Hope plötzlich Anstalten machte, kotzen zu müssen, sodass er gerade noch rechtzeitig anhalten konnte, um ihn auf die Wiese neben der Straße rauszulassen.

»Tut mir leid, Hope. Es ist wegen meinem Vater.

Ich glaube, er ist gestorben«, hatte er erklärt, während er Wasser aus einer PET-Flasche in den Trinkbeutel goss und ihn dem Hund hinhielt.

Lukas blickte den Berg hoch: Guarda und die Kirche thronten unweit über ihnen.

Ohne es geplant zu haben, doch bestimmt nicht grundlos, ging er erst mitten durch eine ihrer Weiden, die seit Jahren einem anderen Bauern verpachtet wurden. Diese Wiese hatte er viele Male mit seinem Vater gemäht, während die Sommerhitze an den Hang knallte und die Insekten darin emsig summten. Auf einem kleinen, flacheren Stück, dem »Bödeli«, wie Vater es nannte, hatten sie manchmal kurz Pause gemacht und ihren Durst gelöscht und sich mit Wurst, Käse und Brot gestärkt. In den ersten Jahren waren sie manchmal sogar zu viert dort gesessen – mit Großvater Jon und Aita. Und nun war diese Generationenkette wegen ihm, Lukas, gerissen – sie waren nun keine Bauern mehr. Dieses Bild von damals mit Großvater, Vater, Aita und ihm, dieses Bild hätte Vater am liebsten für immer und ewig festgehalten.

Lukas setzte sich auf das Bödeli, Hope machte nah an ihm Platz. Lukas streichelte ihm über den Kopf.

Was hätte Vater gesagt, wenn er dieses Bild hier gesehen hätte – was aus seinem Wunsch, dass der Hof noch viele Generationen weiter bewirtschaftet würde, schlussendlich geworden war: sein Sohn ein Schriftsteller mit einem blinden Mischlingshund, seine Tochter Bankerin und er selbst auf dem Friedhof? Was gesagt war, war gesagt, was nicht ausgesprochen worden war, hing wie eine Bringschuld über Lukas.

»Papa, ich weiß, dein Lebenswerk, euer Lebenswerk, eure Art zu leben wird mit euch aussterben. Ich kann und konnte deinen Schmerz darüber fühlen. Habe sogar versucht, ihn in meinen Büchern zu verarbeiten, ihm seinen Platz zu geben, aber du hast nie auch nur eine Zeile von mir lesen wollen. Viele unserer Bergdörfer sterben mit der alten Generation aus, und einige der Dörfer werden nie wieder zu Dörfern werden, werden verschwinden wie damals der Bär oder der Wolf. Aber seht ihr denn nicht, wie Guarda sich ständig verändert, um zu überleben? Die Zeit des Schellen-Urslis ist doch schon lange vorbei, auch wenn wir jedes Jahr den Chalandamarz feiern. Verstehst du denn nicht, Papa? Manchmal muss etwas sterben, damit anderes leben kann. Für dich war dies hier dein Boden, deine Heimat, dein Lebenswerk. Aber weißt du noch, wie Großvater geschimpft hat, als du die moderne Mähmaschine gekauft hast, die auch die steilen Matten im Nu geschnitten hat?«

Lukas nickte, als würde sein Vater vor ihm sitzen und er deshalb seine Rede damit bestärken müssen. »Ja, genau, Papa. Ich weiß noch, wie ihr am Küchentisch diskutiert habt. Großvater hat gewettert, dass es all die Jahre zuvor auch ohne gegangen sei und die neue Generation, und damit warst *du* gemeint, nicht mehr bereit wäre, hart zu krampfen.« Nun erhob Lukas seine Stimme, sodass Hope unsicher zu ihm aufsah. »Du, Papa, du hast der neuen Zeit auch die Tür und das Stalltor geöffnet: Der Futtermischer, die Melkanlage, du weißt es ja genau. Aber darüber, darüber wolltest du mit mir nie reden.« Lukas störte es nicht, dass in seine Augen trotzige Tränen stiegen. »Papa! Du hast mir immer das Gefühl gegeben, das alles hier verraten zu haben. Aber es war *dein* Leben und das der Mama. Ich war einfach euer Kind, nicht euer Leben.«

Hope legte seinen Kopf auf Lukas' Schoß, der ihn wieder streichelte. Die Glockenschläge der Kirche setzten den vorläufigen Schlusspunkt der Rede.

Als hätte Lukas eine Schweigeminute einhalten müssen, wandte er sich danach seinem Hund zu. »Abschied ist ein hartes Brot, das einen nicht verhungern, aber hungern lässt. Ich nehme an, das weißt auch du, mein Lieber. Aber uns beide, uns wird nur der Tod trennen, das verspreche ich dir.«

Mutter fand er im großen Garten neben dem Stall. Vom Holzzaun aus sah er ihr zu, wie sie gebückt durch die schmalen Reihen ging und hier und da Unkraut herauszupfte.

Wie musste sie sich fühlen? Sie wusste ja, dass sie die Nächste sein würde, wenn alles seinen normalen Gang nahm. Der Platz neben Vaters Grab war nicht umsonst leer geblieben. Vater war tot, der Lebensherbst stand bei ihr im November, ihr einziger Sohn blieb verschwunden, und Aita war mit einem reichen Sack verheiratet, der einen Kuhfladen als Abfall betrachtete. Das alles tat ihm sehr leid, aber er konnte ebenso wenig etwas dafür wie seine Eltern.

Er mochte nicht mehr ins Haus. Aber nach Tante Luzia wollte er schauen. Er ging durch die kopfsteingepflasterten Gassen zur kleinen Bäckerei mit Café.

Touristen saßen draußen an den Tischen und ließen

es sich im letzten Sonnenlicht gut gehen. Rucksäcke und Wanderstöcke lehnten an der Hausmauer. Tante Luzia kam soeben mit einem Tablett in der Hand aus dem Café. Obwohl sie schon länger pensioniert war, arbeitete sie noch immer bei der neuen Pächterin, die das Lokal seit mehreren Jahren führte. Tante Luzia war wieder fast so füllig wie früher geworden, stellte Lukas erfreut fest, und ihr Gesichtsausdruck verriet nicht mehr viel vom Unglück. Wie es ihr allerdings wirklich ging, wusste er nicht. Er konnte sie nicht fragen, und er hatte nicht die Kraft, einige Tage bei ihr »einzuziehen«, um sich ein Bild zu machen.

Die Sonnenstrahlen kletterten aus dem Dorf den Berg dahinter hoch. War es diesmal das letzte Mal, dass er hierhergekommen war?

Irgendwann müsste er für tot erklärt werden, und möglicherweise würden sie, wie in solchen Fällen üblich, einen leeren Sarg zu Grabe lassen, und das mit Sicherheit hier im Dorf. Was würden sie an seiner Beerdigung über sein Leben sagen? Außer Aita und einigen seiner Generation aus dem Dorf stünde sowieso niemand am Grab.

»Komm, Hope, es ist Zeit, ob wir wollen oder nicht – es ist unsere Zeit.«

Als er eine Stunde später auf der Passhöhe des Flüela ankam, lag überall Schatten. Er wusste, erst mit den ersten Metern, die er hinunter nach Davos fuhr, würde er das Unterengadin hinter sich lassen, das so wunderschön und beklemmend zugleich geworden war.

18

Tag 529

Die Nächte waren kalt geworden, und am Morgen saß in den Nebelgebieten der graue Dunst, der sich in der Sonne aber noch vor Mittag aufzulösen vermochte.

Lukas und Hope waren seit einer Woche mit dem Wohnmobil auf den Landstraßen unterwegs. Die anfängliche Euphorie, noch andere Unverschwundene zu finden, nachdem er Hope vor über sieben Monaten gefunden hatte, war längst verflogen, doch ein Schimmer Hoffnung blieb, und der trieb ihn voran.

Deshalb besprühte er in der ländlichen Schweiz Ortstafeln und Gebäude in den Dorfkernen mit seiner Botschaft. Seine alten Nachrichten hafteten ja noch immer an den großen Autobahnschildern. Viel erhoffte er sich deshalb von der neuen Aktion nicht, aber sie gab ihm eine weitere Aufgabe und der Hoffnung einen Sinn.

Eher ziellos hatte er an diesem Herbstmorgen Mitte Oktober Urnäsch im hügeligen Hinterland des Kantons Appenzell erreicht. Die noch kraftlose Sonne beschien eine gut sichtbare Fassade, die er soeben besprühte, als er ein Mädchen weinen hörte. Es saß auf dem Dorfplatz beim Brunnen und wirkte verwahrlost.

Die etwa Achtjährige kauerte trotz der Morgenkälte am Boden, die Beine angezogen, und weinte. Neben ihr lagen eine angebrochene Packung Kekse und ein Joghurtdrink.

Das Mädchen tat ihm sehr leid, und Hope winselte leise.

Lukas trat langsam neben das Kind. Er hätte es so gern mit Worten getröstet und gefragt, was denn los sei. Stattdessen flüsterte er ihm zu: »Bestimmt wird alles wieder gut, meine Kleine.«

Das Mädchen blickte erstaunt zu ihm auf.

TEIL ZWEI

1

Tag 0

Nadeschda erwachte am 4. Mai wie meist, wenn es draußen hell wurde oder ihre Mutter sie mit irgendwelchem Lärm aufscheuchte. Die letzte Nacht war eine seltsame gewesen, als hätte sie nicht richtig geschlafen, sondern das Schlafen vergessen.

Der Fernseher lief wie so oft in der kleinen Stube, deren Wände aus altem Holz bestanden. Eine penetrante weibliche Stimme bot in einer Verkaufssendung eine Cellulite-Creme an. Vorher-nachher-Aufnahmen einer Frau poppten auf. Unten rechts stand die blinkende Anzahl der noch verbleibenden Packungen.

Nadeschda strich sich ihre struppigen Haare nach hinten, bevor sie den Kühlschrank öffnete. Sie hatte Halsschmerzen und einen quälenden Durst. Bierdosen und Flaschen, aus denen nur ihre Mutter trank, stapelten sich in den Kühlfächern. Die Tüte Milch war sauer, die angegraute Pizza hätte schon lange in den Abfall gehört wie das Stück Käse, aber ihre Mutter hatte sehr geschimpft, als sie einmal ohne zu fragen Esswaren weggeworfen hatte. Mami hatte sie damals deswegen sofort aus der Küche gescheucht und im Mülleimer danach gesucht, als hinge ihr Leben daran. Erst später begriff Nadeschda, dass ihre Mutter manchmal wundersame Dinge an den seltsamsten Orten versteckte. Deshalb warf Nadeschda jetzt nichts mehr fort.

Aus der Schublade im Schrank daneben nahm sie zwei Capri-Sonnen. Das Pack hatte vor einigen Tagen der dicke Mann, den ihre Mutter »Horsti« nannte, mitgebracht und sich dabei zu ihr gebückt und ihr mit einem Lächeln in die Wange gekniffen. Dazu hatte er ihr noch eine XXL-Packung Snickers gegeben, wegen der Nüsse, wie er lachend zu Mami gesagt hatte. Danach musste Nadeschda wie immer im Garten warten, bis Horsti gegangen war. Von all den anderen Männern, die kamen und gingen, kannte sie keine Namen, deshalb hießen sie alle Horsti. Von einigen durfte sie Geschenke annehmen, bei anderen musste sie sich sofort im kleinen Hühnerstall hinter dem Haus verstecken und durfte sich erst wieder zeigen, wenn Mami sie rief. Bei den einen reichte es, wenn sie in einem ihrer Verstecke langsam bis hundert zählte, bis die Geräusche von Mama und das Knarzen und das Schlagen des Bettgestells an die Wand aufhörten. Bei den anderen dauerte es länger. Einmal hatte sie sogar bis fünfhundert zählen müssen. Mami war danach oft gereizt oder angetrunken. Aber es war noch immer besser, als wenn sie sich diese Spritzen gab und deswegen lange irgendwo im Haus liegen blieb, ohne zu reden, als wäre sie tot. Manchmal schlug einer der Horstis Mami ins Gesicht, und sie sah dann richtig schlimm aus.

Gierig trank Nadeschda die erste Capri-Sonne. Der

Durst, so brennend er gerade noch gewesen war, verschwand dabei urplötzlich. Immerhin konnte sie in diesem Zuhause hier nach draußen in den Hühnerstall, wenn die Horstis kamen, und musste nicht in den Schrank wie in der letzten Wohnung in dem Hochhaus in der großen Stadt, in der sie eine Zeit lang gewesen waren. Deshalb war es ihr nun auch egal, wenn es im Winter im lottrigen Hühnerstall kalt war. Jedes Mal, wenn sie umgezogen waren, hatte ihre Mutter ihr schon am ersten Tag den neuen Platz gezeigt, an dem sie zählen musste. Aber das hier war wirklich das Beste, was ihr hätte passieren können. Hier in dem alten Bauernhaus hatte sie wenigstens die Handvoll Hühner, mit denen sie spielen und reden konnte. Die hatten dem Vormieter gehört, der, so hatte sie irgendwann mitbekommen, als Mami telefoniert hatte, eines Tages tot im Bett gelegen hatte.

Vor zwei Nächten war Mami am Abend fortgegangen. Sie hatte gesagt, dass sie dringend nach St. Gallen müsste und bald wiederkommen würde. Dabei hatte sie ihre schwarzen Strümpfe zurechtgezogen. Sie hatte gezittert und schlimme Schmerzen gehabt. Die Medikamentendose im Badezimmer war leer gewesen und lag aufgeklappt auf dem schmutzigen Waschbecken. Bevor sie gegangen war, hatte sie noch mal fluchend das halbe Haus durchsucht, in alle ihre sonderbaren Verstecke geschaut, weil sie geglaubt hatte, eines vielleicht vergessen zu haben. Dabei hatte sie mit ihr geschimpft, dass sie ihr gefälligst beim Suchen helfen solle. Nadeschda hatte es versucht, aber noch nie hatten sie etwas gefunden, was nicht da war.

Sie habe auch nicht mehr einkaufen können, hatte Mami gereizt gesagt und einen Zwanzig-Franken-Schein auf den Tisch gelegt. Nadeschda solle sich selbst etwas im Dorfladen besorgen und ja keinen Pieps darüber sagen, dass sie nicht zu Hause wäre. Stattdessen solle sie behaupten, von ihr geschickt worden zu sein, eben weil sie krank im Bett liege, eine fiese Magen-Darm-Grippe, die sehr ansteckend und daher auch kein Besuch erwünscht sei.

Nadeschda trank die lauwarme Capri-Sonne leer und aß ihr zweites Snickers. Nirgends hatte sie eine gute Milchtüte gefunden, und die Cornflakes waren alle. Danach setzte sie sich vor den Fernseher. Mami hatte vor Tagen endlich neue Batterien für die Fernbedienung besorgt. Nadeschda war schon einmal mehrere Tage allein gewesen und hatte nur den einen Kanal schauen können, weil sie nicht wusste, wie man an dem Gerät selbst umschaltete.

Als es wie fast täglich um halb zehn klingelte, öffnete sie dem Postboten wie immer nicht die Tür.

Gegen elf Uhr kämmte sie sich die Haare und putzte sich die Zähne, zog ihre Schuhe an und nahm die alte Einkaufstasche in die Hand, bevor sie sich auf den Weg ins Dorf machte.

Eine Viertelstunde dauerte es, bis sie den »Volg« erreicht hatte. Sie wollte wie schon so oft Brot, Milch, Frühstücksflocken, zwei Joghurts, zwei Packungen Nudeln mit Reibekäse und zwei Büchsen Tomatensoße einkaufen. Spaghetti kochte sie öfter auch für Mami.

Sie ging mit dem Korb zur Kasse, aber die dicke Verkäuferin schaute sie nicht einmal an, sodass sie nach einem Zögern den Laden samt Korb verließ und verwirrt nach Hause lief. War die Frau böse auf sie gewesen? Aber wieso?

Ihr Magen fühlte sich zudem komisch an, obwohl sie keinen Hunger hatte. In einen kleinen Topf, den sie nicht sauber bekam, füllte sie Wasser, in einen anderen die Tomatensoße aus der Büchse, die sie mit dem Dosenöffner aufgedreht hatte. Dabei stellte sie sich auf den kleinen Holzschemel, gab Salz ins Wasser und, als es kochte, die Nudeln hinein.

Das Sieb zum Abgießen fand sie nicht; der Versuch, die Spaghetti mit dem Deckel abzukippen, klappte nicht, die dampfenden Nudeln landeten im dreckigen Spülbecken, und sie verbrühte sich die Finger dabei. Mit einer Gabel hob sie die Nudeln in ihren Teller, streute Reibekäse darüber und schöpfte von der heißen Tomatensoße. Es schmeckte ihr, und das komische Gefühl im Magen verschwand.

Nach dem Essen räumte sie das Geschirr auf den einzig freien Platz neben dem Spülbecken und ging in den Garten.

Die Hühner legten die Eier, wo sie wollten. An diesem späten Vormittag fand sie drei Stück. Sie würde sie sich zum Abendessen braten, dazu das frische Brot essen. Sie freute sich darauf.

Doch erst spielte sie rund ums Haus. In Gedanken war sie die Heldin aus der Fernsehserie »Die Rote Zora«, die eine Bande Kinder anführte und im Wald hauste. Irgendwann wollte sie genauso stark werden und vor nichts Angst haben wie die Rote Zora. Und sie fand, im Wald zu leben und hin und wieder in den

Dörfern etwas zu essen zu stehlen, war kein schlechtes Leben. Außerdem hatte Zora richtige Freunde, solche, die nicht nur im Kopf wohnten.

Draußen stellte sie sich an den Gartenzaun, der aus alten, dicken Latten bestand, wie sie es manchmal tat, wenn Mami weg war, und hoffte, sie käme bald angefahren. Sie blickte auf das angrenzende Feld, das der alte Bauer Alois soeben mit seinem Traktor umpflügte. Vorm Alois, so hatte Mami sie gewarnt, müsse man sich in Acht nehmen, und sie müsse ihr unbedingt sagen, wenn er komische Sachen machen wollte. Er kam nämlich immer nur an den Zaun, wenn der alte Wagen von Mami weg war, der so unscheinbar hellbraun war, als gäbe es ihn gar nicht. Einmal hatten er und Mami fürchterlich in der Einfahrt gestritten. Mami hatte sie dabei in den Hühnerstall geschickt, aber sie hatte hinter dem alten Zwetschgenbaum hervorgespäht. Mami hatte plötzlich ein Messer in der Hand gehalten und geschrien, dass sie dem Alois seine Eier damit abschneiden würde, wenn er sich noch mal hier blicken ließe, und dass er ein alter Hurenbock und Kindlificker sei. Das Wort »Ficken« hatte Nadeschda schon oft gehört, von den Horstis, die danach mit Mami in der Kammer verschwanden. Was »Ficken« genau war, wusste sie nicht. Nur einmal hatte sie sich hier im Haus aus dem Versteck gewagt und durchs Schlüsselloch in die Kammer gespäht. Mami und der Horsti, der mit dem Rücken zur Tür stand, hatten sich nackig gemacht, mehr konnte sie nicht erkennen, da die Kommode im Weg stand. Danach hörte sie die beiden nur noch. Irgendwie musste Ficken aber schmerzhaft und anstrengend sein und manchmal ganz schlimm – je nachdem. Mami weinte auch schon mal danach, sodass ihre schwarze Schminke wie Ruß vom Ofenrohr ins Gesicht rann. Aber meistens war Mami nach dem Ficken still oder böse, und an manchen Tagen rauschte die verschimmelte Dusche lange, an anderen sprühte Mami nur Parfüm auf sich, bevor der nächste Horsti kam. Nur wenn sie an den Abenden nicht zu wenig und nicht zu viel trank, war sie manchmal sogar für kurze Zeit heiter.

Aber heute kam Alois nicht an den Zaun, um mit Nadeschda zu reden oder seine Späße zu machen. Er hatte ihr sogar mal ein goldenes Ringlein geschenkt und »Pssst« gesagt, als er die kleine Box mit geheimnisvoller Miene öffnete, und hinzugefügt, dass davon niemand wissen dürfe. Aber eine Prinzessin wie sie ohne Ringlein, das wäre wie ein Tag ohne Sonnenschein, dabei kniff er sie mit seinen groben Fingern in die Wange und lächelte. Aber sie träumte doch gar nicht, eine dieser Fernsehprinzessinnen zu sein oder zu werden. Lieber hätte sie ein Messer geschenkt bekommen, eines wie die Rote Zora, das nur ihr gehörte, aber das traute sie sich nicht zu sagen.

Bevor Alois und Mami so heftig gestritten hatten, da war er ans Haus gekommen, als Mamis Wagen wieder einmal weg gewesen war. In der Hand hatte er wieder ein Geschenk. Diesmal war es ein Kleid, und er bat sie, es anzuprobieren, am besten unter dem alten Zwetschgenbaum, denn er dürfe sicher nicht ins Haus kommen, und außerdem sei ja Sommer.

Es war ein heißer Tag gewesen, und kaum hatte

sie die alte Hose ausgezogen und auch ihr T-Shirt, machte er Späße; er wolle sie fangen, und ob sie denn gut rennen könne.

»Natürlich«, sagte sie stolz – und wie! Die Rote Zora konnte nämlich sehr gut laufen, und das sogar durch jeden noch so dichten Wald. Also spielten sie erst Fangen. Aber der dicke Alois, der konnte ja überhaupt nicht rennen, der kam ihr nur mit ausgebreiteten Armen hinterher, als müsse er die Hühner eintreiben, während sie sich nur mit ihrer Unterhose bekleidet und lachend mit ihm die Zeit vertrieb. Alois konnte so fürchterlich lustige Grimassen schneiden, und so war sie an diesem Morgen für einmal nicht allein, und ihr Bauch tat am nächsten Tag noch vom Lachen weh.

Als sie das Kleid, das ihr zwar nicht gefiel, aber es war ja ein Geschenk, anziehen sollte, da sagte er ihr, dass richtige Damen zu den Kleidern keine Unterwäsche tragen würden, sowieso nicht in der Sauhitze. Darum gäbe es ja solche Kleider im Sommer überhaupt.

Mami saß oder lief zu Hause oft nur im Bademantel herum, ohne darunter etwas anzuhaben – da war also nichts dabei, fand Nadeschda und zog sich aus, bis sie sah, wie seine Augen sich dabei veränderten. Das fand sie komisch, als wären sie und er andere geworden. Wieso, wusste sie nicht. Aber das Spiel von zuvor hatte seine Leichtigkeit verloren. Schlagartig lag etwas Forderndes, für das sie keine Worte fand, in der Luft. In dem Moment sah sie Mami in die Auffahrt einfahren.

Ihre Mutter schien sofort zu wissen, was falsch war, denn ohne Vorwarnung lief sie zur Garage, kam mit einem Baseballschläger heraus und traf den flüchtenden Alois hart an der Schulter. »Du verdreckter Sauhund! Wag es nicht noch einmal, meiner Kleinen nahe zu kommen, oder ich prügle dich zu Tode, du perverses Schwein. Ich schwör dir, ich hole die Bullen.«

Danach wollte sie mehrmals ganz genau wissen, was passiert war, und blickte Nadeschda zwischen die Beine, als ob sie dort die Wahrheit lesen könne. Das war alles sehr verwirrend gewesen.

An diesem Abend kochten Mami und sie gemeinsam Spaghetti und schauten seit Langem wieder mal einen Film zusammen und aßen Kartoffelchips dazu und tranken Limo. Als es Schlafenszeit war, setzte Mami sich sogar zu ihr ans Bett. »Nadeschda, Männer sind grundsätzlich böse. Sie lügen, sie betrügen und wollen dich, wann immer sie können, zwischen den Beinen berühren. Denk daran, wenn du älter bist und es verstehen wirst. Bis dahin musst du aufpassen, dass dies niemals passiert. Und sag mir alles. Verstanden?« Danach lächelte sie wie seit sehr langer Zeit nicht mehr und verließ mit einem »Gute Nacht« das Zimmer.

Nadeschda hörte kurze Zeit später, wie die Tür ging und der Motor gestartet wurde.

Nadeschda hatte jeden Abend Angst, wenn sie allein war. Sie hörte in ihrem Zimmer allerlei Geräusche im und ums Haus. Der Wald dahinter war bewohnt von den Monstern aus den Serien, die sie schaute und die ihre Träume gespenstisch füllten. Aber sie hatte auch Angst, wenn Mami da war und die Horstis bis spät in die Nacht ein und aus gingen.

Egal, wo sie schon überall gewohnt hatten, es waren immer die gleichen Horstis, die zu ihnen nach Hause kamen. Auch wenn sie anders aussahen, trotzdem waren alle irgendwie gleich.

Vor zwei Tagen, als ihre Mutter abends zitternd und voller Schmerzen nach St. Gallen gefahren war, waren am Morgen diese seltsamen Leute in ihr kleines Bauernhaus gekommen. Sie hatten anders geredet, als all die Schätzchen – Mami nannte alle Horstis bei der Begrüßung so – es taten. Aber auch Mami war anders gewesen. Die Leute hatten ihr Angst gemacht. Sie wirkte zerbrechlich wie aus Glas.

Zwei dieser Leute waren Polizisten in Uniform und eine davon nicht. Sie waren in der Früh gekommen und hatten an der Haustür geklingelt.

»Psst.« Mami hatte sich zu ihr ins Zimmer geschlichen. »Wir tun wieder so, als wären wir nicht zu Hause, verstanden?« Den Fernseher hatte sie davor schnell ausgemacht.

Natürlich verstand Nadeschda, was zu tun war, das war ja nicht das erste Mal, dass sie dieses Spiel mit den Leuten vor der Tür spielten, aber es war das erste Mal, dass sie es verloren.

»Machen Sie sofort die Tür auf, sonst öffnen wir sie mit Gewalt!«, hatte eine donnernde Männerstimme gefordert, und Mami hatte geöffnet.

Die Leute schienen viel Zeit zu haben, schauten sich im Haus ganz genau um, und zwei, die Polizistin und der Polizist, redeten hinter der geschlossenen

Küchentür mit Mami. Die andere Frau hieß seltsam: Frau Meinherz. Sie war es, die mit Nadeschda in der Stube wartete und sehr freundlich lächelte und Fragen stellte: Was sie denn am liebsten spiele, was sie heute denn schon gegessen habe. Sie wollte ihr Zimmer gezeigt bekommen und die Spielsachen und öffnete auch den Kleiderschrank. Sie machte dabei Fotos.

Irgendwann kam Mami aus der Küche. Sie hatte geweint. Ihre Augen waren ganz rot, und dort, wo der Ring seitlich aus der Nase schaute, glitzerte eine Träne.

»Nadeschda«, sagte sie mit leiser Stimme. »Komm, wir gehen jetzt mit diesen Leuten mit. Alles wird gut.«

Eines wusste Nadeschda aus Erfahrung: Wenn jemand sagte, alles würde gut werden, dann war etwas Schlechtes bereits passiert.

Was, wusste sie in diesem Fall nicht. Mami war zwar oft traurig, wütend, still oder einfach nur nicht da, aber etwas in ihrem Tonfall war heute anders, erschreckend anders, als wäre etwas Endgültiges geschehen.

Vor dem Haus stand ein Polizeiwagen.

Nadeschda blickte zu Mami, ehe diese im Polizeiwagen verschwand. Sie selbst stieg mit Frau Meinherz in den weißen Wagen. Frau Meinherz schnallte sich mit einem Lächeln an und forderte sie auf, es ihr gleichzutun.

Sie fuhren in einen großen Ort. In einem mehrstöckigen Gebäude setzte man sie an einen Bürotisch. Ein Apfel und eine Banane wurden ihr auf einem Teller gereicht. Sie aß beides. Der Apfel war sauer.

Frau Meinherz hielt manchmal den Kopf schräg, vor allem dann, wenn sie besonders freundlich fragte: »Nadeschda, bald darfst auch du zur Schule gehen, weißt du das eigentlich? Und sag mal, warst du nie in einem Kindergarten?«

Die Rote Zora und ihre Freunde gingen auch nicht zur Schule. Aber Nadeschda wusste aus den Serien im Fernsehen etwas über die Schule und auch über den Kindergarten, doch mit Mami hatte sie nie darüber geredet. In einer Sendung, »Löwenzahn«, in der sie allerlei Dinge erfuhr, hatten sie Charlottes ersten Schultag gezeigt, so hieß das Mädchen, das in Berlin wohnte.

Aber bis jetzt waren sie so oft umgezogen, alle paar Monate, sodass sie kaum andere Kinder kennengelernt hatte. Nur einmal, sie hatten in einer Stadt gewohnt, da gab es dieses Mädchen in dem alten Wohnhaus, mit dem sie vor den Garagen gespielt hatte. Sie konnten sich leider nicht unterhalten, weil das Mädchen eine andere Sprache sprach, so wie seine Mutter, die mit Mami zusammen die Horstis empfing. Meist wohnten sie sowieso in Wohnungen im Industriegebiet, in dem es keine Familien gab.

So oder so, Frau Meinherz sagte, dass sie so bald wie möglich in die Schule dürfe. Sie, Frau Meinherz, sei nun eine Art Tante, die Mami und ihr helfen würde. Aber im Moment ginge es Mami leider nicht so gut, das wisse sie mit ihren sieben Jahren bestimmt, aber es würde sich nun alles zum Guten wenden.

Damit dies geschehen könne, müsse Mami eine Zeit lang weggehen, in eine Art Spital, um dann gesund wiederzukommen. In dieser Zeit würde sich eine ganz besonders liebe Familie um Nadeschda kümmern, die auch Kinder habe, sogar eine Tochter im selben Alter. Und bis es so weit sei, käme sie, Frau Meinherz, jeden Tag vorbei, um nach dem Rechten zu sehen.

Noch am selben Abend, als sie wieder zu Hause waren, war Mami nach St. Gallen verschwunden. Obwohl sie die Tabletten nicht gefunden hatte und deswegen in Rage war, änderte sich ihre Gefühlslage auf der Türschwelle schlagartig. Sie ging vor Nadeschda in die Hocke. Mit Tränen in den Augen umarmte sie sie lange, so, wie sie es noch nie zuvor getan hatte. Nadeschda wusste nicht, was das genau zu bedeuten hatte, aber es fühlte sich an wie etwas, das erst noch kommen würde. Mami hatte ihre schönen Stiefel angezogen, die schwarzen, die glänzten, als wären sie nass, und einen kurzen Rock. Ihre Netzstrümpfe hatten Löcher, und in ihrem Blick lag so viel Traurigkeit, dass man damit ein Meer hätte füllen können. Sie roch nach Erbrochenem, Zigarettenrauch und dem Pfefferminzbonbon, das sie im Mund drehte.

Das alles war jetzt zwei Tage her. Nadeschda saß vor dem Fernseher und aß eine Schale Cornflakes mit Milch, die sie zuvor im kleinen Laden im Dorf gekauft hatte, und dachte wieder darüber nach, warum die Kassiererin sie nicht beachtet hatte, als erneut die Türglocke klingelte!

Es war zu spät für den Postboten, der ja auch schon da gewesen war. Mami kam immer zu den unterschiedlichsten Zeiten nach Hause, und es wäre nicht das erste Mal, dass sie zu betrunken war, um die Tür selbst aufzuschließen, und daher klingeln musste.

Vorsichtig, wie von Mami gezeigt, spähte sie aus einem der Fenster zum Hauseingang. Frau Meinherz stand vor der Tür und neben ihr zwei Polizeibeamte in Uniform.

Schnell, aber leise rannte Nadeschda die enge Holztreppe in die kleine Dachkammer hinauf und verschwand im Wandschrank, wo sie sich zusammenkauerte. Ihr Herz raste, als wäre sie ein Hase auf der Flucht vor dem Fuchs.

Sie hörte, wie jemand die Tür öffnete, dann Schritte auf dem knarzenden Boden.

»Frau Duronik?« So hieß ihre Mami, Jennifer Duronik. »Sind Sie zu Hause?«

Die Schritte schienen sich im ganzen Haus zu verteilen. »Nadeschda, bist du hier? Ich bin's, Frau Meinherz.«

Nadeschda duckte sich. Im Schrank fühlte sie trotz der Angst so etwas wie angespannte Geborgenheit, denn noch nie war sie in einem Schrank entdeckt worden, auch in den anderen Wohnungen nicht.

Sie hörte den einen Mann sagen: »Das Mädchen muss hier irgendwo sein, der Schlüssel steckte noch von innen. Außerdem hat der Bauer die Mutter am selben Abend allein wegfahren sehen, nachdem wir das erste Mal hergekommen waren.«

Sie riefen: »Nadeschda, du brauchst keine Angst zu haben!« Aber genau vor diesem Satz hatte Mutter sie gewarnt. Menschen, die das sagen, die bringen Böses mit sich. Deshalb blieb sie im alten Schrank sitzen, der bis auf ein altes Deckbett leer war und streng nach Mottenkugeln und Rattengift roch.

Die Stimmen kamen näher, auch in die kleine Kammer mit dem Schrank. Ihr Herz klopfte wie verrückt, als die Schranktür aufging und sie den beiden Beamten der Kantonspolizei Appenzell ins Gesicht starrte. Zwischen ihnen stand im Hintergrund Frau Meinherz. Sie trug diesmal kein Lächeln im Gesicht.

»Leer«, hörte sie den Mann sagen, der die Schranktüren wieder schloss.

Nadeschda blieb darüber ratlos zurück und kroch erst nach zwei Stunden heraus, nachdem die drei schon längst gegangen waren.

Wieso hatte niemand sie gesehen? War das eine Art Zauberschrank, und Mami hatte es gewusst?

Vier Tage danach kam ihre Mutter nach Hause. Sie war fast eine Woche fort gewesen. Nadeschda hörte den alten Wagen vors Haus fahren. An der Art, wie Mami die Autotür zuwarf, wusste sie sofort: Es gab bessere schlechte Tage.

Mami erbrach sich in der Einfahrt und verlor beim Gehen zweimal ihre Handtasche. Aus Erfahrung wusste Nadeschda, dass es jetzt besser war, in der Küche stehen zu bleiben, die sie in den letzten Tagen so gut wie möglich aufgeräumt hatte, und zu warten, bis Mami sie ansprach. Sie hatte sogar die letzten Herbstblumen im Feld gepflückt und im großen Wald hinter dem Haus die ersten verfärbten Blätter gesammelt und alles zusammen in den breiten Hals einer leeren Whiskyflasche gesteckt, damit es schön aussah.

Mami kam herein und lief an ihr vorbei zum Kühlschrank, öffnete das Fach darüber. Sie suchte eine ihrer Medikamentenschachteln. Sie fand sie nicht und schluckte weiße Pillen, die sie in der Tasche fand, bevor sie den Mund unter den Wasserhahn hielt. Sie lief, ohne sie eines Blickes zu würdigen, an ihr vorbei, sodass Nadeschda entgegen ihrem besseren Wissen den Mund auftat:

»Hallo, Mami.«

Ihre Mutter reagierte nicht, sondern legte sich auf die Couch und erbrach sich wieder, diesmal in eine Schüssel, die sie aus der Küche mitgenommen hatte.

Nadeschda stellte den Fernseher leise, setzte sich auf den abgewetzten roten Samtohrensessel und sah ihre Mutter an. Schweiß perlte auf deren Gesicht, während sie sich erschöpft aufs Sofa zurücklehnte.

Nadeschda kam es jedes Mal so vor, als würde Mami aus einer anderen Welt da draußen zurückkehren, als wäre sie an einem sehr, sehr schlimmen Ort gewesen und hätte nur mit allerletzter Kraft nach Hause flüchten können. Aber warum tat sie das? Wohin ging sie bloß?

Immer wenn sie wieder umzogen und deshalb an einen neuen Ort fuhren, suchte Nadeschda hinten im Wagen sitzend diese schwarze Stadt oder diesen schlimmen Ort in der Landschaft. Vielleicht sah er ja aus wie eine große Burg mit vielen Türmen und einem großen Wassergraben darum herum. Vielleicht war ihre Mami eine Art Kämpferin, die dorthin ging und meistens verlor. Oder sie gewann, und das waren die Spuren des Sieges. Die Rote Zora hatte auch einen schlimmen Kampf gewonnen, und hätte man nicht den Ausgang gesehen, nur sie mit ihren Verletzungen, man hätte wetten können, dass sie die Verliererin gewesen war. Aber sie hatte gegen drei Gegnerinnen aus einer Mädchenbande gekämpft und alle drei am Ende in die Flucht geschlagen und triumphiert. Doch was suchte Mami da draußen, dass sie es immer und immer wieder tat?

Wie von einem Stromschlag getroffen krampfte ihre Mutter erneut hoch und erbrach sich. Die Schüssel verfehlte sie, das alte Sofa wurde getroffen sowie der Holzboden. Sie krümmte sich weiter, die Adern am Hals wurden dick, ihr Gesicht schwoll an, die Augen quollen hervor, gelbliche Flüssigkeit schoss aus ihrem Mund.

Eine Stunde später, in der Stube war es still geworden, trank Nadeschda die letzte Capri-Sonne und aß in der Küche etwas Brot, den letzten Joghurt und ein Snickers, bevor sie schlafen ging. Morgen würde es Mami hoffentlich wieder besser gehen. Vielleicht hatte sie sogar Zeit, mit ihr zu reden oder gemeinsam etwas zu kochen. Die Blumen und die Blätter in der Vase hatten schon einmal geholfen, vielleicht auch dieses Mal.

Am nächsten Morgen hörte sie Mami nach ihr rufen. Nadeschda war hinter dem Haus bei den Hühnern, die sich ihr gegenüber seltsam verhielten. Sie versuchte, mit ihnen Fangen zu spielen, schlich sich an sie an, um sie zu verjagen, doch sie nahmen sie nicht wahr, als wäre sie nicht da.

Sofort nach dem Rufen rannte sie ums Haus – ihre Mutter stand im Türrahmen. »Da bin ich schon.« Außer Atem schenkte sie ihr ihr schönstes Lächeln.

Aber ihre Mutter rief erneut nach ihr, und Nadeschda sagte wieder: »Mami, hier bin ich doch«, doch sie blickte sie nicht mal an. Nadeschda hatte das schon mal mit ihr erlebt, als Mami diese seltsamen Pillen geschluckt hatte. Da hatte sie sogar geglaubt, sich selbst im Garten zu sehen, und hatte stundenlang mit sich selbst geredet.

Doch hinter Mami kamen plötzlich zwei Polizisten und Frau Meinherz aus dem Haus. »Sie wissen wirklich nicht, wo Ihre Tochter ist?«, frage Frau Meinherz mit besorgter Miene.

»Nein, ich schwör's Ihnen. Die ist noch nie weggelaufen. So was würde sie nie tun. Wenn sie nicht im Dorfladen ist, muss ihr was passiert sein.«

Nadeschda war verwirrt. »Hier, hier bin ich ja.« Sie streckte ihre Arme in die Höhe wie ein kleiner Baum seine Äste.

»Und Sie wissen auch nicht, wann sie verschwunden ist und wohin? Und lügen Sie uns nicht wieder an!« Das war die tiefe Stimme des größeren der beiden Polizeimänner.

»Ich bin vor fünf oder sechs Tagen nach St. Gallen gefahren und wollte noch am selben Abend zurück sein. Ich hatte was Dringendes zu erledigen, bevor ich in die Klinik musste, aber es kam anders.«

»Das war an dem Tag, als wir hier waren?« Frau Meinherz' Stimme klang im Vergleich zu der des großen Beamten wie eine Melodie.

»Ja«, antwortete Mami kleinlaut.

»Also vor sechs Tagen. Hat ein Freier sie womöglich mitgenommen? Ich bin wie abgemacht am Montag hierhergekommen. Und da war Ihr Wagen weg, und auf mein Klingeln öffnete niemand«, sagte Frau Meinherz, und Nadeschda erinnerte sich an diesen Moment. Sie dachte, es wäre der Postbote gewesen.

»Ich habe meiner Tochter verboten, die Tür zu öffnen. Dass ein Freier sie mitgenommen hätte: Vergessen Sie es, die meisten haben sie gar nie zu Gesicht bekommen. Nur drei meiner Stammkunden brachten ihr hin und wieder was Süßes mit. Und von denen ist keiner eine Pädosau. Außerdem habe ich Nadeschda ganz klar gesagt, was zu tun ist, wenn ich mal nicht da bin, und meine Kleine ist nicht auf den Kopf gefallen. Die ist gescheit, und die bringt's mal weit im Leben.« Ein Anflug von Stolz huschte über Mamis Gesicht, bevor sich ihre Miene verfinsterte. »Aber dieser Bauer«, sie zeigte über die Felder auf den Hof, der nur zweihundert Meter entfernt lag, »dieser Alois ist ein Schwein. Der hat sich mal im Garten an meine Kleine rangemacht, ich habe ihn dabei erwischt, diesen dreckigen …«

»Gut, Sie geben uns die Adresse all derer, die Ihre Tochter zu Gesicht bekommen haben, und mit diesem Bauern reden wir auch«, entschied der große Beamte. »Jetzt aber kommen Sie mit uns mit, es liegt eine Verfügung, eine sogenannte ›fürsorgliche Unterbringung‹ der Kinder- und Erwachsenenschutzbehörde, gegen Sie vor, und Ihre Tochter wird als vermisst gemeldet.« Dann warf er Mami einen vorwurfsvollen Blick zu.

»Hoffen wir, dass ihr nichts zugestoßen ist. In dem Umfeld, in dem Sie sich bewegen, wäre das leider keine Seltenheit.« Er strich sich kurz seinen dichten schwarzen Oberlippenbart zurecht und umfasste dann Mamis Oberarm.

»Ich bin aber doch hier!« Nadeschda bekam es mit der Angst zu tun und wollte zu Mami, aber eine seltsame Kraft stieß sie von ihr ab. Sie begann zu weinen. »Ich bin hier!« Verzweifelt versuchte sie es wieder und wieder, doch da war etwas wie eine Schicht Glas, die sie von der Berührung ihrer Mutter abhielt.

Sie stieß einen grellen Schrei aus, als die beiden Beamten ihre Mutter in den Polizeiwagen einsteigen ließen, den sie in ihr Spiel hinter dem Haus vertieft gar nicht hatte vorfahren hören. Mit aller Kraft versuchte sie, Frau Meinherz am Arm zu ziehen. Aber auch da – sie wurde weder bemerkt, noch konnte sie die Frau berühren. Nadeschda schrie wieder auf, weinte hilflos an Ort und Stelle stehend.

Der Wagen mit ihrer Mutter darin verschwand. Die Rücklichter glommen beim Bremsen vor dem Abbiegen in die Kantonsstraße noch einmal hellrot auf – wie bei all den Horstis, die mit ihren Wagen kamen und darin verschwanden.

Nadeschda ging ins Haus, setzte sich in den Schrank und weinte. Erst als es dunkel war, kam sie wieder heraus.

2

Nadeschda hatte schon viele Male auf Mami gewartet, in jeder neuen Wohnung, an ihr unbekannten Orten, aber diesmal war es so schlimm wie noch nie.

Die Tage, nachdem das Polizeiauto samt Mami darin verschwunden war, aß sie alles auf, was sie im Haus fand, denn sie traute sich nicht mehr raus. Das Ganze hatte sie so verwirrt, als hätte sie die Pillen von Mami geschluckt.

Der Hunger war es, der sie schließlich doch hinaustrieb. Mit der Zwanziger-Note in der Hosentasche ging sie in den kleinen Laden und kaufte ein. Auch diesmal verließ sie das Geschäft, ohne dass jemand Notiz von ihr genommen hätte. Was war passiert? War sie eine Art Geist geworden?

Die Polizei kam in den nächsten Tagen noch zweimal und stellte das ganze Haus auf den Kopf, danach kam niemand mehr. Die Hühner hatte ein Bauer geholt, was nicht so schlimm war, weil Nadeschda sie nicht mehr streicheln oder mit ihnen spielen konnte. Die Eier bekam sie auch im Laden, denn sie brauchte ja nicht mehr zu bezahlen, was gut war. Nach anfänglichen Hemmungen griff sie bei jedem Einkauf nun zünftig zu.

Nadeschda hoffte jeden Tag, dass Mami endlich

wiederkäme. Doch die Wochen vergingen, es wurde Sommer, Spätherbst, Ende November. Hin und wieder hatte sie, als die letzten gefärbten Blätter von den Bäumen gefallen waren, daran gedacht, dass sie jetzt eigentlich in der Schule sein dürfte. Immer um halb zehn saß sie im Dorf auf der kleinen Mauer, gleich neben dem »Volg«, und hörte die Schulglocke läuten. Fast gleichzeitig mit dem Klingeln sah sie, wie die Tür aufgerissen wurde und die Kinder so eilig in die Pause rannten, als brenne das Schulhaus. Zweimal pro Schultag gab es eine Pause, die andere am Nachmittag.

Mit der Zeit kannte sie alle Kinder vom Sehen. Von einigen wusste sie auch die Namen, weil die am häufigsten gerufen wurden. Ins Schulhaus traute sie sich nicht. Sie hatte Angst, dann zu merken, dass sie noch dumm war. Dabei sah sie mit Vorliebe Wissenssendungen für Kinder, »Woozle Goozle« und »Löwenzahn«. Auch alte Folgen von »Die Sendung mit der Maus« mochte sie sehr gern. Es war ja so spannend, was es alles in der Welt da draußen gab, von dem sie noch nie etwas gehört hatte.

Als der Winter kam, wurde es sehr kalt im Haus. Hinter dem Haus lag geschichtetes Holz, das sie im Kachelofen zur Feuerung verwenden konnte.

Der kleine Acker, der von Feldern umschlossen war, trug eine weiße Zuckerschicht auf der gefrorenen Scholle. Die Stoppeln des geernteten Maises starrten krumm aus dem Boden. Alois, der diese Felder bestellt hatte, schien seit dem Tag, als die Polizisten hier gewesen waren, verschwunden zu sein. In seinem Hof brannte nie mehr Licht.

Die Tage wurden schnell und schneller kürzer. Die Hügel, in die eingebettet das Haus lag, warfen durch die tief stehende Sonne schon am frühen Nachmittag Schatten. Der Nebel sammelte sich in der Nacht in den Senken und wurde mit den ersten Sonnenstrahlen in gleißendes Licht verwandelt, bevor er sich im Tiefblau des Himmels auflöste. An Tagen, an denen der Schnee leise und so dicht fiel, dass sie nicht einmal mehr das alte Gehöft von Alois sehen konnte, wurde es schon zur Mittagszeit düster. Nach vier Uhr dämmerte es bereits, als hätte ein Riese die Sonne in einen Sack gesteckt und sich langsam davongemacht. Die Angst trieb Nadeschda in diesen dunklen Stunden dazu, aus der schmutzigen Scheibe des Küchenfensters zu blicken. Es schien ihr, als würde es nur noch ihr Haus mit dem schwarzen dunklen Wald dahinter geben. Mit dem Pulloverärmel rieb sie einen Kreis auf der beschlagenen Scheibe sauber und starrte weiter ins Draußen. Sie hoffte darauf, die Lichter eines Wagens auf der schmalen Landstraße zu sehen. Doch da war nur der Schnee und nochmals Schnee, der seit Tagen ununterbrochen und so langsam und ruhig fiel, dass sie die einzelnen Flocken hätte zählen können, wären es nicht so viele gewesen.

Man hatte sie vergessen!

Irgendwie hatte die ganze Welt sie vergessen, als wäre sie durch ein Gitter gefallen, dachte sie, als sie Tage später wieder in die weißen, sich türmenden Massen blickte.

Das Zimmer ihrer Mutter traute sie sich nicht mehr zu betreten – was, wenn Mami, ohne dass sie es bemerkt hätte, zurückgekommen war und tot darinlag? Außerdem vermisste sie die Hühner nun doch mehr und mehr. Immerhin, das Feuer im kleinen Ofen hielt sie gut am Brennen, im Haus war es nur noch in der Früh kalt.

Weihnachtsfilme mochte sie in dieser Zeit besonders, sie ließen sie vergessen – wenigstens für kurze Zeit –, was war, und der Fernseher sagte ihr auch, wann Weihnachten war. Vor allem den »Kleinen Lord«, der am Heiligabend lief, mochte sie sehr.

Es musste im neuen Jahr gewesen sein, als endlich der Himmel aufriss und die Sonne in ein tief verschneites Appenzell schien, das übergossen war von glitzerndem Weiß.

Nadeschda schlüpfte in ihre Turnschuhe, machte sich auf den Weg ins Dorf und kaufte im kleinen Laden ein. Die Kinder lachten in der Pause und warfen Schneebälle, während sie versuchte, ihre kalten und nassen Füße etwas aufzuwärmen, indem sie mehrmals auftrat. Mit ihren Einkäufen lief sie durch den kniehohen Schnee auf der Zufahrtsstraße zum Haus zurück, das unheimlich-märchenhaft vor ihr lag, mit dem schwarzen Wald dahinter und der Schneekappe auf dem Dach und dem schiefen Briefkasten.

Am Nachmittag formte sie Schneeengel im Garten und suchte nach tierischen Fährten am Waldrand. Dieser Tag war wundervoll hell, nur am Abend, als der Frost stärker wurde und die Nacht wie der Flügel eines schwarzen Drachens über das Appenzellerländli kam, kam auch ihre Angst zurück, die erst mit dem Morgengrauen verschwand.

Die Tage wurden wieder länger, und der Frühling war nicht mehr aufzuhalten. Die alte Dachrinne gurgelte den geschmolzenen Schnee vom Dach, und der Briefkasten trug keine weiße Haube mehr. Der Acker hob sich zunehmend dunkel von den blassen Wiesen ab. Bald wärmte die Sonne die Welt, sodass es grünte und blühte. Die laue Luft war erfüllt von Blütenduft. Auch der schwarze Wald, der als Letztes noch die Kälte des Winters ausgeatmet hatte, wurde bald hell und freundlich.

Dann, eines Morgens, der Himmel war von kleinen Schäfchenwolken übersät, und das Licht war blassblau, fuhr ein Auto vors Haus.

Nadeschda schaute aufgeregt durch die Gardinen des Küchenfensters auf die Einfahrt.

Mami!

Sie konnte es kaum glauben. Es war tatsächlich Mami!

Und sie sah anders aus. Es schien ihr viel besser zu gehen. Ihre Haare waren gar nicht mehr blond, sondern braun, und sie trug andere Kleider, und ihr Gesicht, ihr Gesicht wirkte zufriedener.

Ihre Mutter wurde von Frau Meinherz ins Haus begleitet.

»Und Sie sind sich sicher, dass Sie ausgerechnet hier noch einmal neu anfangen wollen? Mit all dem Vergangenen?«, fragte Frau Meinherz, als sie durch die Tür kamen.

»Ich glaube, Nadeschda wird eines Tages zurückkommen«, antwortete Mami. »Dann muss ich hier sein. Wenn ich nicht hierbleiben würde, wäre das wie ein Aufgeben, ein Sie-Aufgeben. Verstehen Sie?«

Frau Meinherz nickte. »Ich weiß, wir haben ja mehrmals darüber gesprochen, und ich kann es auf der einen Seite gut verstehen. Und falls Sie es sich doch anders überlegen sollten, würden wir gemeinsam bestimmt schnell eine passende Wohnung finden.«

»Ich weiß, Frau Meinherz. Ich danke Ihnen für all Ihre Bemühungen. Aber ich will es wirklich erst so probieren.«

»Nichts zu danken – ich wünsche von Herzen, dass es Ihnen weiterhin so gut geht, dass Sie vor allem stabil bleiben, aber was erzähl ich da auch. Ihre Drogenberaterin ist das bestimmt bereits viele Male mit Ihnen durchgegangen. Aber vergessen Sie nie: Sie haben in den letzten Monaten sehr hart an sich gearbeitet, um an den Punkt zu kommen, an dem Sie nun sind. Bitte erhalten Sie sich das.«

»Ich weiß, ich weiß, ich habe es in der Hand. Es ist nur so, seit ich den Kopf freier habe, seit es mir besser geht …« Sie senkte den Kopf. »Ich denke, ich war Nadeschda eine sehr schlimme Mutter.« Mami hielt sich eine Hand vor den Mund und begann zu weinen.

»Wir alle können das Rad der Vergangenheit nicht zurückdrehen. Aber Sie haben wie gesagt sehr hart an sich gearbeitet und Großes geleistet, und das zählt. Sie sind nicht mehr dieselbe.«

»Wenn doch nur Nadeschda hier wäre. Ich würde alles so gerne wiedergutmachen. Ich habe solche

Angst, weil ich nicht weiß, was mit ihr passiert ist. Das frisst mich langsam auf.«

Frau Meinherz legte ihr die Hand auf die Schulter. »Das ist wirklich grausam. Wir hoffen weiter. Sie haben meine Nummer, und ich komme wöchentlich hier vorbei und Sie auf unsere Beratungsstelle. Wir nehmen Schritt um Schritt. Und die Polizei unternimmt alles, um Nadeschda zu finden.«

In den ersten Wochen, in denen Frau Meinherz regelmäßig kam, blieb Mami verändert, sodass Nadeschda manchmal zweifelte, ob sie auch tatsächlich ihre Mami war.

Ihre Mutter kaufte regelmäßig Lebensmittel ein und putzte. Jeden Morgen verließ sie zudem fast zur selben Zeit das Haus und kam meist um kurz nach sechs Uhr wieder heim. Sie hatte eine Arbeit gefunden. Nadeschda hörte sie manchmal am Telefon mit jemandem darüber reden.

In diesen guten Wochen schlief sie jede Nacht neben ihrer Mutter in deren Bett und hörte vor dem Einschlafen zu, wie sie atmete. Auch wenn sie sie niemals berühren konnte, so streifte ihre Hand immer wieder über sie, ja, sie legte sogar ihren dünnen Arm über sie und blendete dieses seltsame Glasgefühl aus. Bald fand sie heraus, dass sie, wenn sich ihre Mutter die dicke Bettdecke beim Schlafen bis über die Schultern zog, ihren Arm darüberlegen und ihre Mami darunter fast fühlen konnte. Das war schön, und sie tat es fortan jeden Abend.

Warum sie weiterhin von niemandem gesehen werden konnte – Nadeschda wusste es nicht. Ein Zauber vielleicht, oder sie war eine Art Fee geworden. Es lohnte sich für sie nicht mehr, darüber nachzudenken, denn es war so unabänderlich geworden, dass sie lieber das Gute suchte.

Wenn Frau Meinherz kam und mit Mami vor einer Tasse Kaffee sitzend redete, weinte Mami manchmal leise und schnäuzte sich gebeugt, als hätten die Worte ihr das Rückgrat genommen. Auf dem Küchenbuffet standen mehrere Fotos von Nadeschda und eine Kerze, die Mami hin und wieder anzündete. Und bis zum Anfang des Sommers legte ihre Mutter kleine Sträuße Wildblumen davor, solche wie diejenigen, die sie von ihrer Tochter geschenkt bekommen und damals kaum beachtet hatte.

Nadeschda konnte die Finsternis am Horizont fühlen, als Mami am Morgen öfter im Bett liegen blieb. Auch in dieser Zeit schlief sie noch jede Nacht neben ihr und hörte sie atmen, manchmal leise weinen, manchmal leuchtete das Display des Handys hell auf, wenn sie nach der Uhrzeit blickte.

Frau Meinherz kam plötzlich öfter, und die Gespräche waren manchmal schwer wie Gewitterwolken, bevor Mami für eine Woche verschwand und mit einem roten Wagen wieder vors Haus fuhr. Sie roch nach Alkohol, und es ging ihr schlecht. Sie war nicht allein. Ein dicklicher Mann mit rotem Bart trug sie über den Schultern ins Schlafzimmer. Dann weinte Mama leise, während Nadeschda bis hundert zählen musste und das Bettgestell wütend an die Wand schlug, ehe der Rotbärtige verschwand.

Es gab wieder schlechte und ganz schlechte Tage. Die Horstis kamen und gingen wieder – Frau Meinherz kam nicht mehr. Die Unordnung wuchs, und Nadeschda zog sich in ihr Zimmer zurück.

Eines Tages kam dieser Rotbärtige wieder wie schon mehrmals. Voller Angst davor, was Mami und sie erwarten würde, rannte Nadeschda raus ins Dorf. Erst trieb sie sich auf dem Schulgelände herum, dann besorgte sie sich aus dem Laden etwas zu essen und zu trinken, doch der Schmerz war diesmal nicht aufzuhalten. Nicht mal die Gedanken an die Rote Zora gaben ihr die nötige Kraft.

Verzweifelt kauerte sie sich neben den Dorfbrunnen und weinte, dass die Tränen über ihr schmutziges Gesicht liefen, als sie die Stimme eines Mannes hörte:

»Bestimmt wird alles wieder gut, meine Kleine.«

Nadeschda blickte erstaunt zu ihm auf und bemerkte dessen Verwunderung, als sähe er einen Geist.

TEIL DREI

1

Lukas' Herz begann so hart zu schlagen, dass es schmerzte.

»Du kannst mich sehen?«, fragte er das Mädchen, und der Boden schien unter seinen Füßen zu wanken.

Er bekam keinen Ton mehr heraus.

»Und du kannst *mich* wirklich sehen?« Das Mädchen riss die Augen auf.

»Ja, ja … Sehen und hören!« Lukas glaubte zu schlafen und gleich aus einem erbarmungslos schönen Traum hochzuschrecken. Was geschah da soeben mit ihm? Er rang um Fassung. »Ich … ich habe sehr lange mit niemandem mehr sprechen können, musst du wissen. Nur deshalb bin ich ein wenig erschrocken. Sag, wer bist du, und was ist denn passiert?« Er blickte sich um, als würde er beobachtet werden.

»Ich heiße Nadeschda.«

»Wie alt bist du denn? Ich heiße Lukas, und das hier ist Hope, mein Hund.« Lukas' Blick sog sich im Gesicht des Mädchens fest. Endlich, endlich redete jemand mit ihm.

Als Hope seinen Namen hörte, wedelte er mit dem Schwanz. »Ja, er kann dich auch hören, aber nicht sehen. Er ist blind. Du darfst ihn sehr gerne streicheln.«

Er hatte ihren Blick richtig gedeutet. Nadeschda

kniete sich auf. Hope stieß sie freudig sanft mit der Schnauze in die Brust, während sie ihm über den Kopf streichelte. Lukas schaute den beiden zu. So gewann er etwas Zeit, um sich zu fangen – er redete tatsächlich mit einem anderen Menschen!

»Ich glaube, ich bin irgendwann sieben oder acht Jahre alt geworden.« Das Mädchen blickte mit seinen dunklen Augen zu ihm auf. Ihr Gesicht trug dabei ein Lächeln. Hope und sie schienen einander sofort ins Herz geschlossen zu haben, so wie es nur Kinder und Tiere auf Anhieb können.

»Und plötzlich hat auch dich niemand mehr gesehen?«

Sie nickte und begann, als hätte er einen Schalter gedrückt, verzweifelt zu weinen, sodass Hope sie irritiert stupste.

Mit zitternden Händen deutete Lukas eine tröstend streichende Handbewegung über ihrem Kopf an und kniete sich neben sie. »Nadeschda, mir ist genau dasselbe passiert wie dir, und auch ich bin sehr traurig deswegen. Aber jetzt bist du nicht mehr allein! Wir sind ja hier.«

Das Mädchen, in dessen Augen die Tränen in der Farbe des Herbsthimmels glitzerten, blickte ihn stumm an, während Lukas noch immer um Fassung rang.

Ihm schossen Fragen wie Kugeln in einem Flipperautomaten durch den Kopf, sodass er Mühe hatte, eine davon zu fassen. Wie musste das arme Mädchen sich verloren gefühlt haben, wenn er selbst dabei schon fast draufgegangen war? Wie hatte es in den eineinhalb Jahren überlebt, sich ernährt, was getan, wenn es krank geworden war? Auf jeden Fall musste sie einen großen Überlebensinstinkt haben.

Hope schaffte es, Nadeschda zu beruhigen. Lukas würde nun nicht mehr so grobe Fragen stellen. Und auf keinen Fall durfte er in diesem Moment Schwäche zeigen. Das Mädchen brauchte jetzt einen Leuchtturm und keine Zitterpappel.

»Ich bin sehr glücklich, dich hier gefunden zu haben, Nadeschda.« Lukas versuchte seiner Stimme Stärke zu verleihen. »Ab jetzt bist du nicht mehr allein. Sag, möchtest du mir zeigen, wo du wohnst?«

Ihm war schleierhaft, warum er von dem Verschwinden der Kleinen nichts in den Medien gelesen hatte. Und überhaupt, wieso hatte ihr Name nicht auf der Liste gestanden? Sie war bestimmt auch am 4. Mai verschwunden, und er hatte die Auswahl doch exakt in die Suchmaske eingetippt. Wenn ein Kind verschwand, löste dies doch immer ein riesiges Medienecho aus. Was also war mit ihr geschehen?

»Also eigentlich …« Die Kleine blickte zu Boden. Lukas ließ ihr Zeit, um Augenkontakt aufbauen zu können, und versuchte seine Aufregung darüber wegzuatmen, dass er das erste Mal seit eineinhalb Jahren mit einem Menschen reden konnte.

»Eigentlich hab ich gar keine Familie, aber eine Mami.«

Lukas nickte. »Und mit deiner Mami wohnst du zusammen, auch nach deinem Verschwinden?«

Nadeschda stand nun neben dem Brunnenrand. »Irgendwie.« Ihr Blick verlor sich einen Moment im Himmel. »Als sie irgendwann zurückgekommen ist und mich nicht mehr gesehen hat, da wurde sie abgeholt. Sie war dann lange weg und kam erst vor einer Weile wieder. Sie hat nie mehr nach mir gerufen oder nach mir gesucht, aber gehofft, dass ich zurückkomme.« Ihre Augen wurden wieder traurig.

»Das heißt, du warst schon allein zu Hause, ehe du wie ich verschwunden bist?«

Sie nickte, und jetzt wurde Lukas klar, warum er von ihrem Fall nichts erfahren hatte. Warum auch immer, aber mit größter Sicherheit war Nadeschda erst Tage oder noch später nach ihrem Verschwinden als vermisst gemeldet und deshalb nicht mit dem Datum des 4. Mai in der Datenbank erfasst worden. Da er zudem bereits nach einer Woche für lange Zeit in der Abgeschiedenheit der Engadiner Berge verschwunden war, hatte er von dem bestimmt riesigen Medienecho nichts mitbekommen, denn bis zu diesem Zeitpunkt hatte er intensiv nach Meldungen in allen Medien gesucht. Von ihr hatte er aber mit Sicherheit kein einziges Wort gelesen.

»Möchtest du mir zeigen, wo du wohnst?«, fragte er noch mal behutsam, denn er konnte sich nun erst recht gar nichts darunter vorstellen.

»Mami hat gesagt …« Nadeschda brach ab, blickte auf den Boden und streichelte verlegen Hopes Kopf.

»Du musst keine Angst haben, du kannst mir alles sagen. Sei unbesorgt.«

»Mami hat gesagt, ich soll nie mit einem Mann reden oder gar mit ihm nach Hause gehen, denn das wären alles Monster … Vor allem, wenn sie so lächeln wie du und sagen, ich bräuchte keine Angst zu haben.«

Lukas ertappte sich bei seinem künstlichen Lächeln, um dem Mädchen die Angst zu nehmen, das ihm jetzt im Gesicht gefror.

»Da wird deine Mami bestimmt einen guten Grund dafür gehabt haben, dir das zu sagen. Aber nicht alle Menschen sind gleich. Nur die wenigsten Hunde beißen, aber wer mal gebissen wurde, hätte auch vor Hope Angst.«

Nadeschda blickte zu ihm auf. »Vor Hope?«

»Ja. Aber schau, Nadeschda. Wir beide haben viel, viel erlebt. Und wäre die Welt nicht so, wie sie jetzt ist, hätten wir uns auch nicht gefunden. Ich kann dir noch so oft sagen, dass ich kein Monster bin. Wissen wirst du es erst, wenn du mich kennenlernst. Aber vielleicht fühlst du es jetzt schon, dass ich es gut meine. Wir müssen auch nicht jetzt sofort gehen. Wir können hier im Dorf den Tag zusammen verbringen, und wenn es sich für dich richtig anfühlt, dann kannst du mir zeigen, wo du wohnst.«

Nadeschda schwieg. Dann blickte sie von Hope auf. »Ich muss ja. Ich bin ja sonst allein.«

So etwas sollte kein Kind sagen müssen. Die Worte schmerzten Lukas, aber sie trugen unverkennbar die Wahrheit der Erfahrung in sich.

»Gemeinsam werden wir es schaffen – mit Hope. Willst du ihn an der Leine führen? Er läuft sonst immer wieder gegen irgendetwas, weil er doch blind ist.« Diesmal kam sein Lächeln aus seinem Herzen.

Nadeschda nickte, und er drückte ihr die Leine in die Hand.

Urnäsch, das nicht urig schweizerischer hätte aussehen können, zog sich der Landstraße entlang dahin. Einige Gehöfte lagen idyllisch außerhalb des Dorfes in die Hügel des Appenzellerlandes eingebettet – im Hintergrund erhoben sich die Bergketten des Toggenburgs.

Lukas fand es gut, dass sie zwanzig Minuten zu gehen hatten, in denen die Kleine immer wieder mit Hope sprach, ehe sie irgendwann abrupt hielt und auf ein altes Bauernhaus zeigte, dessen Grundstück, auf dem ein kleiner Stall stand, auf Lukas verwahrlost wirkte.

»Das ist also dein Zuhause?«

Nadeschda nickte. Ihr Gesicht hatte die ganze Glückseligkeit, Hope zu führen, verloren, stattdessen trug es jetzt die Angespanntheit eines Mädchens, das zu viel erlebt hatte.

»Mami ist aber noch nicht allein.« Sie deutete auf einen alten Subaru Station Wagon, der in der ungeteerten Einfahrt stand. »Der Horsti ist noch da.«

»Ist das dein Stiefvater?« Möglich, dachte er, dass der ihre Mutter und sie früher geschlagen und die Mutter deshalb ihre Tochter vor den Monstern dieser Welt gewarnt hatte.

Nadeschda schüttelte den Kopf, die langen dunklen Haare flogen.

»Aber du kennst den Mann?«

»Nicht richtig. Es ist einer der Horstis.«

Lukas verstand nicht. »Aber du weißt, wie lange der Mann bei deiner Mutter bleibt?«

»Wenn ich draußen bin, nie lange. Meist reicht es,

wenn ich langsam bis hundert zähle, manchmal aber auch nicht. Und manchmal dauert es ewig.«

»Gut, dann warten wir hier. Bist du damit einverstanden?« Lukas wollte nicht weiter mit Fragen auf sie einstürmen, als gleichzeitig mit ihrem »Ja« die Tür aufging. Ein dicklicher Mann kam aus dem Haus und stieg in den Wagen. Er fuhr die fünfzig Meter zur Landstraße hin, wo Lukas mit Nadeschda wartete, und bog in die Kantonsstraße ein.

»Willst du lieber, dass ich allein ins Haus gehe, um nachzuschauen, wo du wohnst? Du kannst mit Hope im Vorgarten spielen, wenn du möchtest.« Lukas dämmerte, was ihn im Haus erwarten könnte.

Nadeschda nickte wieder.

Lukas ging auf das alte Bauernhaus zu, das auch früher bestimmt nie prächtig gewesen war, aber seinen Erbauern ein bodenständiges Zuhause geboten hatte. Das Grundstück mit Garten war verwildert. An der Kinderschaukel war das eine Seil gerissen, die verwitterte rote Plastiksitzfläche hing schief. Ein rostiges Fass stand an der Fassade, daneben angelehnt ein alter Rechen. Vor den Fenstern hingen schäbige, teils verzogene dicke Vorhänge. Nachdem er durch die unverschlossene Haustür getreten war, schlug ihm der Geruch von Zigarettenrauch und Marihuana entgegen.

Das Innere bot ein trauriges Bild. Die Küche war unaufgeräumt, Töpfe mit gammeligem Essen stapelten sich ums Spülbecken. Auf dem runden Esstisch mit dem Plastiktischtuch quoll ein Aschenbecher über, daneben lag ein angeschnittener Laib Brot. Eine Einkaufstasche übervoll mit leeren Wein- und Bierflaschen stand am Tischbein. Ein Flachbildfernseher flimmerte in der Stube – eine Wettersendung lief. Lukas betrat den Raum. Auf dem Dreiersofa saß eine Frau und rauchte einen Joint. Das war also Nadeschdas Mutter. Ihren Morgenmantel trug sie offen. Darunter war sie nackt. Auf dem Bauch hatte sie eine Tätowierung – eine verzogene Schlange, die sich von ihrem rasierten Schambereich über den Nabel, dann breit- und zweiköpfig zu den beiden Brüsten teilte, deren Nippel mit Ringen gepierct waren.

Sie war zu stark geschminkt, ihr Haar war ausgeblichen blond, die Augenbrauen rasiert, dafür tätowiert. Sie trank aus einer Dose Wodka Red Bull. Vor ihr lag ein Hunderter wie hingeworfen. Nur ihr Schlafzimmer nebenan war verhältnismäßig sauber. Der Grund war Lukas klar: Die Frau war eine Prostituierte, und als er sich weiter umsah, musste er feststellen, dass sie auch suchtkrank war – Heroin war das Gift, das sie sich spritzte.

Das Zimmer von Nadeschda hingegen war erstaunlich ordentlich. Das Bett war gemacht, die wenigen Spielsachen auf dem Schreibtisch und dem Boden verteilt. Die Lampe an der Decke hatte die Form eines Sterns. Bestimmt hatte ihre Mutter sie in einer guten Phase aufhängen lassen, womöglich von einem Stammkunden, von dem sie mehr wusste als nur dessen Vorliebe für den Fünfzehn-Minuten-Sex. Das hier war also einer der vielen sozialen Hinterhöfe der Schweiz, dachte er, während er sich weiter umblickte.

Arme kleine Nadeschda und arme kranke Mutter. Die ganze Wohnung strömte Hoffnungslosigkeit, Perspektivlosigkeit aus. Und hier hatte Nadeschda leben müssen. Er schämte sich, seine Welt so schlecht ertragen zu haben, sich sogar das Leben hatte nehmen zu wollen.

Nadeschda hatte hier bestimmt viel zu viel gesehen und gehört. Kein Wunder, dass sie misstrauisch und vorsichtig war. Hier durfte sie auf keinen Fall mehr bleiben. Dennoch, er konnte sie auch nicht einfach wegreißen.

Die Mutter kippte den Rest aus der Dose in den Mund und drückte sie zusammen, bevor sie ihren Joint zu Ende rauchte.

Gedankenversunken verließ Lukas das Haus und ging in den Vorgarten, der herbstlich gefärbt in der Sonne lag. Leuchtende zarte Nebelschleier hingen bereits wieder in den Hügeln. Unten auf der Landstraße fuhr ein Traktor mit Heuanhänger vorüber, dahinter kam ein Motorradfahrer. Sie zogen beide die Stille hinter sich her.

Lukas ging zurück zu Nadeschda und Hope. Er nahm einen ruhigen Atemzug.

»Du bist ein tapferes großes Mädchen.« Er kniete sich zu ihr hinunter, spürte dabei plötzlich Berührungsängste und war froh, dass Hope zwischen ihnen war. »So lange hast du ganz allein hier gelebt. Du hast das sehr gut gemacht.« Er schwieg. Sie blickte ihn still an. Ihr Gesicht war so schmutzig, dass die Tränen helle Bahnen gezogen hatten.

»Sag mal, Nadeschda, wenn ich eine Fee wäre, so

eine mit schönem Kleid und einem Zauberhut, was würdest du dir wünschen?«

Nadeschda lachte. »Du und eine Fee? Du hast ja einen Bart.«

»Stimmt.« Auch Lukas lachte befreit auf. An den hatte er gar nicht mehr gedacht. »Also, dann stell dir vor, Hope könnte dir einen Wunsch erfüllen. Was würdest du ihm sagen?«

»Natürlich, dass *alle* meine Wünsche in Erfüllung gehen.« Die Kleine grinste verschmitzt.

»Ja, das hätte ich bei einem so cleveren Mädchen wie dir eigentlich wissen müssen. Also gut – wenn du nur einen Wunsch, aber nicht diesen hättest, was wäre das?«

»Dass ich mit euch gehen darf«, kam sofort die Antwort.

Lukas versuchte, so locker wie möglich zu bleiben und unverkrampft zu lächeln.

»Und damit würdest du uns beiden unseren größten Wunsch erfüllen, nicht wahr, Hope?« Hope begann freudig mit dem Schwanz zu wedeln. »Nadeschda, wenn du willst, helfe ich dir zu packen, was dir wichtig ist, und wenn du plötzlich Heimweh bekommen solltest oder wieder heimwillst, dann bringen wir dich sofort hierher zurück – jederzeit. Versprochen.«

»Aber da ist ja gar nichts mehr.« Sie blickte ihn verwundert an.

Lukas musste sich zusammennehmen, um nicht zu weinen und ihr dabei übers Haar zu streichen. Er wollte sie nicht berühren, solange er nicht wusste, was ihr alles passiert war.

»Jetzt sind Hope und ich ja da – wir drei für einander. Okay?«

Nadeschda nickte.

Gemeinsam liefen sie den langen Weg zurück zum Wohnmobil und fuhren damit zum Haus. Nadeschda und Hope schienen bereits unzertrennlich zu sein. Während der kurzen Fahrt saß er auf der Rückbank neben ihr. Durch das geöffnete Schiebedach strömte Herbstluft herein.

Die wenigen Habseligkeiten, die Nadeschda wichtig waren, verstauten sie in einer einzigen Bananenkiste und verließen damit das Haus, als bereits ein neuer Freier an der Tür erschien. Er wurde erwartet. Nadeschdas Mutter verschwand sofort mit ihm in ihrem Zimmer.

Noch beim Schließen der Heckklappe ertönten das künstliche Gestöhne der Mutter und das rhythmische Schlagen des Bettgestells an die hölzerne Wand.

Lukas bot Nadeschda an, mit ihr draußen im Fahrzeug zu warten, bis der Mann wieder gegangen war, falls sie eine Art Abschiedsmoment mit ihrer Mutter haben wollte. Doch sie verneinte kopfschüttelnd.

»Sie machen diese schlimme Sache … Ich würde gern gehen«, sagte sie mit einer so großen Bestimmtheit, dass Lukas alle Zweifel verlor, sie wegzureißen.

Nadeschda saß auf der Rückbank, neben ihr lag Hope. Der Duft von frisch gemähtem Gras strömte durch ein heruntergelassenes Seitenfenster und das Schiebedach hinein, Lukas ließ seine Kassette mit den Achtziger-Jahre-Hits leise laufen. Mit Mühe und Not und noch mehr Zeit hatte er es geschafft, das alte Kassettenradio aus dem Golf im Wohnmobil anzuschließen.

»Hast du Hunger auf was Feines?« Er drehte sich mit einem Lächeln zurück.

Nadeschda nickte. »Und was für einen. Einen Bärinnenhunger!« Sie öffnete die Arme und deutete ein riesiges Maul an, wie es sonst nur jüngere Kinder tun.

Lukas fuhr zur nächstgelegenen Autobahnauffahrt und weiter zur nächsten Raststätte. Dank der Selbstbedienung würden sie bis spätabends durchgehend warmes Essen erhalten, und er musste nicht wie in Restaurants die Mahlzeiten in der Küche erst suchen gehen.

Obwohl es Oktober war, setzten sie sich draußen in das Lichtschattenspiel eines Baumes an einen Tisch.

»Magst du mit Hope hier warten, bis ich das Essen geholt habe?«

Lukas verschwand im Innern, nicht ohne durch die Fensterfront zu schauen, um sich zu vergewissern, dass die beiden noch da waren. Er kam mit zwei gefüllten Tellern zurück an den Tisch: Schnitzel, Pommes, dazu viel Gemüse für Nadeschda. Auf dem Tablett standen auch zwei gekühlte Flaschen Fanta. Es machte ihm Spaß zu sehen, wie Nadeschda reinhaute und hin und wieder Hope einen Happen abgab. Sogar das Gemüse verschlang sie restlos. Zum Dessert saugte sie genüsslich ihr Erdbeerfrappé durch den Strohhalm und schien danach pappsatt zu sein.

Lukas konnte bei ihrem Anblick nicht glauben, dass alles mit ihr erst in den letzten drei Stunden geschehen sein sollte, und er hatte mehr und mehr

Angst, sich in einem Tagtraum zu befinden und jeden Moment aufzuschrecken. Auch das Wissen, dass er seit dem »Es« nicht mehr träumte, ließ diesen Gedanken nicht von ihm abfallen.

Die Sonne stand einen Fingerbreit über den Bergen im Bündner Oberland, als sie gegen halb sieben in der Innenstadt von Chur ankamen. Nachdem er das Wohnmobil geparkt hatte, zogen sie zu dritt in das große Warenhaus in der Bahnhofstraße, in dem er sich am Morgen seines Verschwindens das Papier und den Stift genommen hatte und später die Apfelschorle.

Nadeschdas Kleider waren allesamt zu klein und schmutzig. Sie roch auch nicht sonderlich gut, was ihn aber keinesfalls störte. Vielmehr dachte er, dass es zu ihrem neuen Leben passen würde, auch die alten Kleider nicht mehr tragen zu müssen.

Gemeinsam suchten sie nach passenden Sachen, bevor er sie allein in die Umkleide schickte, um sie anzuprobieren. Er wusste nicht, ob er ihr Aussehen in den neuen Kleidern loben sollte, dass sie wie eine Prinzessin aussähe oder so etwas; er ließ es bleiben und fragte jeweils nur: »Möchtest du es haben?« Und wenn sie Ja sagte, gab er zur Antwort: »Ich finde, du hast etwas sehr Schönes für dich ausgewählt.«

Auch Seife, Shampoo, eine Zahn- und eine Haarbürste besorgten sie gemeinsam und ein kleines Nachtlicht, denn Nadeschda durfte mit Hope allein unten im Wohnmobil schlafen. Er würde den Schlafplatz über der Fahrerkabine nehmen.

Er kaufte ihr das gleiche Licht, das er auch Nevio

zum vierten Geburtstag geschenkt hatte. Es projizierte einen wunderschönen Sternenhimmel an die Decke. Die einzelnen Sterne und der Mond bewegten sich dabei langsam, und die ersten zehn Minuten spielte leise eine süße Gute-Nacht-Musik.

Später, auf dem Campingplatz »Obere Au« am Fuße des mächtigen, fast dreitausend Meter hohen Bergriesen Calanda und am Ufer des Rheins, parkte er das Wohnmobil.

Liebevoll erklärte er Nadeschda, wo sie nun waren und wo sich der Kanton Appenzell und Urnäsch befanden. Im Waschraum wusch er die neuen Sachen, die sie für den Abend und den nächsten Tag brauchen würde: Pyjama, Unterwäsche, Hose und Shirt und Strümpfe für die neuen Turnschuhe, die ihr so gut gefielen.

Lukas war aufgeregt. Er wollte alles richtig machen und freute sich auf den ersten gemeinsamen Abend, der übers Tal hereinbrach.

Bestimmt hatte Nadeschda lange keine gesunden Sachen gegessen, deshalb bereitete er ihr ein leckeres Birchermus mit vielen frischen Früchten zu, die sie zuvor gemeinsam in einem Lebensmittelgeschäft in der Innenstadt mitgenommen hatten. Er verfeinerte es mit Rahm und streute ein wenig Zucker darüber. Nadeschda saß draußen am Tisch, als er ihr den Teller hinstellte. Er hatte die Petroleumlampe angezündet; der Rhein, der rauschend an ihnen vorüberfloss, strahlte Kühle ab. Nadeschda verschlang auch das Birchermus. Sie war ja dünn wie ein Vögelchen. Hope lag dabei zu ihren noch schmutzigen Füßen.

Als Lukas später die Wäsche aus dem Trockner geholt hatte und die ersten kleinen Laternen zwischen den Standreihen der Wohnwagen und Zelte hübsch leuchteten, begleitete er Nadeschda zu den Damenduschen.

Er drückte ihr Shampoo und Seife in die Hand und die Kleider, die sie danach anziehen sollte. Die alten, zu kleinen würden sie danach gemeinsam in den Müllcontainer werfen, bot er an.

Hope stand aufgeregt neben Lukas, als sie draußen warteten. Mit noch feuchten Haaren, die nach Pfirsichshampoo dufteten, und neu eingekleidet kam Nadeschda heraus, und Hope begrüßte sie, als wäre sie lange weggewesen.

Die Nacht senkte sich über den Berg, als sie im Schein der Petroleumlampe zu dritt im Vorzelt zusammensaßen. Lukas hatte in der Spielwarenabteilung ein UNO-Spiel besorgt, das er ihr erklärte und sie sofort spielen wollte. Es war das erste Spiel, das Nadeschda in ihrem Leben spielte, wie sie sagte, und es gefiel ihr auf Anhieb so gut, dass sie nicht mehr damit aufhören wollte. Lukas musste ihr versichern, dass sie es morgen wieder spielen würden, und außerdem habe er auch noch andere Spiele gekauft. Nadeschdas Augen glänzten bei dieser Vorstellung. Dieser Anblick, diese Dankbarkeit, wie sie sich an etwas so Kleinem erfreute, ließ Lukas seinerseits aufleben und gleichzeitig seine Lebenshaltung hinterfragen.

Er hatte keine Ahnung, wann Nadeschda für gewöhnlich schlafen ging. Doch es war nun dunkel, und sie zeigte erste Anzeichen von Müdigkeit. Er richtete die Schlafplätze her, bevor sie gemeinsam noch eine kleine Runde mit Hope gingen.

Lukas war sich sicher, dass Nadeschda in den letzten beiden Jahren viel zu viel Fernsehen geschaut hatte, deshalb schlug er vor, ihr eine Gutenachtgeschichte vorzulesen.

Er googelte eine geeignete auf seinem iPad, dachte, wenn darin ein Pferd und ein Mädchen vorkämen, die die Welt retten, könne er nicht falschliegen, und so war es auch. In Nadeschdas aufmerksamen Augen spiegelte sich die Geschichte.

Er kochte ihr und sich noch eine heiße Schokolade; sie schwiegen, während sie tranken. So sollte es für sie eine gute erste Nacht geben, hoffte er inständig. Hope lag schon wieder zu den kleinen Füßen Nadeschdas.

Lukas hatte alle Rollos vor den Fenstern im Wohnwagen heruntergezogen, bevor er Nadeschda sagte, sie solle sich im Inneren den Pyjama anziehen und ihn danach rufen. Er drückte ihr die Zahnbürste in die Hand und putzte auch seine Zähne, damit sie abschauen konnte, wie man es richtig und nicht nur schnell-schnell machte. Er bat sie noch, ihre Haare vor dem Schlafengehen zu kämmen, die mittlerweile trocken waren. Danach schlüpfte Nadeschda in ihr Bett, das die Größe eines Doppelbettes hatte. Neben ihr hatte Lukas die Hundedecke ausgebreitet, sodass Hope darauf Platz nehmen konnte. Das Nachtlicht warf seinen Schein an die Decke des Wohnmobils.

Mit einem »Schlaf gut« verließ er die beiden und lehnte die Tür zum Vorzelt nur an.

»Lukas – du gehst doch nicht weg, nicht wahr?«,

ertönte nach wenigen Minuten Nadeschdas Stimme aus dem Fahrzeug.

Er ging zurück zu ihrem Bett. »Nein, Nadeschda, niemals – du und Hope, ihr seid mit das Wertvollste, das mir in meinem ganzen Leben geschenkt wurde. Darauf werde ich deshalb sehr achtgeben.« Am liebsten hätte er der Kleinen über die Haare gestreichelt, aber sie würde bestimmt Zeit brauchen, ihm zu vertrauen.

Leise drang die Musik des Nachtlichtes aus dem Wohnmobil ins Vorzelt, in dem Lukas saß und nachdachte.

Das Leben war verrückt und manchmal wunderschön.

2

Als Nadeschda am nächsten Morgen erwachte, war sie sich sicher, dass sie zum ersten Mal geträumt hatte, seit ihre Mutter damals nach St. Gallen gegangen war. Außerdem war ihr Erwachen nicht von Durst und dem mechanischen Öffnen ihrer Augenlider geprägt gewesen, sondern sie war langsam erwacht, und es brauchte Zeit, bis es ihr dämmerte, wo sie war. Hope, der zusammengerollt neben ihr lag, stupste sie mit seiner Nase.

Der Duft von Kaffee hing im Inneren des Wohnmobils. Sie hörte Lukas im Vorzelt mit Geschirr hantieren.

Als Hope freudig bellte, streckte Lukas vorsichtig den Kopf durch die Tür. »Guten Morgen. Hast du gut geschlafen, Nadeschda?«

Sie nickte, sagte ihm aber nichts von den Träumen.

»Magst du Frühstück? Heiße Schokolade und Getreidemüsli oder Brot mit Konfitüre?«

Nadeschda konnte sich nicht sofort entscheiden. Bisher hatte sie meist eine Capri-Sonne getrunken und ein Snickers gegessen oder Cornflakes.

»In diesem Fall machen wir das ganze Programm.« Lukas lachte.

Nachdem Nadeschda im Jogginganzug im Vorzelt aufgetaucht war, die frische Morgenluft eingesogen und auf den rauschenden Rhein geblickt hatte, ging Lukas ins Wohnmobil, schob das Bett zusammen und klappte die Sitzgruppe wieder aus.

In der kleinen Küche kochte er auch noch zwei Drei-Minuten-Eier und reichte Nadeschda das Geschirr, damit sie vor dem Vorzelt in der wärmenden Morgensonne den Tisch decken konnte.

Hope verschlang wie immer gierig sein Futter, das ihm diesmal Nadeschda hinstellte, bevor sie sich setzten. Lukas goss ihnen beiden ein großes Glas Multivitaminsaft ein. Nadeschda sollte nun alles Gesunde bekommen, das sie verpasst hatte.

Er machte sich Gedanken über die letzte Nacht. Er hatte zum ersten Mal seit seinem Verschwinden geträumt, und das so lebendig und farbig wie noch niemals zuvor. Von seinen Eltern hatte er geträumt, von Hope und Nadeschda und von einer schwarzen Kugel, die durch die Welt rollte und so groß war, dass sie alle Berge einebnete. Zum ersten Mal hatte er beim Erwachen auch das Gefühl gehabt, zuvor geschlafen zu haben.

Und der Durst, der alles verschlingende Durst war nicht gekommen.

War dies das Zeichen, dass die Welt wieder in Ordnung kam oder bereits war? Die Hoffnung währte nur kurz, denn nach dem Aufstehen hatte er einen Gast auf dem Campingplatz angesprochen, und der ließ ihn links liegen.

Sie verbrachten den goldenen Herbsttag mit einem langen Spaziergang am Rhein entlang. Bewusst sprach Lukas nicht zu viel, um Nadeschda Zeit zu geben, das loszuwerden, was sie beschäftigte. Doch sie war ganz auf Hope fixiert und plapperte fröhlich drauflos. Sichtlich genoss auch sie die Herbstfarben, das Licht und den Fluss, der smaragdgrün durch farbtrunkenen Wald floss.

Auch am zweiten Abend, nachdem Nadeschda ihren Pyjama angezogen hatte und in ihr Bett geschlüpft war, erzählte Lukas ihr eine fröhliche Gutenachtgeschichte und schaltete das Nachtlicht ein, während Hope sich neben ihr zusammenrollte.

Vor dem zurückgeschlagenen Vorzelt mit Blick auf den Rhein wurde Lukas wieder nachdenklich: Was hatte Nadeschda überhaupt für eine Zukunft in dieser Welt? Sie hatte ihm erzählt, wie sie sich auf die Schule gefreut und noch immer nicht einen einzigen Tag dort verbracht hatte. All die Kinder, mit denen sie nie würde spielen können, sie würde keine Freunde haben, später weder Freund noch Mann, keine Kinder … Es schnürte ihm das Herz zu. Das arme Mädchen. Er würde in den nächsten Tagen, am 27. Oktober, einundvierzig werden und hatte immerhin schon irgendwie gelebt, bevor das alles geschehen war. Und sie? Die Welt war verdammt noch mal ungerecht.

Wie sollte er ihr jemals beibringen, dass sie nie ein normales Leben würde führen können, es sei denn, sie fänden eine Stadt voller Unverschwundener? Dass sie nie einen Beruf erlernen könnte und dass er nur hoffen konnte, dass sie beide gesund blieben.

Die Angst packte ihn unversehens, als er sich vorstellte, dass er sterben könnte. Wen hätte Nadeschda dann noch außer Hope, der ihr nur ein Hundeleben lang zur Seite stehen konnte, denn auch Hope würde irgendwann sterben?

Nadeschda lag im Bett und schlief ruhig, wie er mit einem kurzen Blick ins Wohnmobil kontrollierte. Er strich ihr liebevoll eine Haarsträhne hinters Ohr.

»Kleines, tapferes Mädchen«, flüsterte er. »Ich werde für dich da sein, für dich kämpfen.« Er blickte auf seinen tätowierten Arm.

Damals, als Simone in Bern unverhofft schwanger geworden war und sich dazu entschlossen hatte, ihr gemeinsames Kind abzutreiben, war dieser Moment zum dunkelsten seines bisherigen Lebens geworden. Sie sei nicht bereit für ein Kind, und sie könne sich außerdem kein Familienleben mit ihm vorstellen, hatte sie gesagt. Ihre Beziehung wäre gut so gewesen, wie sie sie geführt hatten, aber jetzt sei sie Anwältin und werde bald in die USA gehen, um dort weiter für Greenpeace zu arbeiten. Ihre unverbindliche Liebe könnten sie doch weiterführen, solange es für beide stimme. Das war's. Nach mehreren Gesprächen war sie in diese Klinik nach Deutschland gefahren. Als Tochter eines Bundesrates musste das alles im Verborgenen geschehen, und auch Lukas hielt gezwungenermaßen dicht. Doch als sie zurückkam, beendete er die Beziehung nach einem letzten und unschönen Streitgespräch, in dem er sie beschimpfte, ihm damit auch *sein* Kind genommen zu haben, obwohl er sogar bereit gewesen wäre, es allein aufzuziehen. Sein

Schmerz darüber führte dazu, dass er sich auf der rechten Schulter den Kindsengel tätowieren ließ.

In den Jahren danach hatte er sich immer wieder gefragt, wie sein Kind heute ausgesehen hätte, was es gerade tun würde.

Am nächsten Morgen stand er um kurz nach sechs auf. Er hatte wieder geträumt, und sein brennender Durst war noch immer weg. Im weichen Licht warf er einen Blick auf Nadeschda. Sie schlief tief und fest. Neben ihr, an sie geschmiegt, lag Hope.

Auf keinen Fall wollte er sie wecken und verzichtete auf einen Kaffee, stattdessen trank er ein Glas Orangensaft.

Mit zerzaustem Haar und ihrem Stoffhasen im Arm und Hope vor ihren Füßen tapsend kam sie erst gegen neun Uhr aus dem Wohnmobil.

Lukas hatte den Rest des Birchermuses schon vor über einer Stunde aus dem Kühlschrank genommen, damit sie es nicht so kalt essen musste.

»Guten Morgen, Nadeschda. Wie geht's dir heute? Magst du Frühstück?«

Sie nickte. »Mir geht's gut. Wollen wir nicht noch erst mit Hope raus, so wie gestern in der Früh?«

Schnell zog sie sich an, bevor sie in der Morgensonne am Rheindamm entlang Richtung Haldenstein liefen. Hope hielt seine Nase wie ein Staubsauger am Boden, während Nadeschda ihn an der Leine führte. Die Sonne verfing sich in ihrem Haar, die Blätter der Bäume über ihr warfen ihre Farbenpracht in den Tag. Der Rhein rauschte füllig.

»Lukas, vermisst du denn die anderen Menschen nicht?«

Die Frage kam völlig unerwartet. Nadeschda blickte ihn der blendenden Sonne wegen mit zusammengekniffenen Augen an.

»Ja und nein«, sagte er nachdenklich.

»Das verstehe ich nicht«, entgegnete sie.

»Eigentlich verstehe ich es selber auch nicht. Es ist noch nicht lange her, dass mein Vater gestorben ist. Meine Mutter ist alt und wohnt weit oben in den Bergen. Meine Schwester wohnt in Zürich und ist mit einem reichen Mann verheiratet.« Er sah das fragende Gesicht von Nadeschda und wusste, auf diese Weise konnte man einem Kind keine Antwort geben, also versuchte er es auf eine andere Art. »Schau, ich habe mich, bevor alles passiert ist, trotz oder vor allem wegen den anderen Menschen irgendwie allein gefühlt. Aber jetzt, jetzt ist alles viel wertvoller geworden. Und dennoch würde ich gern mit dir und Hope in das richtige Leben zurück.«

»Hmmm.« Nadeschda kratzte sich an der Nase.

»Das ist, wie wenn du eine ganz große Anzahl wunderschöner Murmeln hast. Also wirklich so viele, dass du sie nicht mehr zählen kannst. Ja, du würdest es nicht mal bemerken, wenn du eine verlieren würdest – außer es wäre die letzte von allen. Manche Menschen, wie ich auch einer war, müssen erst alle verlieren, damit sie sich an die erinnern, die ihnen wirklich wichtig waren. Verstehst du?«

»Ich glaube schon«, sagte sie. »So ist es doch auch mit schlechten Dingen, man gewöhnt sich daran.

Der letzte Winter war schlimm für mich. Aber wegen diesem Winter war der erste Frühlingstag sehr schön. Den werde ich nie mehr vergessen, aber viele der schlechten Tage, an die kann ich mich nicht mehr erinnern.«

Lukas war verblüfft, wie das Leben so junge Menschen derart knallhart schmiedete – welche Weisheiten dieses Kind schon in sich trug, von denen es noch gar nichts wissen sollte. Das Leben war ein gemeiner Dieb, der manchem Kind die Unbeschwertheit stahl und dafür Frühlingstage schenkte, die nur so ein Kind lebendig intensiv erleben konnte.

»Magst du mit mir über deinen Vater reden?«, fragte Lukas vorsichtig.

Nadeschda zuckte emotionslos mit ihren schmalen Schultern. »Ich habe keinen.«

»Hat deine Mami nie von ihm erzählt?«

»Soll ich dir ein Geheimnis verraten?« Nadeschda blickte ihn mit ihren braunen Augen an.

»Ja, wenn du es möchtest. Gerne.«

»Manchmal habe ich gelauscht. Und so habe ich gehört, wie Mami Frau Meinherz gesagt hat, dass sie gar nicht wisse, wer mein Papi sei. Ich wäre ein Arbeitsunfall gewesen. Weißt du, was sie damit gemeint hat?«

Lukas verbarg seine Gefühle so gut, wie es ging. Sein Gesicht spiegelte Wärme für die Kleine, während sein Hirn krampfhaft nach Worten suchte, bevor sein Herz das Antworten übernahm. »Jede Mami trägt ihr Kind in sich, unter ihrem Herzen, und das neun Monate lang.«

»Das habe ich bei ›Woozle Goozle‹ gesehen. Der Bauch wird dann ganz dick. Aber wie bin ich da hineingekommen?«

»Wichtig ist vor allem, dass du so ein wunderbares Mädchen geworden bist. Du bist so klug und tapfer – ich finde dich wundervoll!«

»Auch ohne Schule?«

»Du hast mehr über das Leben lernen müssen, als man in der Schule lernen könnte, Nadeschda. Rechnen, Lesen und Schreiben hast du dir sogar selber erstaunlich gut beigebracht, weil du das Beste aus allem gemacht hast, was dir geboten wurde. Das ist eine große Gabe, die du hast.«

»Und du? Bist du denn kein Papi geworden?«

Lukas schluckte. »Nicht so richtig und irgendwie schon.« Er kämpfte mit seinen Gefühlen, während ihn Nadeschda so wach und so ehrlich anblickte, dass er sein Schweigen darüber brechen musste.

»Wo ist denn dein Kind jetzt?«

»Es ist im Himmel. Noch bevor es auf die Welt gekommen ist.«

»Das ist aber ganz schön traurig. Du bist traurig.«

»Ja, das bin ich immer wieder mal. Dann, wenn es mir in den Sinn kommt, so wie jetzt.«

»Möchtest du mein Papi sein?« Sie nahm ihren Blick nicht von seinem Gesicht. In ihren Augen spiegelten sich das Erlebte, aber auch der unbändige Wunsch nach Leben.

Lukas räusperte sich. Er spürte Tränen in den Augen. »Das würde ich sehr gerne sein.«

»Das ist schön«, sagte Nadeschda. »Wenn du magst,

darfst du mich jetzt umarmen. So habe ich es immer in den Filmen gesehen. Papis tun so was.«

So kam die erste, für Lukas seltsam anmutende Umarmung zustande. So stark, wie Nadeschda war, so zerbrechlich fühlte sich ihr Körper an. Er schloss seine Augen, die gestauten Tränen darin tropften zu Boden.

Sie lösten die Umarmung.

»Dann darf ich zu dir jetzt auch ›Papi‹ sagen?« Nadeschda lächelte, als sei ihr bewusst, dass sie dem Leben wieder etwas Gutes abgerungen hatte – trotz allem.

»Ja. Jetzt bin ich dein Papi. Für immer.«

In den nächsten Tagen suchte Lukas mit Nadeschda verschiedene Schulen auf. Im Churer Quartier Haldenstein, das früher ein eigenständiges Dorf gewesen war, fanden sie ein kleines Primarschulhaus.

Mit Hope zusammen, der sich aus Langeweile vor ihre Füße gelegt hatte, setzten sie sich in ein Schulzimmer, in dem Erstklässler unterrichtet wurden.

Lukas hatte Nadeschda einen Schulranzen gekauft, Etui und Hefter und, als wäre es der erste Schultag für alle, Süßigkeiten darin verstaut.

Jeden Tag nahmen sie fortan gemeinsam am Schulalltag teil. Lukas half ihr dort, wo der persönliche Kontakt zur Lehrerin fehlte. Sie machten sogar am kleinen Tisch im Wohnmobil gemeinsam Hausaufgaben. Lukas konnte sich nicht daran gewöhnen, wie Nadeschda in der Pause den anderen Kindern hinterherrannte und mitzuspielen versuchte. Es tat ihm so weh, sie ausgeschlossen zu sehen. Doch sie kam meist mit frohem Lachen in den Augen zurück und erzählte ihre Version vom Erlebten, die sich doch von seiner Wahrnehmung entscheidend unterschied.

Der Winter kam, und manchmal ging er noch zum alten Wohnhaus in der Churer Loëstraße und hoffte auf irgendwelche Nachrichten von anderen Unverschwundenen, die eines seiner Zeichen gefunden hatten. Er stellte sich vor, sogar eine Familie mit kleinen Kindern zu finden – das wäre das Größte für ihn gewesen.

Wen er fand, war Carmen. Sie war schwanger geworden, aber sie war wieder allein. Der Name ihres Partners auf dem Briefkasten war weg. Was war passiert?

Die erste Weihnacht mit Nadeschda und Hope stand vor der Tür. Diesmal meinte der Winter es gut mit ihnen. Schnee gab es schon in der Adventszeit reichlich. Sie schlenderten im Licht der Weihnachtsbeleuchtung über den Christkindlmarkt in der Altstadt, während der Schnee fiel.

Nadeschda trug eine weiße wollene Mütze und einen hübschen dunklen Mantel, auf dem sich die Flocken häuften. Ihre behandschuhten Hände hielten die Leine von Hope.

»Schau mal, Papi. Was für schöne Engel es hier gibt. Schenkst du mir bitte einen?«

»Hmm, das muss ich mir aber erst noch überlegen.« Er lachte. »Wie war das mit dem Geschirrspülenhelfen?«

»Ach komm, Papi, das tue ich halt nicht so gern. Dafür mache ich mein Bett immer schön, oder etwa nicht?«

Er küsste sie mit einem Lächeln auf die kalte Nasenspitze. »Ja, sicher, du machst das prima. Welchen hättest du denn gerne …«

Schon immer war es Lukas' Traum gewesen, keinen Christbaum zu kaufen, sondern einen kleinen im Wald zu schlagen.

Am Nachmittag des Heiligen Abends stapften sie deshalb zu dritt durch den verschneiten Fürstenwald. Der Schnee fiel in sachten Flocken, sodass Lukas das Lied »Leise rieselt der Schnee« in den Sinn kam, das sie in Guarda oft in der Adventszeit gesungen hatten. Er trug die Axt in der Rechten, Nadeschda lief mit Hope nebenher. Auch er durfte früher jedes Jahr mit Vater den Christbaum im Wald schlagen, und er durfte dabei die Axt tragen.

»Magst du die Axt tragen?« fragte er deshalb seine Tochter.

Sie nickte.

Später backten sie gemeinsam Plätzchen und schmückten den Baum. Er ließ Nadeschda freie Hand, und so wurde der Baum sehr bunt, doch das störte ihn nicht. Der kleine Engel vom Christkindlmarkt thronte auf dessen Spitze.

Zwei Geschenke machte er seiner Tochter. Das erste war ein Bild von einem Meeresstrand. »Wenn du willst, fahren wir in den Schulferien nächstes Jahr dahin«, sagte er, als sie es ausgepackt hatte.

»Wirklich?« Sie fiel ihm in die Arme, denn vom Meer hatte sie schon so oft gesprochen, dass er das Glänzen und das Rauschen, die Wellen in ihren Augen jedes Mal sehen konnte.

Auch ein Buch schenkte er ihr, weil Nadeschda großes Talent fürs Lesen und Schreiben zeigte.

Doch es blieb nicht bei dem einen Buch. In den kommenden Wochen verschlang sie »Die fünf Freunde« nacheinander, sodass sie immer öfters Zeit in den Buchläden der Stadt verbrachten.

Im Frühling hatte er, während sie stundenlang wie er als Kind vertieft las, wieder mit dem Schreiben angefangen, auch wenn es niemand auf der Welt lesen, nie ein gedrucktes Buch daraus entstehen würde. Er genoss die Zeit sehr, wenn sie in den ersten warmen Stunden draußen vor dem Wohnmobil saßen – sie las, er schrieb, Hope immer in ihrer Nähe. Das empfand er als Glück.

Nadeschda sprach nicht mehr von ihrer Mutter, von »davor«, so als hätte sie keine Vergangenheit. Lukas wusste nicht so recht, wie er damit umgehen sollte, und kaufte sich während eines Buchhandlungsbesuchs einen Ratgeber. Bei ihm selbst fiel ihm auf, dass er zwar an seine Familie, Mutter, Aita und seinen Neffen dachte, doch auch er hatte nicht das Bedürfnis, mit jemandem darüber zu reden. Er fragte sich vielmehr, welches Leben er Nadeschda ermöglichen konnte, damit sie später in dieser Ausgegrenztheit leben konnte. Welche Perspektiven hatte sie überhaupt? Diese Gedanken empfand er zunehmend als schwer, und sie stimmten ihn traurig. Doch genau diese Traurigkeit, den Schmerz darüber, dass sie beide in einer Sackgasse lebten, wollte und durfte er ihr nicht zeigen. Immer wieder musste er sich zwingen, sich nicht vorzustellen, wie Nadeschda eines Tages allein auf dieser Welt war, ohne ihn, ohne Hope.

Als der Schnee sich Ende Juni zu den höchsten Gipfeln hin zurückgezogen hatte, zeigte er seiner Tochter die Berge seiner Heimat Graubünden. Fast jedes freie Wochenende zog es sie in die Höhen, und sie blickten hinunter auf die Welt, die sich so sehr von der von vor zwei Jahren unterschied.

Nadeschda war in den letzten Monaten ein kräftiges Mädchen geworden, und sie konnte den lieben langen Tag plappern. Er wanderte mit ihr durch lichtdurchflutete Lärchenwälder, sie campierten an einsamen Bergseen, als Schulunterricht besichtigten sie die Rheinschlucht Ruinaulta, die Viamala- und die Rofflaschlucht. Nebeneinander standen sie inmitten der Rofflaschlucht auf dem nur fußbreiten, aus Stein geschlagenen Weg, während über ihnen der Wasserfall in die Tiefe zu ihren Füßen donnerte. So erlebte sie die Kraft des Wassers hautnah.

Als sie gemeinsam auf dem Morteratschgletscher standen und den Blick auf den langsam sterbenden Koloss warfen, schwieg Nadeschda ehrfürchtig. Lukas war erstaunt, wie viel sie durch diese endlosen Stunden Wissenssendungen im Kinder-TV von der Welt aufgesogen hatte und dass sie über die Klimaerwärmung bestens Bescheid wusste. Nun konnte sie all das Gesehene in der Natur erleben.

Eindrücklich blieb ihm auch in Erinnerung, wie sie in der Weite der Hochebene Greina drei Tage lang zelteten. Obwohl die Wildtiere sie nicht sehen konnten, schlichen sie sich an sie an und beobachteten sie hautnah. Am Abend saßen sie unter einem von Sternen übergossenen Nachthimmel und redeten, während Hope sich zu ihren Füßen zusammengerollt hatte.

Doch Lukas spürte zunehmend diese Schwere, diese Ausweglosigkeit ihrer Situation. Er schämte sich deswegen, wenn er sah, wie Nadeschda das Leben wie ein Schwamm aufsaugte. Er und Hope waren für sie zum Ein und Alles geworden. Doch was, wenn sie älter war? Was hatte diese Welt einer jungen Frau dann noch zu bieten, wenn der eigene Vater nicht mehr so interessant war – wenn ein gesunder Ablösungsprozess eingesetzt haben sollte? Was dann? Denn dann war ihre kindliche Sicht auf die Welt durch das Erwachsenwerden ausgelöscht.

Er glaubte, Nadeschda würde nichts von seiner verborgenen Gefühlswelt mitbekommen, denn ihre Vorfreude auf das Meer schien grenzenlos zu sein. Sie freute sich schon Wochen zuvor auf ihre ersten gemeinsamen Sommerferien. Zusammen hatten sie deshalb schon früh eine Fahrtroute bestimmt, die sie in den tiefsten Süden der Toskana bringen sollte.

Jeden Abend vor dem Zubettgehen strich Nadeschda immer einen weiteren Tag ab und freute sich darüber, dass ihr Ziel wieder etwas näher rückte.

Endlich war der große Tag gekommen. Alles war eingekauft, das Wohnmobil vollgetankt, ihre Sachen gepackt.

Es war ein schöner Sommertag, der sie erst hoch über den San-Bernardino-Pass, dann hinunter ins Tessin führte, bevor sie bei Chiasso die Grenze überquerten.

Nach Mailand durchfuhren sie den Apennin, den lang gezogenen, aber nicht hohen Gebirgszug, bevor sie Richtung Genua kamen.

Schon eine Stunde bevor das erste Mal das Meer zu sehen war, klebte Nadeschda an der Fensterscheibe und hielt Ausschau, bevor sie endlich aufschreien konnte:

»Das Meer, das Meer! Schau, Papi! Das ist ja rieeeeesig.«

Hope wurde ganz aufgeregt, und Nadeschda erzählte ihm, was er nicht sehen konnte: »Es glitzert wie Tausende kleine Spiegel im Sonnenlicht, und es ist größer, als jedes Auge es sehen kann. Und dort schwimmt ein Schiff. Wart nur, bald kannst du es riechen und mit uns reinspringen.«

Lukas fand tief im Süden eine einsame kleine Bucht mit Sandstrand. Es war Abend geworden, als sie endlich ankamen. Die Sonne hing tief über dem Horizont, als sie in der Abendhitze an den Strand gingen und ihre nackten Füße zum ersten Mal den heißen Sand berührten.

Eine warme Brise wehte vom Meer her, die Wellen rauschten gleichmäßig heran und überschlugen sich sanft am Strand, leckten den Sand dabei dunkel.

Lukas schlug das Vorzelt auf und öffnete eine kühle Flasche Limonade. Die Sonne berührte nun den Horizont und flutete mit ihrem Orange die kleine Bucht. Nadeschdas glänzendes schwarzes Haar wehte im Abendwind, ihr Gesicht war farbtrunken wie der Himmel und das Meer. Lukas reichte ihr die kleine Flasche. Hope stand zu ihren Füßen, die von den anrollenden Wellen rhythmisch überspült wurden.

»Es ist so schön und so groß!« Sie hatte den Blick nicht vom Meer genommen, seit sie angekommen waren, und fasste nun nach Lukas' Hand. »Siehst du, Papi, an jedem Tag kann auch Schönes passieren.«

Besonderen Dank:

Hejo Emons – dem Verleger
Stefanie Rahnfeld – für das Lektorat
Nina Schäfer – für die Umschlaggestaltung

und allen, die am Buch mitgearbeitet haben.

Philipp Gurt
BÜNDNER IRRLICHTER
Der 1. Fall für Giulia de Medici
Broschur, 240 Seiten
ISBN 978-3-7408-0789-4

Frühling im Bündnerland. In der hereinbrechenden Dämmerung geschehen in Chur unglaubliche Verbrechen. Die einzige Überlebende und Zeugin dieser Taten ist eine schwer demente ältere Frau. Giulia de Medici, Chefermittlerin der Kantonspolizei Graubünden, verfolgt eine Spur, die sie zwingt, ihre eigene Familie mit neuen Augen zu sehen ...

www.emons-verlag.de

Philipp Gurt
BÜNDNERFLEISCH
Der 2. Fall für Giulia de Medici
Broschur, 304 Seiten
ISBN 978-3-7408-0788-7

Giulia de Medici, Chefermittlerin der Kantonspolizei Graubünden, erhält ein anonymes Schreiben, das ihr den Atem stocken lässt. Darin wird ein unvorstellbares Verbrechen angekündigt – und das Opfer sieht Giulia zum Verwechseln ähnlich. Giulia muss tief in menschliche Abgründe eintauchen, um diesen erschütternden Fall zu lösen.

www.emons-verlag.de

Philipp Gurt
BÜNDNER TREIBJAGD
Der 3. Fall für Giulia de Medici
Broschur, 304 Seiten
ISBN 978-3-7408-0538-8

Herbst im Schweizerischen Nationalpark: Die Bergwälder leuchten verschwenderisch. Das Vieh kehrt von den Alpweiden ins Tal hinab. Friede schwebt über allem. Wären da nicht die einsamen Schreie der flüchtenden jungen Frau, die verzweifelt versucht, die Talsohle zu erreichen. Wie schon im letzten Jahr treibt zur Jagdsaison ein Unbekannter sein grausames Spiel in der Region. Giulia de Medici, Ermittlerin der Kapo Graubünden, nimmt die Spur des Täters auf und stößt auf ein düsteres Geheimnis.

Philipp Gurt

HELVETIA 1949

Der 2. Fall für Landjäger Caminada

Klappenbroschur, 352 Seiten

ISBN 978-3-7408-0953-9

Chur 1949: Während der Festlichkeiten des Eidgenössischen Schützenfestes wird der Stadtpräsident erschossen aufgefunden. Neben ihm liegt die Leiche der besten Schützin der Schweiz. Alles deutet darauf hin, dass sie die Täterin ist, die sich danach selbst gerichtet hat. Doch die Spur führt Landjäger Caminada in die Schlucht am Stadtrand, ins ominöse Quartier Täli, für dessen Bewohner andere Gesetze zu gelten scheinen. Zwischen Altstoffhändlern, Gastarbeitern und Trödlern entdeckt er in einem verruchten Tanzlokal Hinweise, die ihn erschaudern lassen. Dann wird eine weitere Tote im Bergwald der Schlucht gefunden ...